柳生十兵衛死す　下

薪能《たきぎのう》

一

相国寺《しょうこくじ》の大塔の西側の広場に、薪《たきぎ》が炎々と燃えて、その赤い照明を受けて、「船橋《ふなばし》」の能がくりひろげられていた。

薪能は、ただ薪を燃やして夜の野外能を観るためのショーではない。本来は奈良興福《こうふく》寺《じ》の宗教的行事なのである。

興福寺に御薪《みかまぎ》を献進するいわゆる「薪の神事」から発したもので、一種の春迎えの行事だ。寺院に神事とは面妖《めんよう》なようだが、このころの興福寺は春日大社と一体であったから特に神事と称したのである。その余興として猿楽《さるがく》ないし能が演じられたのだ。

この当時は、毎年二月五、六日から七日間、興福寺の五重塔と東金堂《とうこんどう》のあいだの広場で行われるのを常とし、ほかではやらない。

これが夜の野外能のショーとしてひろく鑑賞されるようになったのは、昭和も戦後に

なってからのことなのである。

去年、義満はその興福寺の薪能を見て、甚《はなは》だ気にいった。もういちど、ことしも見たいと思ったが、あいにく奈良までいっていられない。そこで、それを京のこの相国寺で見ることにしたのである。

それでは興福寺の神事にならないわけだが、そこは無際限の権力を行使することを生《いき》甲斐《がい》としている義満で、この異例の催しの思いつきをおし通した。ただそれは二月六日の一日だけとし、見物の客も内輪にとどめた。

義満がこれを無理《むり》強《じ》いしたのは、薪の炎に照らされる夜の能の神秘さに感心したのもさることながら、その火光に下側から照らされる興福寺五重塔の妖しい美しさに眼を見張ったからで、それなら相国寺の七重塔《しちじゆうのとう》はもっとすばらしいだろうと考えたからだ。

薪能は、地上何ケ所かに薪の山を盛りあげて、これを燃やす。その火はすでに点じられ、七重塔は闇に浮かびあがった。

果たせるかな、その異次元の美は、そこにいる者すべてに、「ああ！」という嘆声を放《はな》たせた。

軒の裏側の垂木《たるき》のかさなり、尾垂木《おだるき》のからまり、雲肘木《くもひじき》のうねり――それが七重にかさなっているのだ。ふだんでもその豪壮さと優美さは感嘆せずにはいられないが、それが炎を下から浴びて、朱の光と紫の陰翳《いんえい》の波をゆらめかし、とうてい人間が創った建物とは思えない。

そもそも七重塔というものが前代未聞だ。

相国寺は、十余年前、義満が禅に凝《こ》ったころ、自分が座禅をくむために建てたものだが、それを五山第一の巨刹《きよさつ》に作りあげ、その上――五重塔ならめずらしくない、まだ日本にない七重塔というものをそびえさせよう、と思いたったものだ。

日本にないどころか、おそらくそのころ世界一であったろう長安の大雁塔《だいがんとう》でさえ五十七メートルというのに、この七重塔は三百六十尺、百七メートルあったという。

薬師寺の三重塔が凍れる音楽なら、この相国寺の七重塔は炎の音楽というべきか。これは義満の雲までつらぬく権力の誇示の象徴であった。

大塔もさることながら、薪《たきぎ》の火光のなかの能もいよいよ夢幻的だ。

地面の上で演じられているのは、「船橋」であった。

上野《こうずけ》の佐野の渡しで、里の男女に橋建立《こんりゆう》の勧進《かんじん》を乞われた山伏が、そのいわれを問えば、昔ここの船橋をわたって夜な夜な忍び逢った男女が、その仲を裂こうとする親のためにその船板をはずされ、知らずに渡ろうとして水死した。橋建立を乞うその里の男女は、いまなお河底で恋の妄執に苦しむ亡霊であったという哀切な物語だ。

演じているのは大和《やまと》四座の一つ、金春《こんぱる》弥三郎一門であったが、この謡曲が世阿弥作であることを義満は知っていたか、どうか。

たとえ現身《うつしみ》の世阿弥を追放しても、能の世界ではいまなお追放できない世阿弥であった。

二

「先の世の報いのままに生まれきて、報いのままに生まれきて、心に掛けばとても身の、生死《しょうじ》の海をわたるべき、船橋を作らばや。……」

　舞う恋の亡霊たちに、薪の火の粉が金粉のごとく吹きかかる。風が出てきたのだ。

　風はどこか春を思わせる匂いもふくんでいるようであったが、薪を燃やすにはすこし強すぎる不安をいだかせる。――それに、遠くからおどろおどろとぶきみな音響さえ鳴ってきたようだ。

「雷じゃないか」

　と、将軍の見所《けんじょ》のすぐ下に坐っていた御供衆《おともしゅう》の斯波《しば》刑部《ぎょうぶ》が横をむいてささやいた。

「そうらしいな。春雷というにはちと早いが」

　と、おなじ御供衆の赤松鉄心が答える。

　ちらと上の見所を見ると、そこにつらねられたいくつかの燭台のなかに、将軍の左右にはべる一門の人々も、すこし動揺してきた気配であったが、将軍だけは泰然として、大満悦のていで庭の能に見とれているようだ。

　炎のたちのぼる真上には、雲がひくくたれ下がっているように見えたが、闇の空のこととてあとはまったくわからない。

と、また風が吹いて、無数の火の金蛾が七重塔のほうへ吹きつけていった。

それで火事の心配がある距離ではないが――それでも、能をへだててそのほうへ眼をやった赤松鉄心が、「はてな?」とつぶやいて首をのばした。

いままで気がつかなかったが、七重塔の下に――一階の外側におぼろおぼろと浮かんでいる群が見えたのだ。みな袈裟頭巾《けさずきん》をかぶって坐っているようだ。

「あれ見よ」

と、赤松鉄心は、となりの細川杖之介《じょうのすけ》に、

「あそこにおるのは僧兵ではないか」

「さよう、きょうの観能に、あのようなものは招かれておらぬはず。――」

と、細川杖之介が立ちあがり、見所をふりあおいだ。

見所でも、ちょうどそれを発見して、ざわめきが起こっていた。

そうと知って、相国寺の長老が義満に説明した。

「あれはおん曹子の義円《ぎえん》さま以下の青蓮衆《しょうれんしゅう》でございます。ここ二、三日、何やら所用があるとてあの大塔にご滞在で、たまたま今夜の薪能の儀をおききなされ、是非内々に拝見なされたいとのことで――」

「なに、義円が?」

義満はけげんな声で、

「それが大塔に滞在とはどういうわけじゃ?　あれは人間のとまる建物ではないぞ」

「は、拙僧にもよくわかりませぬが——」

実は長老は、ここ二、三日、その大塔七階に義円が女人《にょにん》を閉じこめていることは知っていたが、いまそれを口にしなかった。

義円の意図がよくわからず、とにかく平生《へいぜい》奇矯な行状の多いおん曹子なので、それもそんな悪戯の一つだろうと見ていたからだ。

そして父の義満も、こんな報告をきいても、これまた狂童子の息子の奇行だと思ったのか、それ以上何もきかず、あとはただ庭の薪能に眼を遊ばせていた。

吹きなびく炎のむこうで、能はすすんでいる。

「夕日《せきじつ》、ようやくかたむきて、霞の空もかき昏《くら》し、雲となり雨となる中有《ちゅうう》の道も近づくか、橋と見えても中絶《なかた》えぬ、ここはまさしく東路《あずまじ》の、佐野の船橋鳥《とり》はなし。……」

三

さてその青蓮衆である。

はからずも相国寺の薪能の見物にまぎれこんだかたちの荒法師たちも、はじめて見る夜の野外能の神秘さに心奪われ、すべてを忘れて見いっていたが、義円だけは憮然《ぶぜん》たるふくれっつらをしていた。

とうとう一休たちはこなかった。——そのあてはずれからである。

で、「南朝の女」は七階の心柱《しんばしら》に結びつけて、闇黒のなかにおきざりにし、ともかくも自分たちは一階に下りて、その外側でめずらしい薪能を見物することにしたのだが。

——

もし義満にきかれたら、一休母子、後南朝と通謀の不審あり、そこでその母をとらえ、一休を誘いよせる兵法であったと答えれば、父も文句はあるまいと思う。

こうなっては一休はもとより、前々から無双の剣人ときく柳生十兵衛も、まさか将軍上覧の能の場にあばれこんでくるとは思えないが、万一にそなえ、東門の外に三人の青蓮衆を出して見張らせておいた。

と、その一人がかけもどってきて、

「きましたっ」

と、低く、息をはずませて報告した。

「なに、一休がか？」

「いえ、いまのところ柳生十兵衛ただ一人のようで——鴨川のほうから東門に向って」

みな、いっせいにがばと起《た》とうとした。

「待て。出迎えが早すぎれば、逃げられる。十兵衛一人なら斬ってもよいが」

義円は制して、

「夜にはいって推参しようとは思わなんだが、むこうにはそれなりの算段があるのだろう。まさか柳生が将軍家に危害を加えもすまいが、さればとてこの薪能のさなかに騒動

を起こされては面倒だ。ここまでおびきよせて、塔のなかへ追い入れよう」

といった。

「半分は塔にはいれ。あとは知らぬ顔してここで待て。十兵衛が逃げるとまずい。騒ぐな」

僧兵たちは、青蓮衆のほかあらたに来援を求めた叡山《えいざん》の山法師たちを加えて三十余人になっていたが、その半分がぞろぞろと塔のなかへはいっていった。

あとの連中は、薪能から眼をはなし、塔の横のほうに首をねじむけている。十兵衛は塔のうしろからそちらにまわってくるはずだからだ。

しかるに十兵衛は、なかなかあらわれない。

さっきからきこえていた遠雷の音が、急にちかくなった。と、薪《たきぎ》の炎に、ぽつ、ぽつ、銀の糸がひかってながれはじめた。

その場にいた者はいっせいに空をあおいだが、天には闇がひろがっているばかり。

——

袈裟頭巾をつけた僧兵が一人、かけつけてきて、義円の前に片ひざをついたのはそのときであった。

「柳生十兵衛、推参してござる」

物見に出していた一人に相違ない。

「なに、どこへ？」

きょろきょろする義円に、

「おんまえに」

答えるやいなや、その僧兵は飛鳥《ひちょう》のように躍《おど》りたち、むんずと義円の右腕をつかんだ。袈裟頭巾のあいだからのぞいた眼の、右の一方が糸のようにとじられていることに気づいたのはその刹那《せつな》であった。

「や、や、や――」

柳生、と呼びかけてその声がとまってしまったのは、鉄環《てっかん》をはめられたような手くびの痛みのためだ。

まんまと僧兵に化けおおせた十兵衛の右手にはすでに白刃がぬきはらわれ、薪の遠火を受けて灼金《やきがね》のごとくひかりつつ、義円ののどくびにピタリとあてられている。

「余儀なき場合でござる。騒がれねばお命にさしさわりはない」

十兵衛はじろりとまわりを見まわして、

「坊主ども騒ぐなよ」

いうと、海老みたいにそりかえっている義円をなかば宙につるして、あいたままの扉から七重塔の一階にはいっていった。

柳生十兵衛が推参したら、塔のなかにとりこめて討て、とは先刻義円が下した命令であった。が、その十兵衛とともに義円自身がとりこめられようとは予想のほかであった。

四

そもそも十兵衛はいかにして僧兵に化けてきたのか。

先刻、相国寺の東門に近づいてくる三つの影を、物見に出ていた三人の青蓮衆は、遠目ながら十兵衛、世阿弥、一休と見たが、そのうち世阿弥、一休を残して、十兵衛だけがスタスタと歩いてきた。――

それで、ともかくも青蓮衆の一人がはせもどって、そのむね義円に報告した。

その路上にいたのは彼らだけではなかった。相国寺の夜空を赤くしている火の色と笛鼓のひびきに、何事ならんとかけつけてくる弥次馬も少なくなかったのである。それにまぎれていたつもりなのだが、十兵衛はなお偵察に残った二人の青蓮衆のほうへ、まっすぐに近づいてきた。

これにはいささか狼狽《ろうばい》し、両人顔見合わせてすぐ眼をもどすと、いま夜目にも見えていた十兵衛の姿が忽然《こつねん》と消えていた。

あ？　と、左右に首をふる一人の脇腹をこぶしが打ち、一人の首に腕がかけられた。いつのまにか敵はうしろにまわっていた、と知ったときはもうおそい。一人は路上に崩れおち、一人は眼を白黒させて宙をかきむしっていた。

耳もとで、声がきく。

「伊予さまはどこだ？」

巻きついた腕がかすかにゆるんだ。

「塔の上」

「義円どのは？」

「塔の下」

半失神で答えたとたん、腕がしまって、その青蓮衆は悶絶した。

そこで、十兵衛はちょっと思案したのち、その僧兵の衣と袈裟頭巾を奪って自分の身につけたのである。自分の衣類はまとめて、縛って道ばたの木の枝に吊るしたが、ただ愛刀三池典太《みいけてんた》を帯びることは忘れなかった。

まわりを走る町衆のなかには、ふと足をとめてこれを見ていた者もあったが、あまりに手ぎわがあざやかであったので、病人を介抱しているものと思ったのか、相国寺の異変のほうが気にかかったのか、そのまますみんなかけ去っていった。

かくて十兵衛はまんまと青蓮衆に化けて、義円に近づき、これを虜《とりこ》にしてしまったのである。

義円を虜にすることが十兵衛の兵法であった。

ただし、義円を虜にできる確信はなかったから、世阿弥たちには、伊予さまの救出に「薪能」を使う、といったけれど。――このとき義円が将軍と離れて塔の下にいたことは僥倖《ぎょうこう》であったが、両者がそういう配置になったのも、薪能のおかげであったかも知れ

ない。

ともかくも十兵衛自身は、おのれの兵法図にあたったり、と心中手を打ってよろこんだ。

いや、よろこぶにはまだ早い。

七重塔に十兵衛をいれるのは、義円側にとっても狙うところであったのだ。すでに僧兵たちのなかばは塔のなかにはいりこんでいる。

十兵衛がそこに踏みこむやいなや、凄《すさま》じい矢声《やごえ》が起こった。

が、血しぶきをあげて扉の外にころがり出たのは、二、三人の僧兵であった。

そのなかに柳生十兵衛がまじっていなかったのは、塔のなかからその声がきこえてきたことでわかる。

「坊主ども、これが見えぬか。おれのひっかかえておるのは義円どのだぞ。おん曹子に刃《やいば》を加えるつもりか!」

五

塔のなかだが、まるきり漆黒《しっこく》の闇ではなかった。あけはなされた扉や連子窓《れんじまど》から、薪能の遠火がぼっと赤い光を投げているし、それに先刻から数分ごとに稲妻がひらめいていた。その光に、十兵衛がひきずるようにしているのがまさに十五歳のおん曹子だと知

って、なかにいた法師連は愕然《がくぜん》となり、ふりかざした薙刀《なぎなた》がとまり、どよめいた。

「きえーっ、きぇーっ」

義円は骨もくだけんばかりの痛苦に怪鳥のような悲鳴をあげている。

義円の右手くびをつかんだまま、十兵衛は委細かまわず、右手に血刃をひっさげてすすむ。いま、稲光にちらっと見えた二階への階段《きざはし》のほうへ。

実は日本の五重塔には、階段さえないものが多いのだが、この相国寺七重塔は、義満がてっぺんで天下無双の大景観を心ゆくまでたのしむために大階段がつけてあった。

そこをあがりはじめたと見て、僧兵の二人ばかり、みずからを制しかねて、

「待てっ」

「ゆかせぬぞっ」

階段なかばまで追いすがった青蓮衆の、二条の薙刀がのびて斬りつける。

うしろなぐりの十兵衛の一刀は、いっぺんに薙刀を二本、柄から斬り飛ばし、返す刃で一人の首をはね、三たび燕返《つばめがえ》しでもう一人の腕を切断している。二人の法師の身体はどどと階段をころげていって、さらに下の三、四人をも巻きおとした。

それをかえりみもせず、十兵衛は頭上をあおいで叫んだ。

「伊予さまっ、用心棒の柳生十兵衛、お救いに参ってござるぞ！」

彼は鬼神と化していた。

七重塔のてっぺんをまわらせせられている伊予さまを見て、狂乱状態におちいった一休

を、彼はむしろ制した。そして、あえて自分が一人で事にあたることを申し出た。実は十兵衛は、一休よりも狂的な憤怒《ふんぬ》にかられていたのである。

そもそも彼が京へかけもどってきたのは、一休よりもその母の伊予さまを案じる心があったからだ。

一休に夜になるまで待てといったが、十兵衛自身日が暮れるのが、いのちを刻む時間であった。いまやお伊予さまの救出は一刻をも争う。わがゆく道をふさぐものあれば、千鈞《きん》の岩といえども何かあらん。

二階に上る。

ここにもはじめから待っていたか、いま先に逃げのぼった連中が待ちかまえている。

「義円どのを殺す気か！」

十兵衛の威嚇に、多くはどどと飛びのくが、なかにはすきを見て薙刀を振ってくるやつもある。

これを、あるいははねのけ、あるいはかわしつつ、十兵衛はひたすら階段のほうへ進む。ここでは薪能のあかりはもう暗いが、階段の位置はどの階もおなじなのだ。

一方で義円をとらえたまま、右手だけの剣技だが、同じ僧兵姿でも、血けむりをあげるのは必ず青蓮衆のほうであった。

また二、三人斃《たお》すと、十兵衛は三階へ上り出した。

七層へ、七層へ。

この立体的大争闘は、しかし七重塔の外からは見えない。叫喚もきこえない。しかし、このとき見所《けんじょ》がざわめきはじめたのは雨と雷鳴のせいであった。

さきほどからふり出した雨はしだいにふとくなり、雷鳴は頭上に近づいてきたように思われる。

その下で、薪能はなおつづいている。

見所の義満が自若《じじゃく》としているからだ。

将軍がやめよといわないので、金春《こんぱる》一座も雨のなかで演じつづけているのはさすがだ。

もっとも「船橋」は終りに近づいていた。

「われと身を責め苦患《くげん》に沈むを、行者《ぎょうじゃ》の法味功力《ほうみくりき》により、真如法身《しんにょほっしん》の玉橋《たまはし》の……」

半被《はっぴ》半切《はんぎり》のいでたちに怪士《あやかし》の面《めん》をつけた金春弥三郎が打杖《うちづえ》をふったとき、はじめて義満がふっと顔をあげて、薪能のかなたの七重塔のほうに眼をやり、

「細川、斯波、赤松。——」

と、呼んだ。

「塔のなかに、何か異変が起こったようじゃ。見てこい」

見所の階段の下にいた御供衆の細川杖之介、斯波刑部、赤松鉄心が、

「あっ」

と、ひくく叫んで立ちあがった。

大塔《だいとう》燃ゆ

一

さっき塔の下にいるのが青蓮衆だと知ったが、その後は薪能と空もように気をとられていたのだが、いまその青蓮衆がみないなくなっているのに気がついたのだ。

しかも、見えないけれど塔の内部に、たしかに異常が感じられる。――押っとり刀で三人がかけ出そうとすると、

「これ」

と、声がかかった。

地上にぺたんと坐っている愛洲《あいす》移《い》香斎《こうさい》であった。

「剣声がきこえるな、わしもつれてゆけ」

まるっきり恍惚人なのに、剣気を感覚すると――そのときだけ正気にもどる老人である。彼用の手輿《たごし》はいつも近くに用意してある。

その手輿に移香斎をのせて、他の御供衆に持たせて走り出すと、あとのめんめんもいっせいに走り出した。その数三十人ばかり。

このとき雨はついに沛然《はいぜん》たる音をたててふりはじめた。何ケ所かの薪《たきぎ》の炎はみるみる黒煙たてて消えてゆく。

そのために、野天で見物していたほかの侍たちはもとより、金春《こんぱる》一座も大混乱におちいって、御供衆が七重塔めがけて走るのを眼にとめた者もなかった。

塔の下にくると、果たせるかな、そこに斬りすてられた屍骸、重傷を受けてころがりまわっている僧兵などが数人ある。

扉の外に立って、見張っているらしい二、三人の青蓮衆に、

「将軍家御供衆だ。何事が起こったのか」

と、赤松鉄心が叫びかけた。

「とり調べて参れとのご諚《じよう》だ。答えろ」

斯波刑部がいった。僧兵たちは顔見合わせたあと、

「柳生十兵衛なるものが斬りこんできたのでござる」

「な、なに、柳生どのが？」

細川杖之介がおどろきの声をたてた。

「青蓮衆にか？　何のいわれあって？」

「一休なる小坊主の母を奪還のためでござる！」

「奪還というと、一休の母がこの七重塔におるというのか」

彼らは北山第《きたやまてい》に詰めていて、ここ二、三日の塔のさわぎを知らなかったのである。

柳生十兵衛が一休を助けるために、義円さまの愛犬何頭かを斬ったという話はきいている。そのために義円のにくしみを受け、北山第で義円からののしられたのはげんに目撃しているし、そのあと十兵衛が御供衆をみずから退転して、いちじ柳生ノ庄にひきこもったことも承知している。

その他、義円と一休、また十兵衛にからまるごたごたの二、三を風聞として耳にしたことがあるが、総じて彼らは、困ったおん曹子だと舌打ちし、十兵衛に同情的であった。

「それで柳生どのはどうした？」

「義円さまを人質にして、七層のほうへ上ってゆきおった」

「な、なんのために？」

「一休の母が七層にとらえてあるからで」

こうきいても、まだよくわからない。それに、いまくわしく詮索しているいとまはない。

ともあれ将軍のおん曹子を人質にしたとあっては、親衛隊として見すごしてはいられない。

三人はつかつかと塔の入口に寄ってなかをのぞいたが、洞然《どうぜん》たる闇の空間のはるかな上から、「えい」「やあっ」という凄じい矢声と、刃のうち合うひびき、苦鳴と、あきら

かに階段をころがり落ちる音が降ってきて、さしもの御供衆の精鋭たちの足を数瞬ひるませた。

　一息おいて、高い虚空から、

「斬れ、斬れ、おれを助けられぬのか！　きえーっ」

と、怪鳥のような義円の声がこだましてきた。

三人は顔見合わせた。どうやら十兵衛も義円もいのちはあるらしいが。――

「これでは敵味方もわからぬ」

と、細川杖之介がいうと、斯波刑部が、

「十兵衛どのが、もし一休の母とやらを救い出すのに成功したならば、ほどなくここに下りてくるのだろう？」

と、僧兵をふりかえる。

「あと三方の扉はどうじゃ」

「あとは、ふさぎ申した」

と、僧兵は答える。彼らは三日前からここに詰めていたのである。

「それならここで待とうではないか」

と、刑部がいうと、赤松鉄心が、

「義円さまはどうするのだ？」

「事情はよくわからぬが、まさか十兵衛どのが義円さまを殺《あや》めはすまい」

「お、その事情だ。何はともあれ、柳生どのに事情をきくのが先決じゃ」

と、細川杖之介がいった。

彼らはもともと元隊長の柳生十兵衛と、こんなことで刃を交えたくはなかったのである。こんなこととは、狂童子義円のしりぬぐいという意味だ。

その義円はいま十兵衛の人質になっているという。どういう状態かわからないが、あの悲鳴からみて安穏ではあるまい。が、少しは痛い目、こわい目にあってみるがいい、くらいに三人は内心考えた。

「老師」

細川杖之介がふりむいて、

「柳生十兵衛どの、わけあってさる女人を奪還のため大塔に斬りこみました。青蓮衆の義円さまを人質にしております。やがてここへ出て参れば。……」

輿の上で、愛洲移香斎は身体をぐらぐらさせているようだ。なにやら、糞臭がした。

薪は消えたのに、ふしぎなことに大気には凄愴《せいそう》な微光がみちている。雨つぶの一つ一つが雷気《らいき》を孕《はら》んでいるらしい。

「十兵衛を斬るというのか」

柳生十兵衛が移香斎の最大の愛弟子《まなでし》であることを承知している細川杖之介は、とっさに動揺して、

「そうならないことを祈りますが……義円さまのごようす次第では」

と、答えた。

すると、移香斎はもうろうたる声で、

「十兵衛を斬る場合は、わしにまかせろなあ」

と、いった。

稲妻が一閃《いっせん》して、白髪にふちどられたシャレコーべのような顔を浮かびあがらせた。

人間も百何歳かになれば、かかる相貌になるのはやむを得ない。その顔にむしろこの世の人ならぬ神秘性をおぼえていた三人だが、いまの言葉をきいて、水をあびたような表情をした。

移香斎の言葉は、師の責任にかけて高弟たる十兵衛を斬る、というようなまっとうなものではなく、ここのところ移香斎は昼夜兼行で眠りつづけてただ剣気を感じたときだけ覚醒する、それもただ剣をふるいたいという、剣聖というより大剣怪ともいうべき人間として目ざめるらしい、と見ていたからだ。

いま水をあびたような表情、と形容したが、雨は豪雨となってふりつづけている。

「承知つかまつってござる」

細川杖之介はうなずいて、

「ともかく老師。その輿を軒下へ」

と、輿のかつぎ手たちにいった。

雷鳴とどろく塔の下に、将軍家御供衆三十余人は半円形に布陣した。

二

柳生十兵衛の戦いは、四階まで上っていた。

灯影《ほかげ》はまったくないはずの七重塔の内部だが、眼が馴れてくれば、四方のいくつかの連子窓に青白い微光がある。それに数分ごとに稲光がはためく。

おそらく外に雷鳴はとどろいているだろうが、それはきこえてこない。が、それよりもっと怖ろしい叫喚のこだまであった。

何人か斬りおとして、十兵衛が五階に上ると、一息か二息おいて、青蓮衆や山法師が黒旋風《くろつむじ》のように追いかけて上る。

「義円どのを斬るつもりか！」

この十兵衛の威嚇に、一瞬とまどう数本の薙刀《なぎなた》をはねのけて、三池典太のひらめくところ、またざっと血しぶきの音が立つ。幽暗の光のなかであったからよく見えないが、もし白日のもとなら、各層、各階段に算をみだして倒れている僧兵たちの姿は凄惨をきわめたものであったろう。

義円は十兵衛の盾であったが、一方ではむろん大変なハンディキャップであった。

十兵衛は左腕で義円の右手くびをつかみ、右腕だけで血刃をふるっている。

十五の義円はなかば吊るされるかたちで、爪先立ちでひきずられているのだが、鉄環

でしめつけられるような右手くびの痛みにまったく自由を失いながら、それでもここまでくるあいだに、いささか抵抗の気力をとりもどして、

「きえーっ、かまわぬ、おれごめに斬れっ、きえーっ」

と、のどをしぼり、はねまわろうとする。

「あなたに死なれてはこまる。いましばらくのご辛抱」

と、十兵衛はいう。

実際十兵衛は、このおん曹子のいのちはもとより、怪我《けが》されてもこまる、と考えているのだ。

ここまで十兵衛が、決して無傷であるはずはなく、袈裟頭巾も衣《ころも》もズタズタに裂け、全身血びたしの凄壮な姿になっていたのだが、その傷は義円を傷つけないために受けたものといってよかった。

眼には見えずとも、その十兵衛の凄じさには、さすがの青蓮衆もたえがたい恐怖に襲われたのであろう、十兵衛が六層に上ったとき、あとを追おうとした一人が、

「きゃっ、どうせ下に下りてくる、下で待とう！」

と、叫ぶと、みなどよめきを波打たせ、

「そうだ、下で待とう！」

口々に叫びつつ、まろぶように階下へなだれ落ちはじめたが、何人か階段をころげおちて蛙《かえる》のようにひらべったくなったやつもある。

それは知らないが、義円と二人だけになった十兵衛は、七層への階段へ走りながら、

「お伊予さまっ。柳生十兵衛が参上つかまつった。ご無事でおわすかっ」

と、絶叫した。

七層の階段の上から、また稲妻がひらめいた。が、そこから返事はない。十兵衛の全身から血がひいた。

髪を逆立《さかだ》たせ、その階段をはせのぼろうとして、ふいに十兵衛の足がとまった。

彼はこのときふしぎな声をきいたのである。

「……しばらく世間の幻相を観ずるに、飛花落葉の風の前には有為《うい》の転変を悟り、電光石火の影のうちには生死《しょうじ》の去来を見ること、はじめて驚くべきにはあらねども。……」

笛と鼓が交響した。

さっき下界で薪能をやっていたようだ。それが空にあがってくるのだろうか。

十兵衛はききすてて、七階への階段を上った。

「お伊予さまっ、どこにござる?」

依然、応える声はない。

稲光がきらめいた。

その刹那、心柱《しんばしら》のそばにたおれている女人の影を見て、十兵衛は凍りつき、次の瞬間義円の腕をはなし、われを忘れてそこへかけよった。

義円はとびはなれ、尻もちをつき、ついでわけのわからない声をあげて、まろぶよう

に階段を逃げおりていったが、十兵衛はかえりみもしない。

刀さえ投げ出して、彼はその女人を抱きあげた。

「お伊予さま！　十兵衛が参りましたっ」

またひらめく稲妻に、腕のなかでのけぞった女人を、やつれはてているけれどまさしく伊予さまの顔と見、同時に気絶してはいるが身体はあたたかく、息もあることを十兵衛は知った。

抱きしめて、数度ゆさぶると、伊予はうっすらと眼をひらいた。彼女はさっき、下から十兵衛の声をきくと同時にがくりと喪神したのであった。

うつろな視線が十兵衛の顔にとまると、

「おう、十兵衛どの！」

伊予はしがみついた。

一瞬の陶酔に十兵衛は沈んでいる。

三

凄じい稲妻と雷鳴が彼をゆりもどした。

「十兵衛がきた以上、もはや心配ござりませぬ。一休どのも待っております。ゆきましょう」

いまの閃光で、伊予と心柱をつないでいる紐《ひも》が見え、あらためて怒りの激情に唇をふるわせながら、

「こんなものを」

と、刀をひろいあげて、ぷつりと切った。

「立てますか?」

まず身を起こし、左腕をさしのばして、

「この腕におつかまりなされ」

半抱きにして立ちあがったが、伊予は萎《な》えた花のようにからまりゆらめいている。彼女はこの三日間食を絶っていたのであった。

伊予を支える腕は、ほんのいましがたまで義円をとらえていた腕であった。彼はそれまでの兵法が完全に狂ったことを知った。

彼としては義円を人質とし、盾とすれば、この大塔を脱出し、相国寺の近くに待たせてある一休と世阿弥のところへたどりつき、さらに鴨川の小舟に乗ってのがれることは不可能ではない、と考えていたのである。

いまや十兵衛は唯一の切札《きりふだ》を失い、代りに半死の女人《によにん》という重荷をかかえることになった。

下にはなお青蓮衆がひしめき、知るや知らずや将軍家御供衆も円陣を作って待ちかまえている。剣俠柳生十兵衛、この絶体絶命の運命を果たしてのがれ得るやいなや。

が、十兵衛はこれを重荷とは思わない。さらにゆくてに、しかばねの山を積もうとこの女人を救い出してみせる。

彼は左腕に伊予をかかえ、右腕に愛刀三池典太をひっさげて歩み出そうとした。

と、その耳の奥に、また妖かしの笛と鼓の音が鳴ってきた。

「さらば埋《うも》れも果てずして、苦しみに身を焼く火宅の住みか、ご覧《ろう》ぜよ。……」

謡《うたい》の声だ。

しかし声は耳の奥にきこえるが、なぜかこの世ではない世からきこえてくるようでもある。

「しばらく、お待ちを」

十兵衛は伊予を片手に抱いたまま、扉の一つに近よった。

扉をあけて回廊へ出る。軒はあるが、凄じい雨だ。それが蒼白な微光で天地を満たしているけれど、雲のようすはただ暗澹《あんたん》というしかない。

ついで、薪能のその後を見ようとして、下界をのぞきこむ。そのとき稲妻が走って、塔の直下に数十人が円陣を作っているのが雨にけぶって見えた。

おどろおどろとまた声がきこえた。

「……屍《しかばね》をあらわす妄執《もうしゅう》は去ってまた残る。……若年のむかしより、剣《つるぎ》使うことの面白さに、殺生《せっしょう》をするはかなさよ。……」

それは笛、鼓の音《ね》とともに雲間からとどろいてくる。

その雲が——眼に見えたのだ。決して一瞬ではない稲妻のなかに、雲が、たなびく雲が、勾欄《こうらん》のすぐ外からかなたへ、渺茫《びょうぼう》と重なって見えたのだ。銀灰色の波濤《はとう》のごとく。

ここは三百六十尺、音にきこえた相国寺七重塔の最頂上であったが、雲が下に見えるとは！

半死の伊予さまがあえいだ。

「十兵衛どの、ここでいっしょに死にましょう。……」

「いや。——」

死んではならぬ。自分のためではなく、お伊予さまのために。——少なくともこの女人を一休坊のところへもどさねばならぬ！

血ばしった眼で、もういちど雲を見わたした十兵衛の眼前が、突如閃光でみたされた。天地がひっ裂けたような轟音《ごうおん》がした。十兵衛は勾欄《こうらん》にそりかえり、数瞬失神した。

その刹那、七重塔を垂直につらぬく心柱は巨大な灼熱の棒となった。

大塔の空へそそり立つ水煙《すいえん》に落雷したのだ。七重塔の一階にひしめいていた僧兵はもとより、外側に待機していた御供衆のなかにも、相当数気を失ったものがあった。

あやうく意識をとりもどした十兵衛は、七層の心柱が灼熱の棒と化し、ついで炎を噴き出したのを見た。

七層をつらぬく心柱は火の柱となった。ついで七重塔すべてが炎の塔となった。

そのなかで、笛、鼓、謡の声はとどろく。

「いまは何をか包むべき、これは相国寺七重塔、因果のありさまをあらわすなり。……」

十兵衛はそのひびきのほうをふりむき、そこに見えた雲の波濤が朱色に染まり、さらに無数の船の橋と変っているのを見た。

なんのためらいもなく、柳生十兵衛は伊予さまを横抱きにしたまま、その雲の船橋に飛び移った。

四

十兵衛と別れてから、一休と世阿弥は、鴨川のほとりに、身じろぎもせず立っていた。二人についてこられては足手まとい、母上は拙者の剣でかならず救い出して参る、と十兵衛は大言壮語ともいうべき言葉を残して相国寺《しようこくじ》へ向った。

そのときは、その言葉より、十兵衛の全身から放《はな》たれる名状すべからざる鬼気に金しばりになって見送ったのだが――二十分たち、三十分たつうち、二人が不安の鞭《むち》にたたかれはじめたのは是非もない。

石像のように立ちつくして、世阿弥と一休が見ているのは七重塔だ。

その七重塔に、三日間一休の母がさらしものになっていたことは知っているが、夜にはいったいまもそこにいるかどうかはわからない。また十兵衛が相国寺にはいって、どうなったかはわからない。

が、二人は塔に眼を吸われている。

そのむこうで演じられているという薪能の火光を背にそそり立つ七重塔は、ひるまは豪壮けんらんをきわめるが、いまは夜の京をへいげいする大魔神のようであった。しかも当時の相国寺は後年よりははるかに宏大であったから、その北東の端に立つ塔は、この鴨川に影をおとすほど近いのだ。

その薪能に吸われて、このあたりからもたくさんの町の人々がかけてゆく。

「ゆこうか」

と、一休がたまりかねたようにいう。

世阿弥は、鴨川の河原の杭《くい》につながれた空舟《からふね》に眼をやって、

「いましばらく、ようすを見ましょう」

といったが、彼もどうすればよいか、懊悩《おうのう》の極にある顔であった。舟は十兵衛が、逃走用に用意したものだが、果たして彼が伊予さまを救い出して、ここまでこれるだろうか?

この「いましばらく」が一休にとっては大拷問であった。

そして、そういった世阿弥自身が、そのうちようすがおかしくなった。

「ああ、呼ぶ声がきこえる。……」

と、つぶやき、

「だれの声が?」

と、一休がふりかえると、世阿弥は相国寺のほうでなく、暗い空に眼をむけている。

その空には、さっきからにぶい音がどろどろと鳴りはじめている。

「あれは雷だ」

一休がいうのに対し、

「いえ」

世阿弥がくびをふったとき、稲妻がひらめき、その眼が恐怖の光をおびているのを一休は見た。

と、そのうち大粒の雨がおちはじめ、さらにはげしい雷雨に変った。

薪能の火照《ほでり》はみるみる消え、相国寺のほうから人々が逃げてくるようであったが、十兵衛はまだ帰ってこない。

雨は何でもない。雷さまもこわくない。

が、帰らぬ十兵衛への不安と焦燥のほかに、一休には別の恐怖が加わった。ふだんものしずかな世阿弥の突然の異常である。

世阿弥は雨の天に顔をあげ、

「呼ぶのはやめてくれ！」

と、叫んだ。

「いまわしは変れない。この世から移れない。……」

また稲妻がきらめいて、七重塔の巨大な像を浮かびあがらせた。

「参ろう、一休坊」

突然世阿弥は塔を指さしていった。そこに何を見たのか、

「塔のなかで、何かが起こっておる。——ゆこう」

自分をとらえている見えない力をふりはらうように、彼は歩き出した。むろん一休は
それを追う。

——と、十歩ばかりいって、世阿弥はまた立ちどまった。

闇のかなたでただならぬ声がした。

「やっ……そこにおるのは世阿弥！」

「一休坊もおる！」

雷雨に蒼白な微光があるのはここもおなじであった。そのなかに奇怪なものの影が二つ浮かびあがった。

一人は僧兵だ。それはいいが、もう一人は下帯《したおび》一本のあかはだかの大男であった。両人とも薙刀をふりまわしながら、

「柳生十兵衛はどこにおる？」

と、かけよってきた。

五

それはさっき、十兵衛のために一人は当身《あてみ》で、一人は腕で絞めおとされた青蓮衆であった。わざと十兵衛は悶絶させただけで相国寺へ立ち去ったのだが、雷鳴と豪雨に打たれて意識をとりもどし、とくに一人はまるはだかにされているのに仰天し、狂乱状態になってあたりをかけまわっていたのだ。

世阿弥は一休の手をひいて逃げもどりながら、

「一休坊、もし私や十兵衛どのに万一のことがあったら……柳生ノ庄へ、いや、伊賀へ逃げて下され！」

と、さしせまった息でいった。脇差《わきざし》をぬいてはいるが、大薙刀に敵すべくもなさそうだ。

「何をいまさら」

一休も腰からスリコギの用心棒をぬき出している。

「いや、ひょっとすると柳生家が……あの又十郎どののもあぶない。又十郎どのをつれて伊賀へ……伊賀の服部家へ……」

そのあいだにも青蓮衆の薙刀は、夜目にも銀光をはなってせまってくる。

「一休、無用な腕立てはよせ、神妙に相国寺へこい！」

「世阿弥、お前のいのちはここでもらうぞ！」

彼らのわめく口が、稲妻に見えた。

大雷雨のなかを、一休と世阿弥は鴨川のほとりに追いつめられた。

「一休どの、舟がある。私がふせいでいるあいだに早く」

「そんなことができるか。だいいち母は相国寺に残っているのだ！」

「いや、あなただけでもともかく舟へ！」

水しぶきをたてて一休をつきとばした世阿弥の頭上に、はだか法師の狂乱の薙刀がなぐりおとされた。

その刹那《せつな》、天地もひっ裂けるような音がした。

岸辺に浮かぶ舟まであおむけに飛んで、尻もちをついた一休は、そのとき七重塔が凄じい閃光に大怪物のように浮かびあがったのを見た。

尻もちをついたはずみに杭につないだ綱はぷつっと切れて舟はただよい出したが、それより一休は信じられないものを見た。いや、見えるはずのものが見えないことを知った。

たったいま、追いつめられて河に片足いれ、自分をつきとばしたはずの世阿弥の姿が、しぶきのなかに忽然《こつねん》と消滅していたのである。

河にたおれて沈んだのか、と見わたしてもそれらしい影は見えない。

追ってきた青蓮衆も、眼をほらあなのようにあけたまま立ちつくしているようだ。

その怪異より一休は、相国寺の七重塔に眼を奪われていた。それは真っ赤な炎につつまれていた。

それが落雷によるものと悟ったのはあとになってのことである。だれかが火を放った

としても、あれほど巨大な建造物が、ぜんぶ一瞬に火につつまれ、炎を噴き出すなどということがあるだろうか。

しかし、いま燃え出した七重塔は、さすがにいつ消えるとも知れぬかたちを、業火《ごうか》のなかに保っていた。なお天地をうずめる豪雨のなかに、無数無限の金蛾をまきちらしつつそそり立つ灼熱の幾何図形、これほど豪華で、これほど壮麗で、これほど凄惨な眺めがまたとこの世にあるだろうか。

ああ、相国寺の七重塔が燃える！　将軍さまの作られた大塔が燃える！

天をくつがえしたような大雷雨に、一度は家のなかにもぐりこんだ京じゅうの人々も、この叫びにみな外に出て、同じ恐怖と讃嘆の叫びをあげたに違いない。

その大魔界の光景を、かっと眼をむいた一休をのせて、舟は遠ざかってゆく。舟に櫓《ろ》はあるが、彼はこぐすべを知らない。ただ鴨川の流れに従ってながれてゆくだけだ。鴨川は朱に染まっている。

「ああ、母上！　母上！」

遠ざかってゆく炎の七重塔を見つつ、一休は血を吐くような叫びをあげて昏倒《こんとう》した。

その刹那、舟の艫《とも》に何やら白いものが横たわっているのがちらと見えた。

一休は這《は》いより、水光にすかし見て、たまぎるような声をあげていた。

「――母上！」

室町へ翔ぶ夢幻能

一

……ふしぎな感覚であった。

虚空《こくう》を水平にながれているようでもあり、無限の奈落《ならく》へおちてゆくようでもある。まだ経験したことのないほどの暴風に吹き飛ばされているようでもあり、鼓膜が凍結したような無音の外界にとりかこまれているようでもある。五彩《ごさい》の世界が無数にはためきすぎていったようでもあり、ただ灰色の雲霧がぼうぼうと飛び去っていったようでもある。

ただそのあいだ、耳の奥に、笛と鼓と、そしてとぎれとぎれの謡《うたい》の声が、耳鳴りのようにたえずきこえていた。

その音と声がしだいにかすかになり、ふっと消えて、意識がもどってきた。

眼のまえにチロチロと火が燃えている。——それを焚火《たきび》だと見て、ふいにがくと首をあげ、柳生十兵衛は、自分がいろりのそばに坐っていることに気がついた。

ほんのしばしのまどろみであったような気がするし、何年ものながいながい旅から帰っての眠りでもあったような気もする。

ここはどこだ？

見まわすまでもなく、柳生陣屋の奥の、いろりを切ってある居間だ。

柳生家がこの土地のあるじとなって以来幾百星霜《いくひゃくせいそう》、屋敷はなんども改築されてもはや原形もとどめていないだろうが、ここだけはふしぎに南北朝のころの面影をとどめているといって、代々特に旧態のまま保つことを念としてきた座敷であった。

が、ちがう。何だかちがう。

古びているのはおなじだが、それでもまだ自分の知っている座敷より新しい。

「お気づきか」

いろり火のむこうから声がかかった。

十兵衛はそこに坐っている男にはじめて気がついた。

宗匠頭巾《そうしょうずきん》をかぶり、銀灰色の道服をきた四十なかばの人物だ。気品にみちた容貌をしている。

その男がいう。

「私もさきほど覚醒したばかりで――」

「お前はだれだ」

「金春竹阿弥《こんぱるちくあみ》でござります」

「ち、竹阿弥？　お前が――」

十兵衛はあっけにとられた顔だ。

「竹阿弥とは、顔がちがうではないか」

「いまの名を、観世《かんぜ》元清《もときよ》、法名世阿弥と申しまする」

「なんだと？」

「そしてあなたは、世阿弥が生きていたころ、すなわち室町の世の柳生十兵衛さま。――」

世阿弥と名乗った男はつづける。

「いつぞや大河原の能舞台で申しましたろう。私は能の神祖ともいうべき世阿弥を恋い、〝世阿弥〟という謡曲を作り、能の極限は変身にありと信じて世阿弥その人になり変りたいと念願しておることを。――そして、ついに、たまゆらの時ほど世阿弥に変身する境地に達したのでござります」

十兵衛もそれは見た。

あれは去年の十一月末であったか、はからずも十兵衛は、世阿弥とやらに変身した竹阿弥を見、かつは木津川に浮かぶ金閣寺を見て、水をあびたような思いがしたことがある。そうだ、そのとき竹阿弥はまったく別の顔に変っていたが、いま、その顔をした人物が眼前に坐っている。――

「そのときわが芸成《な》ったと驚喜しましたが、それ以後いくたびか〝世阿弥〟を試みまし

ても再現することは叶《かな》わなかったのでござります。ところが先刻――いや、遠い遠い以前のことであったような気もいたしまするが――大河原の能舞台で〝世阿弥〟を舞い、ついに世阿弥に変身しおわせた、と思ったとたん、みるみる木津川からわきたつ雲霧のなかに喪神しました」

「…………」

「そして気がつくと、ここに坐っており、いろりの火をへだてて、あなたさまがそこに首うなだれて坐っておりなされるのを見た次第でござります。おそらく私も同様の姿で眠っておったのでござりましょう。それが、どれほどの時であったかわかりませぬが。……」

「…………」

「その謡曲〝世阿弥〟では、直面《ひためん》ながら烏帽子《えぼし》、狩衣《かりぎぬ》、指貫《さしぬき》の能装束《のうしょうぞく》をつけておったはずでござります。しかるにいま気づけば、かくのとおりふだんの頭巾、道服でここにおりましたが、どうしたのかわけがわかりませぬ。十兵衛さま、あなたさまはきのうの夕方、どこでどうしておられましたかな？」

十兵衛はいつのまにか、凝然《ぎょうぜん》と宙に眼をすえている。

二

そうだ、自分は京の清水寺《きよみずでら》の舞台で、豊臣の残党、長曾我部《ちょうそかべ》乗親《のりちか》の一党に包囲され、手の武器も失って絶体絶命におちいったが、そのとき突如舞台のそばにセリ上ってきた巨大な塔に飛び移った刹那に気を失ったのであった。

「いえ、なぜ私たちがこんな姿でここに坐っていたかはわかります。……あのとき私は、夢幻能は、亡霊が生きておったころの世へ送りこむ芸術だと申しました。また、芸のきわまるところ、過ぎし世そのものへ飛び移ることができるはずだと申しました。……私たちは過ぎし世へ飛んだのでございます。十兵衛さま、私たちは室町の世界へ飛び移ったのでございます」

「竹阿弥、私たち、私たちというが、お前はいいとして、おれまでがどうしてこんなことになったのだ？」

「それでございますか」

世阿弥に変身した竹阿弥はいった。

「あなたさまが、離剣《りけん》の剣すなわち分身を作り出す能力の持ち主でございますゆえ」

「いくら、それにしても」

「あのとき、私が世阿弥に変身すると同時に、木津川に浮かび出た金閣寺を、あなただ

けごらんになりましたな。それはあなたのような、変身し得る能力の持ち主ならではのことで私はいつも、もし自分が持続的に世阿弥に変身するときは、是非用心棒として柳生十兵衛さまもごいっしょに、と念じておりました。あなたがいま室町の世におわすのは、私のその念力のききめでござりましょう。……」

「ば、ばかな！」

十兵衛は叫んだ。

「いくらおれが用心棒の好きな男じゃとて。――」

「十兵衛さま、あなたは柳生家のご先祖の一人に、柳生十兵衛満厳《みつよし》という陰流《かげりゅう》の名人がいたとやら、是非その満厳どのに変身してみたいとか、立ち合ってみたいとか仰せられたではござりませぬか」

「なに、おれがそんなことをいったと？……あれは冗談だ」

「私、さきほどあそこの棚の上に、油紙《あぶらがみ》の包みがあるのに気がついてひらいてみましたが、その前に、押えとしてこの手鏡がおいてあったのを――」

世阿弥の顔をした竹阿弥はいい、

「ちょっと、ごらんなされ」

と、いろりごしに古い手鏡をさし出した。この時代のことだから、白銅《はくどう》の鏡だが。

茫然として十兵衛はそれを受けとり、鏡をのぞきこんだ。

「奇妙なことに気づかれませぬか」

鏡のなかの十兵衛の左眼は、糸のごとくとじられている。

「あなたさまのお眼がつぶれているのは左のはずで」

いまさらのことではない。

「それが、どうしたのだ？」

「鏡のなかの左眼がとじられているのは、あなたさまの右の眼がとじられているということで」

あっ……と、十兵衛は口のなかでさけんでいた。

竹阿弥の世阿弥は微笑していった。

「いつぞやあなたさまは、たしか、室町の十兵衛さまも片眼で、ただしあなたとは逆に右眼がとじられていたという、と仰せられましたな。つまり、いま鏡を見ている人は、室町の十兵衛さまなのでござります」

鏡のなかのたった一つの眼が、驚愕のためにかっとむき出されている。

それから、ひらいている左眼をとじたり、あけたりして、

「さっきからどうも妙だと思っていた。それはこの眼のせいであったか。……」

「しかし、それ以外に気づかれるところはないごようすから、顔そのものは二人の十兵衛さまは同じと見えます。よほどよく似たご先祖さまもあったもので」

三

「では……おれはおれのご先祖さまに変ったというのか！」

非常にこっけいなことを、こっけいどころではない息づかいで十兵衛はうめき、あらためて愕然たる表情になって、

「冗談ではない、おれはもとの柳生十兵衛としてやらねばならぬことがある！」

と、叫んだ。

「竹阿弥、お前はまだ知るまいが、おれは京でいのちがけの仕事に乗り出していたのだ。前のみかど月ノ輪《つきのわ》の宮がお前の伜《せがれ》七郎をひいきになさるのを、後水尾《ごみずのお》法皇が誤解なされ、刺客まで放たれたのを見すごしならず、おれは月ノ輪の宮と七郎の助っ人に乗り出した。——そして清水寺で法皇の刺客群と血戦しておる最中に、突然、清水の舞台のそばに出現した奇怪な大塔におれは飛び移ったのだが。——」

「ああ、その瞬間にあなたさまは、この室町の世へ飛び移られたのでござる」

竹阿弥の世阿弥はうなずく。そのことのみに興味が集中して、それに至る十兵衛の説明はうわのそらのようだ。

十兵衛はそばを見た。

そして、そこに横たえられているのが愛刀三池典太光世《みいけてんたみつよ》であることを知った。

清水寺には舎人《とねり》姿に化けていったために、短い脇差をたずさえ、ためにあの長曾我部乗親に打ち折られたのだが、持ってゆかなかった三池典太がここにある。

もっともいまここにいる自分は室町時代の柳生十兵衛だそうだから、それはあたりまえかも知れないが、してみるとこの三池典太はこのころから柳生十兵衛の愛刀で、それがながく相伝されたものであろうか。

――など、感慨にふけっている余裕はむろんない。

その三池典太をひっつかんで、

「意地と献身に生きる月ノ輪の宮と金春七郎――お一人は前のみかどだが、あえておれは可憐なる二人とよぼう――その二人をおれは守ってやらなければならぬ。おれがいなくなったら、あの両人はいかなる運命におちいるか。――」

十兵衛は起《た》とうとした。

「お気の毒ながらそれは不可能でございます」

竹阿弥の世阿弥は首をふる。

「お目のことでもわかるように、あなたさまはもはや慶安のころの柳生十兵衛三厳《みつよし》さまではなく、室町の世の柳生十兵衛満厳さまに変身されております」

十兵衛は自分のつぶれた右眼に手をやって、

「な、な、なんたることをしてくれた！」

と、身もだえした。

「おれは大迷惑だ。みんなお前のしたことだぞ。それならお前に、もとの世界にもどすことができるはずだ。竹阿弥っ、もどせ、もとの世界に返せっ」

「それが、できないのでござります。私は謡曲〝世阿弥〟によって世阿弥に変身いたしました。で、ござりますから、たとえまた謡曲〝世阿弥〟を演じたところで、金春竹阿弥に変身することはできないのでござります」

なるほど、理屈だ。

竹阿弥の世阿弥は、むしろ恍惚とした表情であった。彼はほんものの世阿弥になりおおせたことに、すっかりご満悦のようだ。

竹阿弥の世阿弥は——いや、こんな呼称や、世阿弥に変身した竹阿弥、とか、世阿弥の顔をした竹阿弥、などいう形容はまぎらわしくて、面倒だ。彼はほんものの世阿弥になりおおせたつもりでいるのだから、これから先は世阿弥と呼ぶことにしよう。この物語では以後ある時点まで、世阿弥といえば変身した竹阿弥のことだと受けとっていただきたい。

四

竹阿弥もふしぎな威厳を持つ能楽師であったが、この世阿弥はさらにさらに威厳があった。

その威厳に打たれたのか、十兵衛は、それまで頭を燃やしていた月ノ輪の宮や金春七郎への愛執がみるみる不可抗力的に縮小して、頭の深部に痛痕の一凝塊と化してゆくのを意識している。

彼はどさと尻もちをついて、しばし肩で息をしていたが、

「過去の世界……こんなものがあったのか？」

と、茫然とつぶやいた。

「あったのでござりますな」

世阿弥はうなずき、

「さっき、ここは過去の世界ではないかと気がついて、私は、自分が望んでいた事態であるにもかかわらず、驚駭《きょうがい》いたしました。人間が過去の人間に返る、などということがあり得るか、と首をひねりました。……そこで考えたのは、これは能の世界ではあるまいか、ということでござります」

「能の世界？」

「いつぞや申しあげたごとく、能は——特に夢幻能のシテは、過ぎ去った世の人物に変身いたします。また、それをめぐる世界も過去の世界でござります。われわれは、いまその能の世界におるのではないか、と。——」

「してみると……おれが室町の十兵衛どのだというのは、室町の十兵衛どのの能をやっている人間だということか」

「見ようによってはそのように考えてもよいかと存じます」

十兵衛は、わかったようなわからないような表情で、あいている左眼をパチクリさせたが、やがて次のような疑問を口にしたのは、まだ慶安の十兵衛の残り火がどこかにくすぶっていたせいだろう。

「ところで、おれたちがいま過去の世界にきたというが、この世界にはいままでもとの十兵衛どのがいたのだろう？」

「過去の世界ではありませぬ。ここは現在の世界でござるが」

「それはともかく、その十兵衛どのはどこへいったのだ？」

世阿弥はちょっと考えて、

「よくわかりませぬが……その、もう一人の十兵衛さまは、ひょっとすると入れ代りに慶安の世の十兵衛さまへ飛び移られたのではござりますまいか？　そのほかに、ゆきどころがありませせぬ」

「ははん？」

十兵衛はしかし昏迷の極に達した顔をしていたが、

「まだきくことがある」

と、いった。

「お前は先刻、気がついたらこのいろりの前に坐っていたと申したな。それからこの座敷を出たようにも見えぬが、それでどうして二百五十年前の世に飛んだとわかったの

だ？」

「ここが柳生さまのお屋形の奥座敷であることは、以前になんどか参上させていただきましたのですぐにわかりましたが」

世阿弥はさっきの手鏡をとりあげ、

「この手鏡で自分の顔を見て、それが別人と化しているのを見て、私は驚きました。そして、私はいったいだれだろう？　と戸惑いのあまり、鏡の下にあったこの油紙の包みをひらいてみる気になりました」

と、こんどはその包みをひらいた。

なかから、二、三冊のとじ本としわだらけの紙があらわれた。

「このとじ本の一冊の表紙に〝風姿花伝《ふうしかでん》〟とありますが、これこそ世阿弥の芸道大秘書なのでござります。実はこれと同じものが金春家にも伝えられております。金春家は世阿弥の娘の嫁入り先なので伝えられたものでしょうが、それはあちこち虫くいだらけ、それどころか、あきらかに欠落した部分もござる。しかるにこの風姿花伝は、紙、墨いまだ新しく、ここ数年の間に書きつがれてきたものと見えます」

「…………」

「のみならず、この紙片のほうは〝観世系図〟で、世阿弥元清でとまっております。それらによってみるに、これこそ世阿弥自身の直筆に相違なし」

「…………」

「これがいかにして柳生家のこの座敷にあるか、それは存知ませぬが、とにかくこれによって私の顔は世阿弥の顔であり、まさしく私は世阿弥に変身したことを確認した次第でござります」

トロトロと燃えるいろり火に、世阿弥の気品ある顔は、木彫りの能面のように見える。それなのにまた、その火のせいかテラテラと異様な光沢と陰翳《いんえい》を生んで、この世の人間ではないような精気を放って見えるのだ。

「私は世阿弥の生をうけついだことを無上のよろこびといたします。……十兵衛さま、あなたさまもこれから、ご先祖の十兵衛さまとしてはばかりなく生きて下されませ」

「はばかりなく生きろと申して……おれは室町の十兵衛どのについてほとんど知らぬ」

十兵衛はこころもとなげな声を出した。

「わが先祖ながら、その十兵衛満厳どのが、陰流の開祖愛洲移香斎の高弟で、無双の剣客であったゆえに、父がおれに同じ名をつけたということ以外に、どんな一生をたどった人か、まったく知識がないのだ」

「それゆえに、まずわれわれがいま、いかなる状態にあるかを知らねばなりませぬ」

と、世阿弥がいった。

実は彼とて、世阿弥が能の開祖ともいうべき人物で、前半生はときの将軍義満公の寵《ちょう》を受けたが、後半生は遠ざけられ、老いてから佐渡《さど》に流され、晩年からくも許されて、大和の娘婿金春禅竹《ぜんちく》のもとへ身を寄せたが、生まれ故郷の伊賀へ帰ろうとして、途中山《やま》

城国《しろのくに》大河原で死んだという以外には、何も知らないのである。

そのとき遠くから何やら声高《こわだか》に話す声と、縁側を足早に近づいてくる足音がきこえた。

「だれか、きたぞ」

「私におまかせ下され。あなたはお口を出されぬように」

障子がひらいて、二人の男があらわれた。十五歳くらいの前髪立ちの少年と家来らしい老人だ。

五

これは十兵衛の一子又十郎と仲間《ちゅうげん》の軍助であったが、むろん十兵衛も世阿弥もはじめて見る顔だ。

又十郎と軍助は棒立ちになった。

「父上と……世阿弥ではござりませぬか！」

と、又十郎は叫んだ。

「いつ、お帰りでござりまするか！」

と、軍助も眼をむいていう。

こちらの両人は驚いた風もない。百年も前からそこにいるように、威儀厳然と坐っている。

その威に打たれて、又十郎と軍助はべたとそこに尻をついてしまった。

おもむろに世阿弥の口が動いて、

「かように候《そうろう》者は、大和柳生ノ庄の住人柳生十兵衛、またかく申すそれがしは、能楽師観世元清またの名を世阿弥と申す者にて候。……」

と、荘重《そうちょう》な声がながれ出た。

「な、な、何ですか」

又十郎は眼をパチクリさせて、

「どうかされたのですか。こないだ一休坊と母御《ははご》を探しに京へゆかれたのに……いまここで話す声がきこえたと軍助がいうので、はてなと怪しんできてみれば、父上と世阿弥が……いつお帰りになったのですか！」

「われら存ずるところあって、謡曲のほかは語らず、きこえざる大願《たいがん》をかけて候。……」

と、世阿弥は謡曲調でつづける。

又十郎は不安そうに軍助にささやいた。

「――ご両人、気でもふれられたのではないか？」

「――京で何かあったのでござりましょうか？」

と、軍助もつぶやいたが、いろりばたの両人が笑いのかげもなく、厳然としてこちらをにらみつけているので、軍助はふるえ声でともかくも答えた。

「これは柳生の屋形のあるじ柳生十兵衛の嫡男又十郎と仲間軍助と申すものにて候。

……」

軍助にはいささか能のたしなみがあったのである。それから。——

「一休坊はいかがなされしや、いざいざ承《うけたま》わり候《そうら》わん」

「一休坊とは何者に候や？」

この世阿弥の返答には唖然《あぜん》とした。

又十郎は叫んだ。

「何をいってるんだ。一休坊は京で神童と呼ばれる小坊主どので、どうしたことか青蓮院の義円どのににくまれ、去年からしばらく当家に、その母御とともにかくまわれていたことは、そなたも知ってるじゃないか」

いうのもばかばかしいが、いわずにはいられない。

「それどころかそなた世阿弥もいっしょじゃなかったか。その一休どのも母御もさる日、京へ出奔《しゅっぽん》なされたので、父上とそなたが探しに追っかけて……いや、こんなことをいうのも可笑《おか》しい。二人ともどうしたのだ。お二人ともどうなされたのだ？」

十兵衛と世阿弥は、巌《いわお》のごとく微動だもしない。

まるで耳のない男のように、世阿弥はおごそかに謡いつづける。

「……さて火をともしよく見れば、頭《かしら》は猿、尾は蛇《くちなわ》、足手は虎のごとくにて、鳴く声鵺《ぬえ》に似たりけり。……」

世阿弥作の「鵺《ぬえ》」の一節だが、又十郎と軍助はあっけにとられるばかりだ。

「父上、世阿……一休坊は見つかったのですか！」

と、又十郎は気をとりなおしてまたたずねた。ほんとうに親愛感を持っていた友だちだけに、きかずにはいられない。

世阿弥が謡う。

「一休坊とは、かの頓智《とんち》で名高き一休禅師にて候や？」

「また、そんなことを――一休坊は私とおなじ十五の小坊主だよ！　なにをいまさら――そなたはいままでの記憶をみんな失ってしまったのか！」

「夜の波に浮きぬ沈みぬ、見えつかくれつたえだえの、幾重にきくは鵺の声、あら怖ろしや、すさまじや。……」

世阿弥はこのとんちんかん問答をごまかすのに必死である。

「面《おもて》は狼、足手は虎、きさしに変らぬ変化《へんげ》の姿。あら怖ろしのありさまやな。……」

「父上！　世阿の謡《うたい》をやめさせて下さい！」

世阿弥から黙っているようにといわれた十兵衛は、重々しく口をひらいた。たまりかねたと見える。

「こは仔細《しさい》あることなれど、いまはいうべき時にあらず。……」

やっぱり謡曲調だ。

「いまはまず一献酒を飲もうよ、火を焚こうよ……またひとさし能を舞おうよ。……」

ニコリともしない。銀色の一つ眼が、又十郎と軍助を、ぎろっとにらみつけたままだ。

「こ、こ、心得て候。……」

両人はひれ伏して、這いずって障子の外へ出た。酒肴《しゅこう》の支度《したく》をするためである。

謡曲調で答えたのは、つりこまれたのではなく、十兵衛と世阿弥の放つ異様な妖気に中《あ》てられてしまったからだ。

泳ぐようにふらふらと縁側を歩きながら、

「父上は化物になって帰ってこられた。……」

と、又十郎がいう。

「世阿弥どのも……いったい、どうしたのでござりましょう。……」

と、軍助もいう。

又十郎が、父が化物になったというのは、ただ父の言動がへんてこなばかりではない。それとは別に、かつての父とはちがう、説明できない怖ろしさを本能的に感覚したからであった。

とはいえ、父にはちがいない。

だれが二百五十年ばかり後の人間が、父の顔をして坐っていると思うだろうか。

又十郎と軍助が去ったあと、二人の化物は顔見合わせた。

「だいぶ、わかってきたぞ」

「まだわからぬこともありますな」

「何でも一休とその母が、青蓮院の義円なるものににくまれたのを柳生家がかくまって

いたのだが、二人が京へ出奔したので、おれとお前が追っかけていったとかいうが。——」

「その一休は、あの奇行で名高い高僧一休和尚らしうござるが、いまはまだ十五歳とか申されましたな」

「頼朝公十五歳のシャレコーベか」

と、十兵衛は意味不明の冗談をいう。

「ふうん。……十五歳といえば、いまの少年も十五だそうな。おれにあんな伜があったのか」

「あの伜どのがあって柳生家は後代につながったのでござる。それを思えば、あれも敬意を表すべきご先祖のお一人で」

十兵衛は、しばらく宙を見ていたが、やがてぽつんとつぶやいた。

「伜といっても……おれは何も感じんな」

六

柳生又十郎にとって驚くべき事件は、その翌日にも相ついだ。

一休が、柳生にやってきたのである。しかも、その母とともに。

その日のたそがれちかいころ、門番から報告を受けて、泡をくらってかけつけた又十

郎は、屋形の門の下にべたりと坐っている、一休と母を見て立ちすくんだ。

二人はまるで冥土からきたようであった。

一休は別人のように憔悴《しょうすい》し、衣は裂け、足は血まみれであった。母の伊予に至っては砕けた白蠟《はくろう》の人形としか思えない。

「おおっ、一休どの、どうしたのだ、何が起こったのだ？」

又十郎はかけよった。

「まず、水を下さい、母にも」

と、一休はあえぎながらいった。

集まってきた仲間《ちゅうげん》や下男《げなん》のなかから、一人がかけ去り、すぐに水をいれた手桶《ておけ》と茶碗を持ってきた。

その水を、かぶりつくように一休と伊予はのんだ。

又十郎は下男たちをふりむいて、

「やあ、ともかくご両人を座敷に運んでゆけ」

わけをきくよりそのほうが先決だ、と判断したからだが、一休は顔をあげて叫び出した。

「又十君、たいへんなことになった！」

「とは？」

「あなたのおやじどのが死んでしまった！」

又十郎は狐《きつね》につままれたような顔をした。

「父はこの屋敷に帰っていますよ」

こんどは一休が仰天する番になった。

「えっ、十兵衛どのが帰った？　いつ？」

「きのうの夕方です。世阿弥どのといっしょに」

「な、なんだって？　世阿弥もか！」

と、一休は奇声を発した。茫然自失、言葉を知らないといった表情になった。

「軍助、一休どの母子《おやこ》が帰ってきたと、父上、世阿弥に伝えてくれ」

又十郎は命じ、軍助はころがるようにかけ出した。

――一休たちは、京からきたのだ。

きのう、雷鳴とどろく夜空と相国寺七重塔をつなぐ閃光の龍と、ついで凄愴な炎上の景を見た一休は、その直後、鴨川につながれた小舟に、忽然《こつねん》と母の伊予が倒れているのを発見して驚倒した。

一休が舟にころがりこんだとたん、もやい綱がきれて、小舟は鴨川をながれ出した。遠ざかってゆく間も、大雷雨のなかに燃えつづける七重塔の壮観に見とれているいとまはない。彼は母にしがみついて、呼びつづけ、ゆさぶりつづけた。

やがて、母は意識をとりもどした。

そして一休は、母から信じられないような話をきいたのである。――

青蓮院の義円一味にとらえられ、相国寺七重塔のてっぺんの回廊を三日間まわらせられた伊予は、その夜、階下からのぼってくる叫喚と剣《つるぎ》の相打つひびきをきき、やがて柳生十兵衛が自分を救いにきたことを知った。やがて阿修羅のような十兵衛があらわれたが、下にはなお青蓮衆がひしめき、また十兵衛とともに回廊から下界を見下ろしたが、そこにも討手が布陣しているようすで、もはやとうていのがれられぬ運命であることを悟った。

そのとき凄じい稲妻がはためき、大音響とともに塔は燃えはじめた。

と、十兵衛は自分を横抱きにして、七階の勾欄《こうらん》から天空に飛び出した。

そして、落下の暴風のなかに自分は喪心した。――

いま気がつけば、自分は鴨川の小舟に横たわっていたというが、どうしてそういうことになったか、まったくわからない、と伊予はいい、

「もしかしたら、十兵衛どのがおつれ下さったのではないかえ?」

と、すがりつくようにきいた。

「いいえ、ぜったいに!」

一休は首をふった。

「十兵衛どのはきません。母上はおひとりで舟にのっていらしたのです!」

伊予は判断力を失った表情になり、

「では、十兵衛どのの幽霊が私をつれてきてくれたのだろうか。……あの塔の上から飛

んで、生きていられるはずがない。……」

と、つぶやいた。

なお雷雨ふりしきる夜だ。こんな問答が、鴨川のどこらあたりでかわされたか、まるでおぼえがない。

櫓《ろ》はあったが、あやつるすべを知らぬ舟は、夜の鴨川を流れのままに下っていって、それでも偶然伏見ちかくの岸にただよいついた。そこから二人は、いままでかかって柳生ノ庄にたどりついたのである。

それは一休が鴨川のほとりで世阿弥から、「こうなったら柳生家もあぶない。又十郎どのもあぶない」と、きいたからであったが、そもそも柳生十兵衛が落命したとあっては、何よりそれを急報しなければならない。

世阿弥といえば、七重塔に落雷したと同時に、忽然《こつねん》と姿を消してしまったのもマカふしぎのきわみであったが……その世阿弥も、なんとこの柳生屋形にいると？

ここまでくるのに一休は、あるいは母を背負い、あるいは手をひき、両人ともはだしの足は血まみれになり、半死半生のありさまになっていたが、いまはその痛みも疲れも忘れてじっと屋形のほうに眼をそそいでいると、やがて軍助とともに二人の人間があらわれて、ふらふらと歩いてきた。

まさしく柳生十兵衛と世阿弥だ！

又十郎が、なんとも形容できない表情で一休母子にささやいた。

「ちょっと申しあげておくが、あのご両人、過去のことをあっちこっちお忘れのようだ」

「あん?」

「昨夜も、柳生家とあなたがたのかかわりを、私の知っているかぎりのことを話したが、よく通じないのです。それから、どういうわけか、対話するのに謡曲の調子で口をききなさるが驚かれぬように」

一休母子と青蓮衆、後南朝《ごなんちょう》とのいきさつについて、父十兵衛は又十郎にそれほど詳しく語ったわけではないが、しばらくこの柳生屋敷に滞在していた一休は、又十郎と同年でかつは快活な性格から、その件についてべつに隠しごとなく話してくれたので、ある程度又十郎にも知識があったのだ。

「おう、これは一休和尚十五歳のシャレコーべに候《そうろう》か。……」

と、三間《げん》ばかりむこうで立ちどまった十兵衛がいった。いや、謡《うた》い出した。

一休母子は、眼もはり裂けんばかりに見つめたが、それが柳生十兵衛であることにまぎれはない。にもかかわらず、一休はこのとき、ぞーっと背すじに水のながれるような感覚に襲われた。

なぜか、これは化物だ! という気がした。

「十兵衛どの!」

そのとき、きぬ裂くような声をあげて、それまで立つことも叶《かな》わなかった伊予がかけ

出し、ひしと十兵衛にしがみついて、

「生きていましたか！　伊予は、もうあなたはあの世の人とばかり……」

と、泣きじゃくった。

一休はいよいよ仰天した。そんな母の姿をはじめて見た。同時に一休は、生まれてはじめてといっていい、名状しがたい不快感が全身にわきたぎってくるのをおぼえた。

十兵衛はめんくらった顔で伊予を受けとめ、その顔をのぞきこんで、

「柳《りゅう》髪《はつ》風にたおやかに、桃顔《とうがん》露をふくんで、色なおふかき姿なり。……」

と、片目を笑《え》ませたようだ。

その後頭部に、突然大きな音がした。いつのまにかかけよった一休が、十兵衛用心棒で一撃したのである。

十兵衛はふりむいて、

「何事に候ぞや、至極《しごく》痛う候ぞ。……」

「痛いところをみると、やっぱり化物じゃないな」

と、一休は蒼《あお》い顔をしていった。

いままで黙っていた世阿弥が、とぼけた顔で謡い出した。

「それ鴛鴦《えんおう》の衾《ふすま》の下には立ち去る思いと悲しみ、比目《ひぼく》の枕の上には、波をへだつる愁いあり……」

世阿弥作「砧《きぬた》」の一節らしいが、この場では何のことかわからない。

慶安へ翔ぶ夢幻能

一

さて前章は、江戸時代慶安の世から室町時代応永《おうえい》の世へ飛んだ柳生十兵衛と金春竹阿弥の、変身したての状態を物語ったのだが、もう一方、室町にいた十兵衛と世阿弥のその後やいかに。

……ふしぎな感覚であった。

虚空《こくう》を水平にながれているようでもあり、無限の天空へのぼってゆくようでもある。まだ経験したことのないほどの暴風に吹き飛ばされているようでもあり、鼓膜が凍結したような無音の外界にとりかこまれているようでもある。五彩《ごさい》の世界が無数にはためきすぎていったようでもあり、ただ灰色の雲霧がぼうぼうと飛び去っていったようでもある。

ただそのあいだ、耳の奥に、笛と鼓と、そしてとぎれとぎれの謡《うたい》の声が、耳鳴りのよ

うにたえずきこえていた。

その音と声がしだいにかすかになり、ふっと消えて、意識がもどってきた。

眼のまえにキラキラと水がうすびかっている。――それを河だと見て、ふいにがくと首をあげ、柳生十兵衛は、自分が河上の床に坐っていることに気がついた。

ほんのしばしのまどろみであったような気がするし、何年ものながいながい旅から帰っての眠りでもあったような気がする。

ここはどこだ？

河むこうにひくくつらなる山のかたちを見ると、どうも自分がよく釣りにゆく山城国大河原らしいが、そこにこんな建物などはないはずだが――しかし、これは河に半分つき出した建物のようだ。

「お気づきか」

声がした。

十兵衛は、そこの柱にもたれかかって坐っている男にはじめて気がついた。

烏帽子《えぼし》、狩衣《かりぎぬ》、指貫《さしぬき》などの能装束《のうしょうぞく》をつけているが、能面《めん》はつけずいわゆる直面《ひためん》で、気品のある中年の男だが、見知らぬ顔だ。

「お前はだれだ」

「もと世阿弥でござります」

十兵衛はけげんな顔をした。

「もと世阿弥？　世阿弥とは顔がちがうではないか」

「どうやらいまの名を、金春竹阿弥と申す由《よし》」

「金春竹阿弥とは何者だ」

「江戸城の能役者だそうで――」

「江戸城とはなんだ」

「それが私にもよくわかりませぬが……あそこにおるのが金春竹阿弥の一座でござります」

と、いまの名を竹阿弥とやらいう世阿弥はうしろをふりかえった。

そこの板壁の前に、笛や鼓をひざにおいてならんで坐っている十人ばかりの男たちに、はじめて十兵衛は気がついた。能の囃子方《はやしかた》らしい。

竹阿弥の顔をした世阿弥があごをしゃくった。

「密談がある。しばらく二人だけにしてくれい」

囃子方はみな一礼して、影のように消えてゆく。なんだか、人間の影というより、亡霊の影みたいに見えた。

「ここは山城国大河原、この建物は竹阿弥が作った能舞台だということでござります。……と、竹阿弥の私がいうのは可笑《おか》しうござるが」

なるほどこれは能舞台の作りだ。竹阿弥と名乗る男が背をもたせているのは目付柱《めつけ》らしい。

「おれはどうしてこんなところにいるのだろう?」

まったく知らない顔だから、相手にきいたのではない。自分に尋ねたのである。

まだ頭がぼんやりしているが、心の奥底になぜかひどい悲しみがあった。

「いや、とうとうやられました」

と、相手はいう。

「いつぞや柳生陣屋のいろり話で、だれか私を呼ぶ者があると申したのをおぼえておいででございますか。いえ、別に名を呼ぶわけではございませぬ。私をシテとする能を演じる声でございます。いつかその人間が完全に変身するとき、逆に私もその人間に変身するのではないか、と。——」

「…………」

「その能の謡の声はきれぎれで、内容はしかとわかりませぬが、どうやら私の老後さらに死まで知っているらしいところから、だいぶ後の世の人間でございます。私も能にいのちをかけておる者として、その人間の変身の願望がよくわかるのでございます。そしてまた、観世の能の末路を見るために、私も逆に未来の世界へ飛び移りたい願望のあることを、あのとき申しました」

「…………」

「その呼ぶ声が、このごろいよいよしきりにきこえるようになりました」

十兵衛は放心状態で相手の声をきいている。

「そして、昨夜——昨夜かどうかはっきりしませぬが——あなたさまが京の相国寺へ、一休どのの母御《ははご》を救いにかけむかわれたあと、私と一休どのは鴨川のほとりで青蓮衆に追いつめられ、あわやというきわに、突然水けむりにつつまれて、私は喪神しました。そして気がつくとここに坐っていたのでござります」

突如十兵衛は脳天を打たれたような気がした。ふたたび目がさめた感じであった。

「おおっ、相国寺！」

彼は叫んだ。

「伊予さまはどこへゆかれた？」

十兵衛は相国寺の死闘を思い出したのだ。

そうだ、自分は、炎上する七重塔の最上階の回廊から夜の大空へ飛び出したのであった。

あのとき、自分の脚下に雲のさざなみを見たと思ったとたん、その雲がはるかかなたへつづく無数の舟と変ったのを見て、伊予さまを横抱きにして跳躍したのであったが、闇黒の風が身体を打つと感じた瞬間、物凄い力で伊予さまをもぎとられ、その刹那から気を失ってしまったのだ。

「ここは大河原だと？　ば、馬鹿な！　京へゆかねばならぬ。おれはもいちど相国寺へゆかねばならぬ！」

十兵衛は立ちあがろうとした。同時に彼は、相国寺の血戦のときは僧兵に化けていた

はずだが、いまは、いつも通りの浪人風の姿にもどっていることに気がついた。

「だめでござります」

竹阿弥の顔をした世阿弥はいった。

「人間が真に変身するとは、その人間をとりまく外界をも変えてしまうことで、能の世界もその通りでござります」

あえぐ柳生十兵衛の息をとめたほど妖しい威厳にみちた眼であった。

「現在ただいまは、あの室町三代将軍義満公の世から、二百五十年ほど後の世らしいのでござる。いまは慶安と呼び、江戸三代将軍家光とやら申される方の世の由。あなたさまは慶安の柳生十兵衛さま、私は江戸城のお抱え能楽師、金春竹阿弥なのでござります」

竹阿弥の顔をした、あるいは竹阿弥に変身した世阿弥――と、いちいちことわるのはまぎらわしい。彼が竹阿弥と名乗り、だれが見ても竹阿弥なのだから、今後ある時点まで、この人物を竹阿弥と呼ぼう。

二

気圧《けお》されながら十兵衛は肩で息をして、

「そんなたわけた事態が起こるはずがない。いまが二百五十年後の世界など、なんたる

荒唐無稽なことを」

「十兵衛さま」

と、竹阿弥はいった。

「能舞台のはしから顔を出して、河にお顔をうつしてごらんなされ。水鏡でござる」

不審にたえず、十兵衛はそうした。

「お眼をうつされただけでけっこうでござります」

「眼？」

「あなたさまのお眼のつぶれているのは右のはずで」

「それがどうした？」

「水にうつった右の眼がとじられているのは、あなたさまの左の眼がとじられているということでござります」

十兵衛は、わっと叫んで手を左の眼にあてていた。

まだ意識にはっきりしないところがあったので、いままで気がつかなかったのに相違ない。自分の眼がつぶれているのは右眼のはずなのに、あきらかに左眼がとじられている！

「そこにおられるのは、室町の十兵衛さまではなく、慶安とやらの十兵衛さまなのでござります」

自若として竹阿弥はくりかえす。

「お名もおなじ十兵衛と申される由。その眼をのぞいては、ほかはそっくりのご容貌、よくまあ相似たご子孫でござりますなあ。……」

「おれが、おれの子孫？」

と、つぶやいたが、だれが先祖でどっちが子孫か、わからなくなった。

「実は、私も私の子孫で……世阿弥の娘婿に金春禅竹なる男がありまして、その子孫が私金春竹阿弥だそうで……」

と竹阿弥はつづける。

「いやまったく、私も驚きました。……鴨川のほとりで喪神し、気がつくと、ここに坐っていたとは先刻申しあげましたが、そのときこの舞台にならんでいたあの囃子方のめんめんに——彼らが何者であるかは知らず、私がなぜここにいるかそのわけをききましたところが、彼らはその問いの意味も知らないのでござります」

「…………」

「ここで一座の頭《かしら》、金春竹阿弥が、〝世阿弥〟という秘曲を舞っているうち、突如この木津川に妖しき河霧がたちこめ、渦巻き、それが舞台を真っ白につつみ、息を十するほどののちにうすれたあとに、私とあなたさまが、寂然《じゃくねん》と坐って、首をたれて眠っている姿が見えた——ということでござります」

十兵衛は尻もちをついた姿勢のままだ。

「あなたさまがお気づきになる前、四半ときほどの時がござりました。そのあいだに私

は一座の者どもにいろいろきき、いまが江戸という時期であること、竹阿弥が江戸城のお抱え能楽師であること、彼が先祖の世阿弥を尊敬し、世阿弥に変身することを生涯の悲願としていたこと、また竹阿弥が世阿弥を二百五十年ほど前の先祖だと申していたこと――など話してくれたのでござります」

竹阿弥はひざの上の謡い本らしきものをとりあげて、二、三枚紙片をめくりながら、

「これが〝世阿弥〟と題する謡《うた》い本でござる。まだ全体に眼をとおすいとまがありませぬが、これぞしばしば私を呼んだ声の源流」

顔をあげて、

「おそらく竹阿弥はこの能の至境に達して、完全に世阿弥に変身し、室町の世へ翔んだのでありましょう。代りに室町の世阿弥がこの竹阿弥に変身してしまったらしいのでござります。いつかも申したごとく、夢幻能は過去の世界を呼ぶ芸能でござりますが、同時に過去の人間が現在という未来に、亡霊として出現する芸能でもあるのでござります」

竹阿弥の頬《ほお》に、笑いというにはあまりに怪奇的な翳《かげ》が浮かんだ。

「十兵衛さま、私たちは夢幻能の世界の亡霊としてここにいる、と考えてもよいか、と存じまする」

「お前はよい」

と、十兵衛はうめき出した。

「変身していれ替るのはお前の勝手だ。しかし、なぜおれまで道づれにした？」

十兵衛は宙を見て、

「おれは帰らなければならぬ。あの一休の母御がどうなったか、それをつきとめねばならぬ。世阿弥、帰せ、おれを室町の世にもどしてくれ！」

「私は竹阿弥でござります」

と、低い声で竹阿弥はいう。

「あなたさまも江戸の世の柳生十兵衛さまで……もはや室町の世に帰ることは不可能なのでござります」

「…………」

「私があなたさまをこの別の世界にお連れしたのは、第一に、あなたさまがおのれを陰とする陰流の術を心得ていなさること、第二に、私もひとりで別の世にゆくのは心細いので、そんなときに是非用心棒としてそばについていていただきたい――と、ふだん念じておったせいでござりましょう」

「…………」

「あなたさまは、未来の世に翔ぶ力がおありになる。が、一休の母御さまには、そのお力がなかったのでございます。だからあのお方は、室町の世にとり残されておしまいになった」

「ば、馬鹿な！」

身もだえする十兵衛に、竹阿弥は恬然《てんぜん》として、

「以上、私が解きあかしたようなことは、竹阿弥一座の人々からいろいろきいたおかげでございますが、まことにとんちんかんな問答で、ふつうなら大いに怪しまれるところでございましたろう。事実、彼らは恐怖しておりました。特に京へいっておられるはずの十兵衛さままでが、忽然《こつねん》としてここに坐っておられることに驚愕しておったようでござります。……が、なにしろ二百五十年前の人間が出現するとは人智を超えたことでござりますから、私の、おそらくは奇々怪々な問いに、とまどいながら答えてくれました」

「…………」

「が、二百五十年後のいまの世、また私どものおかれているありさまについては、まだ白紙にちかい状態であることはいうまでもござりませぬ。一日もはやく、それを知らねばなりませぬ」

「…………」

「それから、こんなことをしゃべることができたのは、まだ室町の世や私たちに起こった事どもの記憶が残っていたからでござりましょう。しかし、その残影はやがてみるみる消えてゆくものと思われます。げんに、いましゃべっているあいだにも、私は刻々と以前の記憶がうすれてゆくのを感じております」

十兵衛は歯をくいしばったまま、宙をにらんでいる。——何かにたえているようだ。

実は十兵衛自身も、それまで残っていた前世の記憶が次第に遠ざかってゆくのを感じていたのである。

一休よ、母というにはあまりに美しい伊予さまよ、さらば。愛執の思いはみるみる一凝塊として小さくなってゆく。

彼は心で叫んだ。室町へいったというおれの子孫の柳生十兵衛よ、たのんだぞ！

三

その夜も、そのあくる日も、能舞台のうしろに作ってある小家《こいえ》で、竹阿弥は一座の人々にいろいろきいた。

きく相手が自分の一座で、きく内容が自分及びそこにいる柳生十兵衛についての情報なのだから可笑しい。むろん彼は、つとめてさりげなく質問したのだが、きかれるほうはむろん頭《かしら》の異常さに首をひねっている。

ただ、この金春竹阿弥という座頭《ざがしら》が実に異常な人であることは、前々から充分承知していた。それどころか彼が二百五十年も昔の先祖の世阿弥に変身したいと望んで修行していることに、一同協力してきたのだ。が、まさかほんとうに、逆にその世阿弥が竹阿弥に変身してあらわれたとは想像の圏外であった。

そして柳生十兵衛については、ここにいる人々は、領主十兵衛さまがいま京へいって

いることは知っていたけれど、何の用件で上洛《じょうらく》されたのか、京で十兵衛さまに何が起こったのかはまるで知らなかった。

突然奇怪な出現をしたその柳生の殿さまは、竹阿弥と一座の人々とのやりとりをききながら、一見そ知らぬ顔で茫乎《ぼうこ》として坐っている。

京における十兵衛の消息を伝える者が、大河原にやってきたのは、そのまた翌日であった。

竹阿弥の娘のりんどうだ。
二、三日前、月ノ輪の宮のお供をして、十兵衛は清水寺《きよみずでら》へ出かけたのだが、それにまた同行した御付《おつき》武家の成瀬陣左衛門が、夜おそく帰邸して、驚倒すべき悲報をもたらしたのだ。
十兵衛が死んだという。

わしのいちばん心配していたことが起こった、と陣左衛門はいう。清水寺で刺客のむれと戦い、十兵衛はあの清水寺の舞台から飛び下りた、という。

その十兵衛の屍体はどういうわけか見つからないが、あそこから飛んで生きているはずがない。舞台の下にも刺客群がもみ合っていたから、その手によって運び去られたのかも知れない、という陣左衛門の話であった。

りんどうは卒倒せんばかりになった。

が、かくてはならじと気をとりなおし、その足で柳生ノ庄へ急行してきたのである。

陣屋に十兵衛はいないのだから、ともかくも大河原の父竹阿弥に報告するためであった。たまたま、一座の人々と能舞台の外の河原に出ていた父を見ると、

「お父さま、たいへんですっ」

りんどうは、まろぶようにかけよっていった。

「殿さまが亡くなられました！」

一座の人々はどよめいた。

が、竹阿弥はその言葉の意味もわからぬ態《てい》で、ふしんげに娘を見つめている。それどころか、とっさにその娘がだれかということさえ理解できなかったようだ。

数瞬のためらいののち、竹阿弥はしかし手をあげて能舞台のほうを指さした。

そこには寂然《じゃくねん》として、柳生十兵衛が坐って、木津川の流れに眼をやっていた。

「ま！　あれは？」

りんどうは、こんどはほんとうに卒倒してしまった。

四

目玉がぐるぐるまわる感覚がすると、思わずひざをつき、両腕を河原についた。その姿勢でしばらく肩で息をしていたが、やがておそるおそる顔をあげると、十兵衛はこちらを見て、けげんな顔をしているようだ。

「おお、娘か。……」

と、父の竹阿弥が声をかけた。いまお父さまと呼ばれたから、ともかくもそう応答したのだが、あとの言葉が出ない。

「りんどうさま、どうなされた?」

尋ねたのは笛方の紀平次だ。

りんどうはあえぎながら、

「殿さまが京の清水寺で刺客のむれに追いつめられて、清水の舞台から飛び出されて亡くなられたとかで、それを知らせに……」

いいつつ、げくげくと泣き出したのは、むろん歓喜のためだ。

「なに、十兵衛が亡くなったと?」

むこうの本人が、

「それはいかなる次第でじゃ?」

と、きいたのは可笑しい。

「ああいや、いかなる次第でか、十兵衛さまはごぶじここにお帰りでな」

と、あわてて竹阿弥がひきとった。十兵衛にはきこえない声で、

「それが少々頭がおかしうなっておられて、過去のことをあちこちお忘れになっておられる」

と、いうと紀平次が、これは竹阿弥にはきこえない声で、

「りんどうさま、どうやらお父上も能にご熱中のゆえか、おつむがおかしうおなりのようで……そのおつもりでお話しなされ」

と、ささやいた。

竹阿弥がそわそわとしていった。

「ともかくも、あれへきて話してあげてくれ」

やがて、水中に半分つき出した能舞台の上に円座をしいて、三人は対座したが、話しているうちりんどうは、自分が狂っているのか、相手が狂っているのか、どっちかだと思わないわけにはゆかなくなった。

問答はおもに、父の竹阿弥が相手であった。

彼はこの一両日、一座の連中から聴取した情報をけんめいに使ってつじつまを合わせようとしている。が、りんどうからすれば、父の記憶の欠落ぶりはただごとではない。

特に、十兵衛が京へいったてんまつに至っては、まったく空白のようだ。どうやら、月ノ輪の宮といっても御付武家といっても、豊臣の残党といってもちんぷんかんらしい。

それでもまさか、りんどうは、この二人が二百五十年前の人間だとは思いもよらず、兄七郎と月ノ輪の宮のこと、十兵衛さまの上洛、刺客群との戦い、など、彼女が知っているかぎりのことを物語った。

十兵衛はときどき、ほほう、とか、ははあ、とかいう声をもらす以外、黙って坐っている。

　この殿さまも頭がおかしくなって、過去のことを忘却されているとのことだが、このほうは父よりふしぎではなかった。清水《きよみず》の舞台から飛び下りてどうして命があったのか納得ゆかないけれど、とにかく記憶を失うほどたいへんなことが起こったにちがいない、と思う。それにこの殿さまは、以前からよく放心状態になるという奇妙な癖もおありだった。

　が、その座にいるうち、りんどうは、その十兵衛さまがだんだんこわくなってきた。ときどき相の手はいれるものの、こちらの話にどこかひとごとのようなのである。何か別の世界の人のような気がしてきたのである。

　りんどうの知っている十兵衛殿さまは、ぶっきらぼうだがあたたかみがあって、父竹阿弥より父の匂いのするお人柄であった。それがいまは、なぜか異次元の人のような感じがする。

　で、しゃべっている途中、ふとりんどうは、

「なんだか、あの世から帰ってきたおひとと話してるみたい」

と、いった。

竹阿弥はぎょっとしたように十兵衛の顔を見た。すると十兵衛は、

「いや、まさにおれたちは亡霊だ……そうだ。ふふん」

と、はじめてニタリと笑った。

　さきほど竹阿弥から、われわれは能の世界の亡霊としてここにいると考えてもいい、

といわれたことを思い出しての言葉であったが他人には意味も通じない。りんどうは、これは十兵衛独特のユーモアらしい、と解釈したが、一方でなぜか水をあびたような思いがした。

ひとごとのような顔で、りんどうの話をあらかたきいたあと、

「とにかく、敵は多いのだな」

陰々たる声で十兵衛がきく。

「それでは、もいちど京へゆこう。案内してくれ」

このときりんどうは、京を出るとき成瀬陣左衛門から、

「七郎のその後は、わかり次第書面で知らせる。りんどう、お前は柳生へ帰ったらもう京へ出てくるでないぞ」

と、釘を刺されたことを思い出した。

「あの殿さま、また殿さまが京へおゆきになると……」

十兵衛はひくく笑った。

「みんな幽霊がきたと驚くだろう。ふふふ」

兵《つわもの》どもが塔の跡

一

それはそうと、慶安三年一月七日の夕《ゆうべ》、清水寺《きよみずでら》の血戦で、柳生十兵衛が天空に飛び去ったあと、その「舞台」の始末はどうなったのか、そのことを記しておかねばなるまい。

舎人《とねり》姿の十兵衛が、ゆきがけの駄賃、地獄への道づれのごとく、最後に投げた刀で首領の長曾我部《ちょうそかべ》乗親《のりちか》を刺し、乗親が舞台から転落したのを見て、一領具足《いちりょうぐそく》組は狂乱した。

十兵衛の姿も消失したが、あとまだ弟子の金春《こんぱる》七郎が残っている。――いや、こっちのほうがきょうの襲撃の目的だ。

その金春七郎は、謡曲「熊野《ゆや》」のシテのいでたちであったが、もとより能面《めん》は飛び、乱髪の頭から唐織《からおり》の能装束にかけて全身朱《あけ》に染まっている。手にしていた懐剣も失われて、このときまったく無防備の状態にあった。

「やれ！」

まだ、七、八人残っていた一領具足組は体勢をととのえ、いっせいに殺到しようとした。

そのとき、

「待てい！」

大音声《だいおんじょう》がした。

舞台の西側の入口にあらわれた二人の武士が、舞台に伏した黒装束の死骸を見て、一息あっけにとられて棒立ちになっていたが、このとき走り出て、刺客群の前に立ちふさがったのだ。

二人は両腕をひろげて叫んだ。

「何やつだ？　殺生《せっしょう》禁断の寺域でこの刃傷沙汰《にんじょうざた》をひき起こすとは！」

「われらは公儀御付武家の成瀬陣左衛門と酒井監物《けんもつ》であるぞ、神妙にせよ！」

このとき背後の須弥壇《しゅみだん》の前に立っていた法衣の人が、手をあげてゆるやかに動かしたのを、二人は気がつかなかった。

それが合図だったのだろう、黒衣のむれは風に吹かれる黒けぶりのごとく、東側の入口から消えてゆく。

いま名乗ったように成瀬陣左衛門と酒井監物は御付武家の任務として、きょうそれぞれ月ノ輪の宮、後水尾《ごみずのお》法皇のお供をしてこの清水寺へついてきて、法皇と宮とのご対面直前、別室にひかえているように命じられたのだが、先刻からの凄じい剣のひびきと叫

び声に、すわ、何ごとならんとかけつけてきたのである。

二人が黒衣のむれを追おうとしなかったのは、むろんあとに残った惨状に眼を奪われたからだ。

両人はようやく、ほの暗い須弥壇の前に立っている柿色の法衣に金襴《きんらん》の袈裟《けさ》をかけた影に眼をやった。

——法皇さまだ！

二人はそのほうへかけより、ひざまずくのも忘れて、

「これは何事でござる？」

「この狼藉者《ろうぜきもの》どもは何者でござります？」

と、きいた。

法皇はうっそりと立ったまま、

「曲者《くせもの》どもがふいにこの場に乱入したのじゃ。……何者かはわしも知らぬ」

と、答えた。自若《じじゃく》とした声であった。

法皇の足もとに崩《くず》折《お》れた白牡丹のようなものを見て、成瀬陣左衛門はぎょっとして、

「おお、月ノ輪の宮ではおわさぬか！」

と、まろぶようにしゃがんで、無礼も忘れて抱きあげた。

陣左衛門の腕のなかで、月ノ輪の宮はうす目をあけて、

「七郎はどうしたえ？」

と、いった。

陣左衛門はふりかえり、欄干のそばにふらりと立っている金春七郎に眼をやって、宮がよろめき立つのを見ると、こんどは七郎のほうへかけもどった。

こちらが何かきくまえに、

「十兵衛先生が……」

と、七郎はいった。

「お、十兵衛どのがどうなされた？」

「この欄干から外へ――」

「な、なに？」

陣左衛門は髪の毛をさか立てて、欄干からのぞいた。

すると、模糊《もこ》として暗い下界に、おびただしい虫のうごめくように散ってゆく影がある。どうやらそれも黒衣のむれだと見たが、それより陣左衛門は、

「十兵衛どのが、ここから落ちられたというのか！」

と、叫んだ。

七郎はうなずく。彼の眼には、十兵衛は大空でふっと消えたように見えたのだが、それは錯覚であって、ここから落下したのにまちがいない。そして清水の舞台から飛んで、いのちがあるとは思えない。

陣左衛門はものもいわず東の入口から走り出て、坂道を舞台の下へかけ下りた。七郎

もよろめきながらついてきた。

が、そのときは黒衣のむれは消滅していて、それのみか、当然あるべき柳生十兵衛の屍体も、七郎の報告によればその前に十兵衛に斬り落とされた長曾我部乗親なるものの屍体も存在しなかったのである。黒衣のむれ――おそらく長曾我部一党に運び去られたにちがいない。

七郎は刺客たちの襲撃ぶりについて話した。

茫然としてまた舞台にもどると、もう法皇も月ノ輪の宮の姿もなく、酒井監物も法皇に従っていったものか、その場を去っていた。……

夕闇ただよう舞台にどうと坐って、剛毅《ごうき》な陣左衛門が腕を顔にあてて男泣きした。

「こんなことになりはせんかと、前々から実は心配しておったのじゃが、まさかきょうここで十兵衛どのが果てられるとは……どんなことをしても、やはり柳生に帰ってもらうべきじゃった！」

「私に至っては、ご助勢を願いながら、かえって先生を見殺しにしたようなもので……」

七郎もむせび泣いていた。その身体からは血臭がたちのぼっている。

「七郎、お前は大丈夫か。えらい血じゃが」

と、陣左衛門がきいた。

「いえ、これは大半返り血です」

「そうか」

陣左衛門は七郎を見つめて、

「ともあれ、りんどうを柳生へ帰すが、この際、お前も柳生へ帰れ」

と、いった。いままでなんどか陣左衛門のくりかえした言葉だ。

七郎は思いがけないことをきく、といった表情で、

「とんでもない。これでは帰国など、いよいよ思いもよりませぬ、だいいち十兵衛先生のかたきをとらなければなりませぬ」

と、首をふり、急にほかのことを思い出したように、

「それより、宮の安否が心配です。きょうのところはこれで失礼します」

と、起《た》ちかけた。

成瀬陣左衛門は刺客について、ふしぎに七郎に問いただささなかった。それは先刻、かんたんに七郎が話したが、敵の正体や法皇の出現の意味について、もっとくわしくききたいはずなのに、なぜかそれ以上、陣左衛門は口にしなかった。

ただ、七郎を見あげて、

「そうか。しかし七郎、まだききたいこともあれば、話したいこともある。数日ちゅう、もいちど御付武家屋敷にきてくれ、よいか」

と、いい、さらに、

「二、三日前、公儀忍び組の服部半蔵どのからも、お前に話したいことがある、と、たのまれたのじゃ」

と、つけ加えた。

「え、公儀忍び組の——」

七郎はめんくらった顔をしたが、それ以上とり合わず、そわそわとした態《てい》で立ち去った。

陣左衛門は屋敷に帰ると、この大悲報をりんどうに告げた。

りんどうはなかば卒倒し、すぐに柳生へむけて出立したが、そのとき陣左衛門から、帰国したらもはや京へこないように、と釘をさされたのはすでにしるした通りである。

二

成瀬陣左衛門が、泉涌寺《せんにゆうじ》月ノ輪の御所の回廊で、金春七郎を呼びとめたのは、それから三日目の朝であった。

あんないきさつがあったのに、なお陣左衛門を避けようとするそぶりの見える七郎に、

「七郎、先日話した服部どのが、明日ひるすぎおいでとのことだ」

と、陣左衛門はいった。

七郎は困惑した表情で答えた。

「宮はまだお臥《ふ》せりでござりまして」

月ノ輪の宮はあの夜清水寺から泉涌寺へ帰ってきたが、衝撃のためかあれ以来、床に

ついたままなのである。

「それは存じておる」

陣左衛門は声をあらげた。

「医師《くすし》もおる。老女もおられる。宮のご悩がお前となんの関係がある？　服部どのはお前に大事なお話があるそうじゃ。きてくれぬと困ったことになる」

――翌日のひるすぎ、相国寺近くの御付武家屋敷に服部半蔵はきた。

二人の会話は、むろん亡くなった柳生十兵衛についての痛恨に終始した。

金春七郎が憂鬱そうな顔をあらわしたのは、それからだいぶたってからであった。

それまで、冬瓜《とうがん》みたいな長い顔にしだいにいらだちの表情を浮かべていた半蔵は、初対面のあいさつもそこそこに、

「そちらが待たせたので、単刀直入にいう」

と、七郎を見すえて、

「金春、お前、江戸へ帰るか、柳生におるとかいう父のもとへいってくれ」

と、いい出した。

七郎は首をふった。

「いえ、それはできません」

「お前のおることが、宮のごめいわくになるとは思わぬか」

「そう思って、宮においとま頂戴を申し出たこともあるのです。けれど、宮がおゆるし

下さりませぬ。宮はおん父君の法皇さまに意地を張っていられるのです」

こんな問答がいくたびかくりかえされたが、七郎は屈服しなかった。いつしか障子に夕日の影さえただよいはじめた。

この能役者らしく、一見優雅に見える若者が、思いがけなく強情な性根《しょうね》の持ち主であることは、いまは陣左衛門も知っているが、やがて七郎が、

「しかも、先日の清水寺の一件を見てもわかるように、狙われているのは私です。宮ではござりませぬ」

と、そらうそぶくのをきくにおよんで、

「何を申すか、お前を救うために柳生十兵衛どのは非業《ひごう》の最期をとげられたのだぞ」

と、叱咤《しった》した。

これには七郎も、はたと沈黙した。せいかんで美しいその顔が苦悩にゆがんだ。

「わしは、ほんとうはお前に、この世から消えてくれといいたい」

と、陣左衛門はたたみかけた。

「死ねとおっしゃるのですか」

「まあ、そうとってくれてもよい」

ややあって、七郎がもらしたのは、やはり拒否の答えであった。

「私は死にません」

「金春七郎」

服部半蔵がいい出した。何か決意した表情だ。

「お前があまりにもわからずやだから、公儀忍び組の頭《かしら》として、天下にかかわる重大なことを打ちあける」

「天下にかかわる?」

「お前は、月ノ輪の宮が、お前のような身分いやしき者をお近づけになるのを、法皇さまがおきらいなされ、お前を放逐しようとなされたのが事の発端だと思っているであろう。しかし、それにしてもお前にむけられる刺客が執拗すぎ、大がかりすぎるとは思わぬか?」

「それはそう思いますが、事実としてそういうことになったので」

「それにはそれだけの意味があるのだ。しかも、容易ならぬ理由が」

「え、それは。——」

「江戸に由比正雪《ゆいしょうせつ》と申す軍学者のあることを存知ておるか」

半蔵は、突然べつのことを口にした。

七郎はけげんな表情ながらうなずいた。牛込榎坂《うしごめえのきざか》に大道場をかまえて、門弟何千とかいうその人物の名は、江戸にいたころにきいている。

「その正雪が、紀伊大納言頼宣《きいだいなごんよりのぶ》さまに近づいた。——ご在府のとき大納言さまが正雪を呼んで軍学の講義をおききなされたのがはじまりじゃが、その後、去年の秋のことじゃが、正雪はわざわざ和歌山へ下って、大納言さまと何やら談合するほどのご縁を結ん

だ」

「………」

「紀州大納言頼宣さまは、ご神君の第十子、いまの将軍家の叔父君《おじぎみ》にあたられるが、世に南海の龍とうたわれる豪快不羈《ふき》のお方、これに野心まんまんたる正雪がくいこんだ。しかもじゃ、この両者のみならず、さらに京の法皇さままでが加わられた」

「………」

「法皇さまをひきずりこんだのは、豊臣残党の長曾我部乗親じゃ。その長曾我部の腹ちがいの弟、丸橋忠弥なる者が正雪の高弟であるという縁によってだ」

「あ！」

と、七郎は叫んだ。

かつて塔《とう》の壇《だん》で刺客群に襲われたとき、自分を助けた十兵衛先生が、敵のなかにその名を呼んだことがあった。先日の清水寺の舞台の血闘で、敵の首領が長曾我部乗親と名乗ったのをおぼえていた。

「その長曾我部乗親なる者、ふだんは相国寺前で幽夢堂と名乗って八卦見《はっけみ》をしておったが、これがたんに世をあざむくかりの商売《あきない》ではなく、事実人相占いにたけた男らしうてな。それも法皇のお心をつかむよすがとなった。そしていつのまにか、法皇さまの葱花《そうか》輦《れん》に乗親が乗って逃げるほどの関係にまでなった。――」

その話は七郎も、りんどうからきいたことがある。

「この人物が、去年の春、江戸へいって、寛永寺にお成《な》りの上様をひそかに拝見して、上様のお顔に死相あり、ご寿命はここ一両年、と法皇さまに告げたという」

　七郎は眼をまるくして、

「と、途方もないことを――」

「ここにおいて、江戸の将軍家に万一のことあれば天下をどうかしようという、三つが組んでの大がかりな企てが進行中と見る。正雪が旗としようとする大納言さま、それなららまだ謀叛《むほん》と申してよいが、法皇さまが加わられるとなると、もはや謀叛の域を超える。その法皇さまが、かつての紫衣《しえ》事件で幕府を七転八倒させられたお方だ」

「…………」

「実はお前は知るまいが、去る日の清水寺の一件、あのとき舞台の下に由比の一党も出動しておったようなのじゃ。柳生どのや長曾我部の屍骸を運び去ったのはその一党に相違ない」

「…………」

「ここに法皇のお身内、しかもご親子《しんし》の月ノ輪の宮のおそばに江戸城お抱えの能役者があれば、事実上、名目上、どうしても捨ておけぬ存在となる」

「七郎、わかったか」

　と、深い息をついて陣左衛門がいった。

「あちらから見れば、いわば獅子身中の虫とはいまのお前のことじゃて」

七郎の全身は粟立《あわだ》っている。

いまきいた陰謀の内容には気死《きし》する思いであったが、それにもまして、これほど驚天動地の企みを探知した公儀忍び組なるものに戦慄《せんりつ》した。

またおそらくこのことを半蔵からきかされながら、いままで黙っていた成瀬陣左衛門というおひとにも、はじめて恐怖をおぼえた。いまにして思えば、先日の泉涌寺での立ち話で、法皇さまや刺客について特につっこんだ問いをしなかったのも、このためであったろう。

「服部さま」

蒼白な顔で、七郎はいい出した。

「それほど身の毛もよだつ陰謀をご存知でありながら、なぜいままでお見逃しなのでござりまするか」

「まだ相手にこれといった動きがないからじゃ。――お前を消そうとする動き以外にはな」

と、半蔵はいった。

「いま申した大陰謀の構図を探知したのも実はこのごろのことで、まだ詰めておらぬことが数々ある」

探知したのはこのごろのことだとはいったけれど、服部半蔵は去年の秋からある疑惑を持って、由比正雪一党を追って西下していたのだ。ただし、そんなことは七郎は知ら

ない。

「いま手を出せば逃げられる。公儀忍び組のえがいた空中楼閣だと笑倒されるおそれがある。その三つの組、一つものがさず一網打尽にするには、もうすこし時が欲しいのだ」

半蔵は首をひねって、

「その三つの組を結んだ者は、おそらく長曾我部乗親であろう。捕えるならまずきゃつであったが、惜しいことに乗親は清水寺で十兵衛どののために舞台から斬り落とされたという。——」

「これほどの大事を打ちあけたのはよくよくのことと思え」

と、陣左衛門がしゃがれた声でいった。

「このこと、月ノ輪の宮にも申しあげてはならぬぞ。もしその方面からこれがもれたら、陰謀が暴発するおそれがある。実は公儀としては、かつての紫衣事件の二の舞いはくりかえしとうない。すべて闇のなかで処理したいと望んでおる。もしこのことが天下にあきらかになるようなことがあれば、宮をもふくめて、とりかえしのつかぬ大破局を呼ぼう」

七郎はがくと両腕をついていた。

「いや、いまのごとくお前が陰謀とかかわり合っていては、いずれ宮ご自身に大難を呼ぶことになる」

すさまじい眼で見すえて、

「いま宮を修羅の世界から無縁のお立場におき参らせれば、大難に連坐《れんざ》あそばすおそれはあるまい。七郎、もいちどいう。黙って月ノ輪の宮のもとを去れ。いまのうち、闇のなかに消えてくれ」

金春七郎は、蛙《かえる》のごとくたたみにひれ伏したままであった。あまりにも巨大なもののけの影に踏みつぶされた恰好である。

陣左衛門は宙を見て、つぶやいた。

「柳生どのの横死は無念の至りじゃが、この見地から申すと、あの物好きな人物の消滅は、不幸中のさいわいと思われるふしもある。――」

「ところが、十兵衛は消滅しておらぬので」

どこからか、声がきこえた。

三人は顔見合わせて、キョロキョロした。

「七郎、そんなおどしに負けるでないぞ」

沈んだ声だが、あきらかに柳生十兵衛のものと知って、三人は雷《らい》に打たれたような表情になった。

七郎は飛びあがり、唐紙《からかみ》をひらいた。

そこに坐っているのが、まぎれもなく十兵衛とりんどうであるのを見て、七郎と陣左衛門はもとより、ものに動ぜぬ爬虫《はちゅう》みたいに見える服部半蔵の口からも、名状しがたい

悲鳴がほとばしっていた。

三

十兵衛とりんどうは、先刻御付武家屋敷に到着したのであった。

二人だけだ。竹阿弥は大河原に残した。それは大河原の能屋敷で発見された〝世阿弥〟という謡曲本に異常な興味をいだき、是非それを自分なりに演じてみたい——と、いい出したからであった。

ところで、その竹阿弥は世阿弥の変身したものなのである。自分が自分を演じてみたい、というのだから怪奇な話だが、そもそも世阿弥が二百五十年後の竹阿弥に変身したのが幻妖のきわみなのだ。

十兵衛は竹阿弥にかまわず、りんどうを連れて、何のおそれ気もなく京へ帰ってきた。これももとは室町の十兵衛なのだが、りんどうの話などによって、彼は急速に慶安における十兵衛の立場や行状についての知識を獲得している。

御付武家屋敷の門番は、この屋敷に住んでいたりんどうはもとより、柳生十兵衛も知っていたから、なんの疑いもなく通した。

このとき門番は十兵衛に、知り合いの服部半蔵が、りんどうには兄の金春七郎が来訪ちゅうであることを告げた。

案内もなく、二人は奥へ通ったが、話し声のきこえるその座敷の前までくると、十兵衛は片目でりんどうを抑えて、唐紙の外にしずかに坐ったのである。

そしていま——唐紙をひきあけて、二人を発見した七郎は、悲鳴を発したあと数十秒、息をとめて棒立ちになっていたが、

「……先生！」

と、やっと声を出した。

「ま、まさか、亡霊では……」

「その通り、柳生十兵衛の亡霊じゃ」

十兵衛はニヤリと笑い、起って足音もなく座敷のなかへはいってきた。りんどうは外に残っている。

十兵衛はむずと坐って、三人を見まわして、

「いまお話、ちょっと承《うけたま》わったが、いや、なかなか面白い」

と、いった。

七郎はわれにかえり、妹に眼をむけて、

「りんどう、こ、これはどうしたことだ？」

と、叫んだ。

「大河原に帰ったら……殿さまがいらしたのです。……」

そう答えるりんどうの表情も、なんだか亡霊のようにぼやけて心もとない。

「ご健在でござったか、十兵衛どの」

やっと、陣左衛門がいった。

「ともかくこれは、げ、げ、言語に絶する欣快事《きんかいじ》で――」

「嘘つけ、死んでくれたのはもっけのさいわいといったではないか。悪かったな、成瀬」

しかし、怒っている表情ではない。片目でうすく笑っている。しかも異様に沈んだ声がうすきみ悪い。

成瀬陣左衛門と服部半蔵は昏迷した顔で、突如出現した十兵衛を見つめている。

実は、半蔵はもちろん陣左衛門も、十兵衛が清水の舞台から飛ぶのをじかに目撃してはいないのだ。それは金春七郎の報告によるものだが、七郎の顔色、あの場の凄惨さから陣左衛門はそのことを信じたし、また半蔵も陣左衛門の重厚な人柄からその話を信じたのである。

が、数十尺の舞台から飛んだ人間が、いま眼前に坐っている。本人みずから「亡霊」と名乗ったが。――

その亡霊がいう。

「いまきけば、成瀬、服部にも何か理屈があるようだがよく考えると実に勝手な理屈だ。法皇さまや紀州大納言の陰謀や、それを何とかしようとする公儀の遠謀と、月ノ輪の宮や七郎となんの関係がある？　成瀬は七郎を獅子身中の虫とかいったが、何が獅子身中

の虫だ」

全然、亡霊の言葉らしくない。

成瀬陣左衛門と服部半蔵は、かっと眼をむいて相手を眺めている。

「虫は虫でも、まったくあずかり知らぬ理由で踏みつぶされようとする哀れな虫だ。そんなことはこの十兵衛が許せぬ」

これを何の興奮もなく、陰々滅々という。

「七郎、踏みつぶされるな。あくまではねつけろ。おれが助太刀する」

「十兵衛どの！」

成瀬陣左衛門はおのれをとりもどすと同時に愕然とした。

「あなたは公儀のご方針にたてつかれるおつもりか！」

「そのつもりだ」

服部半蔵が地を這うような声で、

「柳生どの、それでは、由比正雪の一党、長曾我部の残党のみならず、紀州藩五十五万石、さらには、立場はちがうがわれら伊賀組を敵にまわすことになりまするぞ。それをご承知か」

「面白い。おれは天下を敵としても月ノ輪の宮と七郎を守る」

両人は言葉を失った。

陣左衛門は、十兵衛の気が狂ったのかと思った。彼からみると柳生十兵衛は、風変り

な男にちがいないが、それでも一本常識の筋のとおった人物であった。だからこそ古くから親近感をもってつき合ってきたのだ。

その男があの異変を超えて京に帰ってきた。それがそもそもふしぎだが、それはさておき、十兵衛は狂人として帰ってきたに相違ない。

「七郎、月ノ輪の宮のところへ参ろう。起《た》て」

と、十兵衛は命じた。

あやつり人形みたいにふらふらと起きあがる金春七郎を従えて、十兵衛は座敷の外へ出る。

四

そこにりんどうが坐っていて、何か声をかけようとした気配であったが、その声が出ず、ただ眼をいっぱいに見ひらいて見送るばかりであった。

いまの十兵衛の応答が、こちらの教えた知識によるものらしいとは知ったが、十兵衛さまがなぜ自分について何もかも忘却していたかという謎はまだ消えない。

十兵衛も七郎も、りんどうのことなど関心の外にあるような顔で通りすぎる。

判断力停止の状態にあるのは、七郎もおなじだ。特に七郎は、十兵衛が清水寺の舞台から飛ぶのを目撃しているだけに、この十兵衛を亡霊としか見えないが、しかしいくら

なんでも亡霊が白昼あらわれて、あやうく屈服しかけた自分に活をいれることはなかろう。

もっとも、活をいれたものの十兵衛先生は、以前の先生とちがって妙に陰気だ。御付武家屋敷を出てからも、なぜか一語の口もきかず、黙々と歩いている。

清水寺の舞台から飛んで、どうしていのちがあったのか？　何よりそれをききたいのだが、なぜかそれをきくのが怖ろしい。この十兵衛先生にこんな怖ろしさを感じるのははじめてだ。

さて十兵衛のほうは、新しい十兵衛たる運命を甘受しようとしている。いや、別に十兵衛がいて、それが命じるのではなく、本人自体が完全に変身化してきたのである。

前世の記憶は、夢のなごりのように消えてゆく。

それなのに、新・慶安の十兵衛のおもてを覆う憂愁の翳《かげ》は何としたものであろう。

それは消えてゆく記憶の底にまだ一休と伊予さまの残像があって、それが刻々うすれて、もう記憶のかたちをなさなくなってきたにもかかわらず、それから流れ出す悲哀の霧のゆえであった。

憂鬱なる十兵衛に変身したわけだが、変身は変身だ。

一方で彼は、新しい「たのしみ」を見つけている。

それは新・十兵衛として、まわりに敵がひしめいていることだ。さっきも服部半蔵がいった。――由比正雪の一党、長曾我部の残党、紀州五十五万石、さらに公儀忍び組と

やら——それぞれについて、いまはある程度の知識を持っているが、彼は全然恐怖を感じない。異次元の敵の名をきいているようなものだ。

月ノ輪の宮と七郎を守ってやれば、彼らと戦えるらしい。

らしい、どころではない。そのために先刻七郎に活をいれたのだ。

変身しても、どっちの十兵衛も剣の極意をきわめることを人生究極の目的としていたのだから、むしろ両者重層していまや十兵衛は、恐怖不感症の一剣怪と化している。

変身した直後、自分と入れ替りに慶安の十兵衛が室町時代へいったと知って、

「一休坊とお伊予さまをたのんだぞ！」

と、心中に叫び、代って自分が慶安の十兵衛としての義務を果たすことが、室町へいった十兵衛への期待の保証になるように感じたが、そんな感情をすべて忘れ、一休、伊予の名さえ空白となったいまも、月ノ輪の宮と七郎への用心棒たらんとする数条だけは、ちょうど動物のいわゆる「刷《す》りこみ現象」のように、十兵衛の胸に強く刷りこまれているのであった。

そうはいうものの、実のところ十兵衛は、まだ見ぬ月ノ輪の宮はもとより、そばを歩いている金春七郎も異次元の人のように感じているのはやむを得ないことであったが、他から見れば十兵衛こそ異次元の人間に相違なく、七郎が十兵衛を横目でみて、何か妖怪を見るような恐怖をおぼえたのはそのためであった。

「お、ここはどこだ？」

十兵衛は、はじめて声を出した。

相国寺の東側の築地塀《ついじべい》に沿うた道のなかほどであった。彼が見ているのは、その住家をへだてた一段高い草原だ。

一段高い地面にはあきらかに人の手が加わっているが、何のへんてつもない草ぼうぼうのひろい空地であった。その草のそよぎを、沈みかかった早春の夕日が照らしているばかりで、蝶一羽も飛んではいない。

「塔の壇と申すそうで」

七郎が答え、ここはかつて自分が長曾我部の一党に襲われたとき、柳生からきた十兵衛先生が助太刀して下さったところです、と、つけ加えようとした。

「妙な名だな」

十兵衛は首をかしげた。

たとえ七郎にそんな話をされても記憶にはないが、何かひっかかるものがあるらしい。

「室町のころ、このあたりも相国寺の境内で、足利三代将軍義満公が、ここに前代未聞の七重塔を建てられたそうですが、一夜雷火に焼かれて消失し、そのあと壇となった荒地だけ残って、いまはただ塔の壇と呼ばれているとかで。――」

七郎は説明した。

「ここに、七重塔があったと。……」

十兵衛はつぶやいた。が、別に何も思い出すものはないらしい。

が、その口から謡曲のようなものがもれはじめた。

「げにや憂《う》き世《よ》の物語、きけば姿もたそがれに、かげろう人はだれやらん。……」

何という謡曲であったか忘れた。ただこんな一節が、ふいに口をついて出てきたのである。

その顔に、十兵衛先生とは思えない哀愁の翳がひろがっているのを七郎は見た。

十兵衛は歩き出した。

五

金春七郎が柳生十兵衛をつれて、泉涌寺に帰ってきたときいて、月ノ輪の宮も驚愕した。

臥《ふ》せっていたのが起きてきて、十兵衛と七郎の待つ座敷へ出てきて、穴のあくほど十兵衛を見つめ、しばし声もなかった。

清水の舞台における血戦中、宮は失神して、十兵衛が空に飛んだという話はあとで七郎からきいただけだが、宮がそれを信じて疑わなかったことはいうまでもない。

やっと、七郎に声をかけた。

「七郎、お前がまさかいつわりをいうわけはないが……これは、どうしたことじゃ」

きかれても、七郎は依然口をモガモガさせるばかりであった。十兵衛がおちつきはら

って答えた。

「陰流《かげりゆう》……いや、柳生新陰流に天狗昇《てんぐしょう》飛び切りの術というものがございまして。……」

何にしても十兵衛の帰還は、歓天喜地のきわみというしかない。

日光にかがやく花のような笑顔になった宮を、柳生十兵衛は一つ目でじっと眺めている。

ほう……これが前女帝でおわす方か、それにしてもなんという美しい女人だろう。これでは七郎が、御意《ぎょい》のままに動き、献身の誠をつくすのもむりはない。

いまや、まわりの人間をすべて異次元のもののように感じている十兵衛だが、美には前世も後世もないと見える。あいている右の一つ目が、感嘆にうすびかりした。

この女人なら、守るに足る！

ふっと女院《にょういん》の顔に、いぶかしみの翳がさした。

柳生十兵衛は、これまでこんな——といっても表現はできないが——眼で自分を凝視したことはない！

その十兵衛から眼をそらして、

「天狗昇飛び切りの術。……それはあとできくとして、七郎、成瀬の話とはどんなことでありましたえ？」

と、月ノ輪の宮は七郎に尋ねた。

あの清水寺のさわぎのあと、父の法皇は御付武家の成瀬たちに、刺客について知らぬ

存ぜぬとそらとぼけて押しとおしたようだが、どう考えてもあの刺客たちは父の呼び集めたものに相違なく、そうまでして七郎を狙う父の心に、さすがの宮もあらためて恐怖をおぼえ、七郎はそれについての成瀬の考えでもきかされてきたのか、と思ったのである。

七郎は答えられない。法皇の陰謀など、決して宮に告げるわけにはゆかない。

「いや、何やらわけのわからぬことを、陰々滅々と申しておりましたが」

十兵衛がひきとって、

「七郎、臆するな、屈するな、柳生十兵衛が帰ってきた上は、たとえ天下を敵としてでも、おれがお前を守ってやる」

こんな凄いことを口にする十兵衛の声調も陰々滅々としているのであった。

獅子身中の獅子

一

服部半蔵と成瀬陣左衛門は、悪夢からさめたような顔を見合わせた。

柳生十兵衛と金春七郎が御付《おつき》武家屋敷を立ち去ったあとである。

十兵衛の出現に驚倒し、「天下を敵としても宮と七郎を守る」という高言に毒気をぬかれ、さらに彼をつつむ異様な妖気に中《あ》てられて、茫然としてその退出を見送ったものの、はっとわれにかえれば心胆、氷のごとくならざるを得ない。

「しまった！」

半蔵はうめき出した。

「あれをあのまま、帰すべきではなかった！」

二人は、自分たちがとりかえしのつかない大失敗をしたことに気がついたのだ。

あの大秘事をもらしたのは、金春七郎の強情をうちくだくためであったが、それを柳

生十兵衛にきかれてしまった。──

半蔵はがばと身を起こして、

「追っかけて、始末する。──成瀬、手勢がすぐ集められるか」

「とっさには、五、六人しか用意できんじゃろ。たとえ十人以上集めても、あの両人には歯が立つまい」

陣左衛門は首をふる。半蔵もその日は、一人しか供をつれてこなかったのである。

半蔵はどうと坐りこんで、

「いまの陰謀の件、宮に告げるじゃろうか。七郎にはいちおう釘をさしておいたが」

「柳生どのもおるしな」

「……宮に告げたら、どうなる?」

「おそらく、まなじりを決して、ふたたび法皇さまのところへ推参なさるのではないか。宮は気丈なお方じゃからな」

「すると、法皇さまは──」

こんどは陣左衛門は答えない。

二人は鉛色の顔をよせあって、うわごとみたいな声で相談をはじめた。

月ノ輪の宮が法皇に、諫言《かんげん》か急報か、とにかくこの大秘事が公儀に知られたことを告げれば、法皇側は暴発するか、埋没させるか、いずれかの法に出るだろう。何より暴発させてはならぬ、というのが陣左衛門の考えで、何より埋没させてはならぬ、というの

が半蔵の考えであった。

「このことが白日の下にさらされては、またも朝廷と幕府のあいだの大騒動となる」

と、陣左衛門がいった。またも、というのはかつての紫衣《しえ》事件をさす。

「何とぞ、闇の中で処置したい。所司代《しょしだい》にも計るが、所司代とて同様であろう」

「さればとて、このこと空中楼閣にはしとうない」

と、服部半蔵はいった。しかしいまのところ、彼のつかんでいる陰謀の証拠はまだ不充分なのである。

「何にせよ、いま柳生に、すっとんきょうなふるまいに出られては、こっちの算段がメチャメチャになる」

半蔵はつぶやいた。

「先刻おぬしは七郎に、あちらから見れば七郎は獅子身中の虫となった、といったが、こんどはこちらから見れば、十兵衛どのが獅子身中の虫となったわけじゃな」

とにかく月ノ輪の宮の反応を見よう、ということになり、翌日陣左衛門は何くわぬ顔で泉涌寺に出仕した。

柳生十兵衛と七郎は顔を見せなかった。それはそれとして、宮はそのことについてはまったく無反応であった。あれほどのことを、知っていて知らぬ顔をするような女人ではない。――宮は何も知らないのだ。

陣左衛門は屋敷に帰ると、待ち受けていた半蔵にそのことを告げた。

「柳生、七郎、両人ともまだ宮に申してはおらぬようだ」

「なに？　そうか。……」

半蔵は首をひねり、

「いかにも、容易にご報告するにはあまりに怖ろしい大事じゃからな」

と、うなずき、沈思していたが、やがて陣左衛門を見つめて、

「どういうつもりで両人が黙っているのかわからんが……もっけのさいわい、両人が口をつぐんでおるうちに消そう」

と、いった。

「今明日《こんみようにち》にも、泉涌寺に忍びいって、二人を討ちとめる。……伊賀組の手でやる。案ずるな、真正面からはかからぬ。伊賀組らしいやりかたでやる」

陣左衛門は総毛《そうけ》立《だ》った顔色になり、

「それはならぬ！」

と、首をふった。

半蔵は眼をいからせて、

「この大事に、まだ柳生をかばうのか」

「いや、月ノ輪の御所に手をかけることはいかん」

陣左衛門は手をふって、

「あれは聖域じゃ。あそこを血でけがしてはならぬ」

御付武家としての厳然たる表情に服部半蔵はひるみ、また黙考していたが、やおら、

「それでは、外でやろう。外へ両人をおびき出す。それもいかん、ただ黙って破局を待てとは、おぬしもいうまい？」

陣左衛門は眼をとじて、

「実に好ましい人物じゃが……大義親《たいぎしん》を滅すか。……」

と、痛嘆したあと、

「外へ……どうして両人をおびき出すのだ？」

「一案を思いついたのじゃ」

半蔵は爬虫《はちゆう》みたいに感情のない眼になって、

「あの金春の妹、りんどうを囮《おとり》として使う」

「なに、りんどうを？」

陣左衛門は眼をむいた。

「あれも先刻の話をききおった。あの娘もこのまま捨ておくわけにはまいらぬ」

二

その翌日の夕方ちかく。

居住用にあてられた月ノ輪の御所の一劃の廊下に腰をかけて、沓《くつ》ぬぎ石に足を下ろし

て、金春七郎は髪に手をつっこんで、首をたれていた。

ひるごろから庭は雨になっている。雨はもうどこか春気をおびて、庭のむこうに紅梅はちりしいているが、七郎の眼にそんなものははいらない。

十兵衛は先刻から部屋のなかで刀の手入れに余念もないようだ。愛刀三池典太である。

先生はまだこれからあれを使うつもりらしい、と考えて七郎は、うそ寒い風に襲われたような気持になる。先生は何だか怖ろしいお人になられた、という思いは依然つづいている。そういえば宮も十兵衛先生にふしんな眼をむけられていたようだ。……

「七郎、大煩悶のていだな」

うしろから声がかかった。

ふりかえると、十兵衛が立っている。

「そんなに敵がこわいか」

からかうようにいう。

「服部がいろいろ敵の名をあげたが……」

「いえ、私が苦しんでいるのは、その敵もさることながら、そのことを宮にお告げすべきかどうかということで……」

七郎はいった。

「服部さまからきいたあの陰謀、あれほどの大事を知りながら、宮に黙っていることは許されず、さればとてご報告申しあげれば宮のご苦悩はいかばかりか、その果てに大破

局を呼ぶことはまず必定《ひつじょう》」

「ああ、その話か。そりゃ黙っておれ」

十兵衛はけろりかんという。

「天下の大騒動となっては、こちらの出る幕がなくなるわ」

「こちらの出る幕？」

「剣を使うことじゃ」

片手にぶら下げていた一刀をぶらぶら振って、

「服部があげた名の敵、それらを相手にできると思えば、血わき肉おどる思いがする」

これをすこししゃがれた、陰気な声でいうのである。

「それに七郎、おれはこのごろ新陰流に開眼したような気がするのだ」

「先生が……いまさら開眼？」

「おれの新陰流に新しいわざが加わったような」

何やら恍惚とした表情で、

「いや、口で申してもわからぬ。実際に剣をふるってみなければおれにもはっきりしないのだが……七郎、雑念を起こすな。ただ剣ひとすじに生きようと覚悟をきめよ」

ささやくような低声なのに、七郎を別世界にひきいれる力があって、七郎は思わずそれまでの進退両難の苦悩を忘れた。

七郎は十兵衛を見かえして、

「先生、その先生の新しい剣法とやらを見せて下さい！」

と、いった。

十兵衛がきく。

「立ち合うのか」

「ほかにお見せ下さる法がなければ」

不敵な答え、というより、これまた剣に魂をささげた若者の一念から出た言葉だろう。

十兵衛はちょっと食指がうごいた表情をした。この弟子がすでにいくどかおのれへの刺客をたおし、それどころかその妖剣は十兵衛すら辟易《へきえき》するのではないか、と成瀬陣左衛門がつぶやいたという話は、りんどうからきいていたのである。

が、十兵衛は首をふった。

「いや、それはだめだ」

「なぜですか」

「おれの新剣法は――新陰流離剣の剣も同様だが――おれを斃《たお》そうとする意志を持った敵でなくては発現しないものだからな」

「いえ、私は真剣でやります」

「文字通り、ほんものの白刃を交えてか」

十兵衛は苦笑した。

「まさか、そうはゆくまい。ことさら、いまの事態にあって、同士討ちするのは酔狂に

すぎる」

七郎は残念そうな顔をした。

それにしても、十兵衛の言葉をかりればまさにこの事態のなかにあって、こんな剣法問答をかわすとは、相当な師弟ではある。服部半蔵がこの二人を、獅子身中の虫となった、と評したが、獅子身中の獅子といったほうが適当かも知れない。

それでもふっと、現在ただいまを思い出したらしく、十兵衛が、

「その敵ども……さしあたっては公儀忍び組とやらがこちらを放ってはおくまい。やがて何か手を打ってくるぞ。――」

と、いったとき、庭のむこうから雑色《ぞうしき》らしい男があわただしくかけてきた。

三

泉涌寺の月ノ輪の御所は高い柵にかこまれ、門が作られている。そこの門番であった。

それが、息をきりながら注進した。

「ただいま、蓑笠《みのがさ》姿ながら武士風の男一人、門前に参り、柳生どのと金春七郎に伝言をたのむと申し――七郎の妹りんどう、天下の秘事を知る罪により、本日夕刻、九条河原で断罪する。欲すならば柳生金春両人の立ち合いを許す――以上、申し伝えよ、といいすてて立ち去りました」

「なに、りんどうを、きょうの夕刻、断罪？」

七郎はのけぞりかえった。

「妹に何の罪がある？」

「天下の秘事を知る罪により、と申したな。おう、いかにもきのう服部と成瀬が、お前にあの由比らの陰謀を打ちあけたとき、襖《ふすま》の外にはおれとりんどうがおった！」

さすがの十兵衛もあわてている。

「あのとき、あの娘もここへつれてくるのであった！」

いまきた使者は、成瀬と服部の手の者にきまっている。そういえばきょう成瀬陣左衛門はこの御所に出仕していないようだ。

七郎は歯をかみ鳴らして、

「こ、公儀にもあるまじき卑怯《ひきよう》なふるまい」

「おれたちをおびき出す苦肉の策だろう。りんどうは囮だ」

十兵衛はいった。

「断罪といったそうだが、まさかりんどうの首斬るわけではあるまい。ゆこう」

七郎は部屋にとってかえして、脇差《わきざし》をつかんで出てきた。

「九条河原と申しましたな」

「本日夕刻とも」

すでに黄昏《たそがれ》ちかい。

雨のなかに合羽《かっぱ》をつけるいとまあらず、ただ檜笠《ひのきがさ》だけかぶって、二人は飛び出した。

二人だけだ。ほかに加勢はない。もっとも月ノ輪の御所に、加勢になるような人間はいない。

「おそらく伊賀組が相手になると思う」

走りながら、十兵衛がいう。

「面白いではないか」

「面白うはござりませぬ」

十兵衛をにらむ七郎の眼は血ばしっている。

りんどうが京へきて以来、彼は妹に対してやさしい言葉一つかけてやらなかったが、それは防御的反応であって、自分を思う妹の心はよくわかっていたのだ。

十兵衛は首をちぢめた。

彼もりんどうを可愛い娘だと見ている。自分にさまざまな知識を授《さず》けてくれたのみならず、そのひたむきな純真さは、変身した十兵衛の心をもとらえている。

変身といえば、いまは十兵衛にもあらゆることに既視感《デジャ・ビュ》が生じて完全に変身しているのだが、それでもどこか能を演じているような気がするのだ。完全に役に没入しながら、しかも演者であるという不可思議な感覚。

とはいえ十兵衛とて、決して面白がってばかりいるわけではない。道徳的には鉄のごとく教条的になって、あの可憐な娘を囮に使う伊賀組なるもの決して許すべからず、と

いう透明な炎に全身つつまれているのだ。

泉涌寺から東福寺の土塀に沿って走りすぎて、坂道を鴨の河原へ、いっきにかけ下る。

九条河原は茫々とけぶっていた。

鴨川はこの当時堤などなく、河原もふくめれば後年の数倍はあった。ときには数本の流れになることもある。それが黄昏の細雨のなかにも、あちこちぼっと早春の緑をにじませている。

その河原の水際に駕籠《かご》が一丁おいてあり、その両側に蓑笠つけた人影が十幾つかならんで、腰を下ろしているのが見えた。

ある地誌的怪異

一

　こちらからみると、雨中の釣人《つりびと》のむれのようにも見え、近くの杭《くい》に二、三艘《そう》の空舟《からぶね》さえただよって宛然《えんぜん》水墨画的風景だが、それを眺める者もない。

　河原の手前で十兵衛と七郎は、すぐにそれを異常なものと見た。

「あの駕籠《かご》はなんだ？」

「あのなかにりんどうがおるのでは？」

　顔見合わせると、二人は河原をかけ出した。

と、水際に坐っていた十余人の蓑笠の影がいっせいに立ちあがって、駕籠の前に半円を作って二人を迎えた。

　みな、六尺ほどの竿《さお》をつき立てている。

「きたか」

まんなかの男がうなずいた。やはり服部半蔵だ。冬瓜《とうがん》みたいな面長《おもなが》の顔に、爬虫のようなぬらつきを浮かべて、

「それ以上、近づかれるな。そこでとまって、こちらの話をきかれい」

と、いい、あごをしゃくった。

駕籠の両側に立っていた二人の男のうちの一人が、駕籠に寄って、その垂れをめくりあげた。

「りんどう！」

七郎が絶叫して、かけ寄ろうとした。

「待て」

半蔵が制してまたあごをしゃくると、左右の蓑笠の男たちが、手の竿の先の栓様《せんよう》なものをいっせいにはねおとした。そこから四尺ばかりの細い金属棒がせり出した。手に握れるくらいの竿であったが、なかに鉄棒が仕込まれていたらしい。親指ほどの太さだが、手に残った六尺の竿と合わせると一丈ばかりの長さとなる。尖端はとがって、あきらかに銛《もり》のかたちをしていた。

「伊賀の銛杖《もりづえ》という」

半蔵はいった。

「長さも見るとおりだが、投げれば十間《けん》は飛ぶ」

これを半月形にならべてへだてられると、さすがの金春七郎も棒立ちになって、

「りんどう！」

と、もういちど叫んだ。

駕籠のなかの若い娘は、さるぐつわをはめられ、うしろ手に縛られているらしい。

七郎は身もだえして、

「卑怯っ、それがかりにもご公儀のなさる所業でござるか！」

「公儀なればこそやる。娘は囮だ。騒がぬかぎり、殺しはせん」

と、半蔵はいった。

「で、そちらはきた。あの大陰謀の件、そちらにいま騒がれてはこちらの狙いが水の泡となる。まちがいなく黙ってもらうためには、きのどくだが金春七郎にはここで死んでもらう。柳生どのには――」

と、十兵衛を見る。

十兵衛は寂然《じゃくねん》と立っている。笠からおちる雨しずくが、数条の細い糸となっているほどだ。全身硬直しているようにも見える。

「柳生どのには……さようさな、御付武家屋敷に座敷牢でも作って、しばらくそこで暮していただこうか」

半蔵の言葉に十兵衛は依然なんの反応も見せず、ずらりとならんだ伊賀の銛杖《もりづえ》のいちばん右のはしに眼をやっている。

蓑笠をつけているが、これは銛杖を持っていない。成瀬陣左衛門であった。

十兵衛に見られて、陣左衛門は苦悶の表情になり、

「十兵衛どの……わしは見張りにきただけじゃ。りんどうのいのちを保証するためにな」

と、しぼり出すような声でいった。

「七郎、安心して死んでくれ」

二

その通りであった。

——いまや柳生十兵衛と金春七郎を泉涌寺から外へおびき出すのは焦眉《しょうび》の急、そのためにはりんどうを囮にするしか法はないと半蔵にいわれ、陣左衛門にとっては法皇や正雪らの陰謀を暴発させせぬことは至上の使命であったから、同床異夢のところはあるが、毒盃をのむような気持で承知したのだ。

で、十兵衛、七郎の両人を拘束することは天下のためだといって、りんどうにおとなしく囮になってくれるように依頼したが、りんどうがそんなことをきくわけがない。七郎を殺すとはいわなかったが、りんどうは敏感に察して拒否した。

ええ、めんどうなりと半蔵はりんどうをしばりあげ、さるぐつわまでかませ、駕籠にのせて九条河原までつれてきたのだが、それを陣左衛門は黙視せざるを得ず、ただ、りんどうはほんとうに囮に使うことだけを半蔵に約束させ、苦虫《にがむし》をかみつぶしたような顔

で、彼もここまで同行してきたのであった。

服部半蔵は地を這うような声でいった。

「柳生どの、神妙に従われるか」

「神妙にはできんな」

十兵衛がゆらりと首をふり、七郎がぱっと抜刀した。

同時に、十数本の伊賀の銛杖は、巨大な扇の骨のごとく両人にむけられた。

これが相手の身体に一寸でもつき刺さると、もう抜きとることはできない。引けば肉をひきちぎってしまうが、彼らはふつう杖から手を離す。すると相手は一丈の銛杖を身体でひきずっていることになり、たちまち行動の自由を失ってしまう。あと料理は思いのままという残酷無比の武器だ。

と——その伊賀組に動揺の波が吹きわたった。

細雨はさっきから霧雨といっていい密度となっていた。その霧雨のなかに、十兵衛と七郎が二つの影になったのを見たのだ。

いや、二つではない。三つの影に——それがみるみる、ふうっとうすれてゆく。

「あっ、敵は妖しの術を使うぞ！」

かっと眼をむいた半蔵は、甚《はなは》だ忍びの頭領らしくない声を発した。

三つの影は忽然《こつねん》と消え失せた。

かと思うと、また姿をあらわした。——実はむろん十兵衛や七郎の実体が消滅したわ

けではない。それは相手の殺気の眼だけに消えたように見えるのだ。しかも両人の剣法的「妖術」は数十秒しかつづかないらしいのだが、その出没が相手によって時間を異にし、かえって惑乱させる。

いま半蔵の眼には、なんと七郎をはさんで二人の十兵衛が駕籠のほうへスタスタと歩いてゆくのが見えた。かと思うと、それがまた消えた。

「右だ、いちばん右の影がほんものだ！　あれをまず仕止めろ！」

ぎょっとして立ちすくんでいた伊賀組の手から、三本の銛杖が流星のごとく飛んでいったが、その銛杖もむなしく空をきって、そのむこうの河原へななめにつき刺さっただけであった。

と、その伊賀組に突如混乱が起こった。

いきなり何人か、血しぶきのつむじ風をまいて倒れたのだ。

彼らは、十兵衛と七郎が自分たちのなかへ突入して剣をふるいはじめたことを知った。こちらの銛杖をならべたなかを、両人が割ってはいってくるのがまったく見えなかったのだ。

いま剣をふるう二人ないし三人の敵の姿が、ちらと見えた。とみるや、雨しぶきのかたまりのような影となった。それは明滅しつつ旋転する鬼火のようであった。一丈もある銛杖だが、手もとにはいられると、それが逆に防戦を不能とする。

「わっ」

「ぐふっ」

もつれあう悲鳴とともに、また数人、蓑と笠を散乱させて河原に這《は》う。

「囮を殺せ！」

半蔵はおどりあがった。冬瓜づらが悪鬼の形相《ぎょうそう》に変って、

「ご公儀忍び組に対し、かくも傍若無人の凶刃をほしいままにするやつ、もはや許せぬ。銛杖を投げてあの囮を成敗《せいばい》せよ！」

声に応じ、一人が銛杖を回転させ、魔風のごとく駕籠のほうへ駈けた。

駕籠のなかのりんどうは、あげられた垂れのむこうに、がっくりのけぞった姿勢のまま動かない。りんどうは、その前から十兵衛と七郎の阿修羅ぶりに恐怖して失神したのであった。

「りんどう！」

七郎は眼もくらむ思いがした。

駈けてゆく敵との距離は十間《けん》ちかくある。もはや追ってもその伊賀組には及ばない。

——

七郎は、地に伏している忍び組の一本の銛杖をひろいあげた。むこうの伊賀者は背をまろくしてすでに駕籠のなかへ銛杖を突きこむ姿勢になっている。七郎は走りながら、手の銛杖をビューッと投げた。

投げ槍ならぬ投げ銛は、十間ばかり飛んで地に落ちようとして、間一髪、まろめた敵の蓑の背へつき刺さった。

「ぎゃっ」

伊賀者は苦鳴とともにつんのめって地にころがる。

つき刺さった銛杖はそのままにして、七郎は走り、駕籠にかけよった。

「大丈夫か、りんどう！」

りんどうは眼をひらき、身もだえして、

「兄上さま！」

と、叫んだ。

それと見て、数人の蓑笠がひとかたまりとなって殺到しようとする前に、十兵衛がぬうと立ちふさがる。

銛杖を凄じい鋼《はがね》の音をたてて左右にはねのけると、スルスルと割ってはいって、あっというまにそれらを血けむりのかたまりにしてしまった。

朱をまきちらした鴨の河原には、静寂な早春の雨が条々とふりしきっているばかり――あと立っている蓑笠の影はない。

いや、二人だけ残っていた。

服部半蔵と成瀬陣左衛門である。

まさに伊賀組潰滅《かいめつ》の図を見わたして、両人とも悪夢にうなされたような眼をしている。

その十兵衛が血刃をひっさげたまま、のそのそと近づいてくるのを見て、さしもの服部半蔵も恐怖の極の相になった。

「柳生どの……いやさ、十兵衛、ご公儀忍び組をみな殺しにするとは何たる無謀」

「かかってきたのはそちらではないか」

十兵衛は無表情にいう。

「それに、ご公儀だろうが何だろうが、非道は非道だ。非道には非情をもって応《こた》えざるを得ん」

「こちらはすべて所司代のお許しを得て動いておるのだ。それに叛すれば、柳生家がつぶれるぞ！」

「破邪《はじゃ》の剣をふるってつぶれるなら、それは柳生家の本懐。ふふん、それより服部家のほうがあぶない」

「お、おれを斬るのか」

「ついでだから、そうさせてもらう」

いうや、三池典太がひらめき、公儀忍び組の頭領服部半蔵は、笠ごめに唐竹割《からたけわ》りになって崩れおちた。

三

数瞬、河原はしいんとして、鴨川の流れの音が急に高くなったようであった。

この惨劇を見つつ、陣左衛門は口をパクパクさせている。次は、自分がやられる、という恐怖のためではない、柳生十兵衛のあまりのメチャクチャぶりに、呆《あき》れはてて、声も出なかったのだ。

もっとも陣左衛門はさっきから黙っていた。伊賀組には十兵衛たちの姿がチラチラ見えなくなったらしいが、陣左衛門には二人の行動が——二人が伊賀の錏杖のあいだを通りぬけてゆくのがよく見えた。陣左衛門が殺気を持たなかったからである。が、それでも陣左衛門はそのことを知らせる声を発しなかった。

そもそも彼は服部半蔵に服従はしたものの、囮の兵法には釈然としない心があったのだ。

そのことを知るや、知らずや、

「いや、貴公は斬らん」

と、十兵衛はいった。

「このあと始末もあるだろうからな」

十兵衛はこの惨状のあと始末を陣左衛門にさせるつもりと見える。

陣左衛門はやっと、さっきの半蔵と同じうめきをもらした。

「柳生家が断絶することはお覚悟か」

「ふりかかる火の粉を払っただけだ。このことにかかわらず、柳生十兵衛は月ノ輪の宮

と金春七郎を守るためには、泉涌寺を城として天下と戦う」

万丈の虹のごとき言葉を、なんの昂奮の気もなく、陰々と吐くのである。

ものしずかに愛刀を懐紙でぬぐいながら、

「それはそうと成瀬、もうりんどうは御付武家屋敷においてはおけぬなあ。で、これから泉涌寺へつれてゆこうと思うが、ご了解をねがう」

刀を鞘におさめると、十兵衛はスタスタと駕籠のほうへ歩み去る。

金春七郎はすでにりんどうの縄を切り、さるぐつわをはずし、駕籠の外へ助け出していたが、河原の光景に眼をやって、

「えらいことをやりましたな」

と、長嘆した。

自分もやったことだが、無我夢中からさめてみると、この行為の結果に思いが及び、さすがの七郎も肌に粟《あわ》を生じたらしい。

十兵衛は自若として、

「お前は剣のことだけ考えておればよいのだ、泉涌寺でいったろうが。……ところで、りんどうを泉涌寺へつれてゆくことにしたぞ」

「え、りんどうを？」

と、いったが、七郎はそれより先に気になることがあるらしく、

「剣といえば、……先生、先生がさっき使われたのは陰流ではありませんか」

「ほ、お前、陰流を知っておるのか」

「いつぞや先生は、私の剣を陰流ではないかと申されましたが——」

七郎はけげんな表情で、

「だれから学んだ、とのお尋ねに、独学ですと答えましたら、先生のおっしゃるには、それは能からきた剣法ではないか、と——」

「ふうん。……そういえばいまちらちらと見たが、お前の剣法、たしかに陰流であったな」

何だか話がとんちんかんだ。

十兵衛は、あとは口のなかでムニャムニャといい、

「ま、ともかくゆこう」

と、ごまかした。

二人はりんどうをはさんで、河原を歩き出した。りんどうの足ははじめよろめきがちであったが、十七歳の若さはすぐにその頬をもとのさくら色にもどしている。

ふとりんどうは、近くに茫然と立っている成瀬陣左衛門に気がついたが、何とあいさつしていいかわからないので、黙っておじぎした。

陣左衛門は洞穴《ほらあな》みたいに口をあけたまま見送っている。

十兵衛も口をきかず——が、七郎には、十兵衛先生がどこか笑っているような気がした。ぎょっとして見なおすと、十兵衛先生の横顔はもと通り沈鬱だ。

が、十兵衛はたしかに心中に笑っていたのである。

それは自分がまさしく陰流を体得したことを自覚したためであった。彼は室町の十兵衛が慶安の十兵衛に変身したものに相違ないが、外からはいる知識にはまだあちこち欠落があるけれど、肉体的にしみこんだ技術はなお離れなかったと見える。

再誕以来――もう再誕の意識もないが――ふっと自分は新陰流の前身たる陰流を会得《えとく》したのではないか、と感じられるところがあって、それを実地にためしてみたい、との念願しきりなるものがあったのだ。

が、これはほんとうに殺気をもって相対する敵を迎えなければ、ためすことができない。――それをいままさに実地にためすことができて、会心の笑いを心中に浮かべていたのである。

敵の眼には、こちらが分身し、かつそれを影とし、さらに消してしまう、新陰流と陰流の合体。

やがて三人は、河原から往来にあがった。雨のせいか、往来に人影はない。

そう見えたが、そこからすこし離れたところに三、四本、柳の木があって、まだ枝に葉はないが、相当な大木で、そのかげに深編笠《ふかあみがさ》の武士が二人立っていた。

それがふいに、低いが驚愕の声をもらしたのである。

「あれは柳生十兵衛ではないか！」

これは江戸の由比道場の高弟丸橋忠弥と金井半兵衛であった。

四

両人は紀州に所用あってここを通りすぎようとして、ふと遠い河原に異変の起こっていることに気がついて立ちどまり、はからずも鴨川を背にくりひろげられた妖しき争闘を目撃することになったのである。

いま、反対の方角へ、東大路を遠ざかってゆく三人の影を見送って、丸橋と金井は声を失った。

――すでに両人は去年の秋、柳生陣屋で十兵衛に手玉にとられている。

その後、その十兵衛が自分たちの大敵として京にあらわれ、金春七郎ともどもこれを抹殺しなければ自分たちの大望の破滅をまねくおそれがあると断定した。

で、先日、友軍の一領具足組が清水寺で十兵衛と血戦したときは、今宵こそ十兵衛必殺のときと見きわめて、万全を期すために由比一党をひきいて、あの清水の舞台の下につめかけていたほどだ。

あにはからんや、その果てに具足組の首領、忠弥の異母兄の長曾我部乗親のほうが十兵衛に斬り落とされようとは。

その乗親のむざんな屍骸はたしかに舞台の直下で発見したが、同時に舞台から飛んだと見えた十兵衛の姿が見えない。

あのとき舞台にいた後水尾法皇から正雪への話でも、十兵衛はたしかに舞台から飛んだというのだが。——柳生十兵衛という男の生死は、まったくどう解釈していいかわからない謎として、亡霊のように忠弥や半兵衛の頭をいまも悩ましていたのだ。

「もう一人は金春七郎であったな」

「娘は柳生屋敷で見かけた七郎の妹だ」

彼らはそこまで知っていた。

金井半兵衛はまた河原のほうを見やって、

「や……あれは御付武家の成瀬陣左衛門ではないか」

「してみると、十兵衛にやられたのは伊賀組か。何やら奇怪な武器を持っておったが」

そこまで二人は認識したが、柳生十兵衛と公儀忍び組が刃を交える意味がわからない。

「とにかくこのまま紀州にはゆけぬ」

「張孔堂《ちょうこうどう》先生にご報告し、そのご判断を仰がねばならぬ！」

二人は京のほうへひきかえしはじめた。正雪一党は西ノ洞院《にしのとういん》の紀州藩京屋敷に滞在していたのだ。

十兵衛たちの去ったのと同じ方角だが、それを警戒する眼にも、十兵衛たちの影はもう見えなかった。十兵衛たちは東山のほうへ折れていったらしい。

五

さて、その泉涌寺への山道を歩きながら、それまで黙っていた十兵衛が、突忽《とっこつ》として七郎に話しかけた。

「おい、さっきから妙なことを考えているのだがね」

「なんでござります」

「わが柳生ノ庄は、お祖父《じじ》の石舟斎《せきしゅうさい》、おやじの但馬守《たじまのかみ》のおかげで剣のふるさと、など呼ばれておる」

「はあ。……」

「そこからほんの数里のところに、いまやり合った伊賀の忍びが発祥《はっしょう》した服部ノ庄がある」

「はあ。……」

「それに能の大宗《たいそう》とか呼ばれる世阿弥がやはり伊賀の出身だ」

「はあ。……」

「剣と能と忍びの術、どれも異国には見られぬ芸と思うが、それがほんの数里の山の中にかたまって出現したのはふしぎ千万だ」

そういわれればこれらは、みな芸といえば芸、たしかに醇乎《じゅんこ》として醇なる日本独特の芸に相違ない。

淵源不詳の祭天の古俗などとは異なり、中世に至って、だれかが工夫をこらして編み出したものなのである。

これらの芸が、伊賀、大和、山城の接合するあたりの、この猫額大《びょうがくだい》の山中の一天地から生まれてきたのは、たしかに奇蹟的現象にちがいない。

「これはおれの新発見だが、どうしてこんなことになったのかな?」

柳生十兵衛、みずから大感心のていである。

日本独特の芸といえば、もうひとつある。

それは俳句だが、後年の俳聖芭蕉がやはり伊賀の出生なのだ。いや後年ではない。その芭蕉は藤堂家の「無足人《むそくにん》」と呼ばれる下級武士の家に生まれ、この物語のいまの年には六歳の童子《どうじ》としてすでに伊賀の上野に存在していたのである。慶安三年のこの日も彼は、幼名松尾金作として、友達といっしょに月ケ瀬の梅林などに遠足にいっていたかも知れない。

俳句はともかく、あと三つの「芸」は、いまや異様なからまりを見せつつある。……が、それより金春七郎は、たったいまあんな大殺戮《さつりく》をしてきた帰途、こんな浮世離れした感慨をもらして悦にいっている十兵衛先生に、呆れるのを通りこして戦慄を感ぜざるを得なかった。

坂の上に泉涌寺の山門が見えてきた。雨はあがっている。

同時に山門の下に立っている三、四人の女人《にょにん》の姿に気がついて、七郎ははっとした。

それが女官をつれた月ノ輪の宮だと見とめて、七郎は狼狽して小走りにかけ出した。

「こんなところへ、いかがなされましたか？」

「ききたいのはこちらじゃ」

月ノ輪の宮はいった。

「さきほど七郎を呼んだらおらぬ。柳生といっしょに出ていったという。……私にことわりなくこの御所を出ていってはならぬと、あれほど申してあるに、なぜ、何の用で出ていったのじゃ？」

怒った声だが、美しい双眸《そうぼう》は不安でいっぱいであった。

七郎は地にひざをついて、

「妹を受けとるのに、私事《わたくしごと》の、ちとこめんどうな事情がございまして……ぶじ、ひきとって参りました。これが妹のりんどうでございます」

と、早口でいい、

「妹、月ノ輪の宮さまじゃ」

と、ふりかえった。

りんどうもひざまずき、ひれ伏した。

「ほ、これが七郎の妹か。成瀬のところにおるときいたが、なぜ、いままでここへこなんだのじゃ？」

と、月ノ輪の宮はやさしい眼をむけていった。

仙洞《せんとう》御所の果たし状

一

いわゆる御所には、いま後光明《ごこうみょう》天皇——後のおくり名だが——が住んでいられる。まだ十八歳だが、天皇位につかれたのは十一歳のときで、姉君の明正《めいしょう》天皇のあとをつがれたものだ。明正天皇は月ノ輪の宮となられた。

お二人の父君、後水尾法皇がかんしゃくまぎれに譲位して明正天皇を作り、そのあとまた人形の首をすげ変えるように後光明天皇とされたのである。

この御所の東南に、白壁の築地塀をへだてて仙洞御所がある。すなわち後水尾法皇のお住まいだ。

二月十三日の夜であった。その仙洞御所のなかの醒花亭《せいかてい》と称する茶亭に一穂《いっすい》の灯がともされて、そこに奇妙な組合せで、三つの顔が寄せられていた。

一人は後水尾法皇である。

仙洞御所の仙洞とは、仙人の棲家《すみか》のことだが、いつごろからか前天皇のご住所をこう呼ぶようになった。黄色の法衣に金襴《きんらん》の輪袈裟《わげさ》をかけているが、力士のようにでっぷりふとって、眼光けいけい、入道あたまながらとうてい仙人とはほど遠い。五十四歳だがまだ四十代くらいに見える。

一人は紀州大納言《だいなごん》頼宣《よりのぶ》である。

これまた堂々たる体格で、口ひげをはねた顔は豪壮無比、法皇の前ながら密々の用件なので裃《かみしも》もつけていないが、裃よりも甲冑《かっちゅう》を鎧《よろ》っていたほうがふさわしい。神君《しんくん》家康公の第十子、御三家の一つ、紀州五十五万石のあるじ。このとし四十九歳。

もう一人は、身分ちがいだが、江戸で有名な大道場をかまえる由比民部之介正雪。漆黒《しっこく》の髪を総髪《そうはつ》にして、紫の羽織紐《はおりひも》をむすび、知恵のかたまりのような相貌だ。みずからもぬけぬけと張孔堂と称している。張とは前漢の高祖劉邦《りゅうほう》の大参謀張良《ちょうりょう》のことで、孔はもとより蜀の大軍師諸葛亮孔明《しょかつりょうこうめい》にちなんだものだ。四十六歳。

本来ならここに、もう一人の人間が加わっているべきであった。一領具足組の首領長曾我部乗親だ。由比正雪が紀伊大納言の参謀なら、長曾我部は法皇の軍師であったのだ。

正雪と乗親を結びつけたのは、正雪の高弟で乗親の異母弟である丸橋忠弥であった。それが大事の発端だ。

大事とは何か。

別に幽夢堂と名乗り、八卦《はっけ》に長じた乗親が、江戸の将軍家光に今明年にも他界の死相

があらわれている、と予言した。そのあかつきに乱を起こして一挙に世直ししてしまうという大野望である。

幕府の大名整理政策により、天下に浪人は充満している。正雪の江戸榎坂《えのきざか》道場の五千の門弟のなかには数十家の大名もふくまれている。そして西に御三家の一つ紀伊大納言がゆるぎ出し、さらにその上に法皇の旗を仰げば、事の成就は決して夢想ではない。

そもそもその大納言と法皇が、一は南海の龍と呼ばれる乱世の雄的人物であり、一はかつて幕府の手を焼かせぬき、いまも不屈の姿勢を崩さぬ後水尾法皇なのだ。この陣形なら、充分幕府と拮抗《きっこう》できる、と見たのである。

二

とはいえ、事は驚天動地の大陰謀だ。おたがいの打診や連絡が極秘裡《ごくひり》にすすめられたことはいうまでもない。

万ケ一、事が未然に発覚した場合、法皇と大納言がまったくあずかり知らぬと形跡をかき消すことが可能な方策に、もっとも注意がはらわれた。

だから去年秋、正雪が打ち合わせのため紀州に赴《おもむ》いたとき、途中服部半蔵の公儀忍び組に追跡されていることを知ったときも、さすがは、と舌をまく一方で、正雪は狼狽しなかった。万一訊問されたとしても、大納言が在府のとき、なんどか正雪が兵学を進講

したが、そのつづきをとのご所望によりまかり上る、といえば、服部とてどうしようもあるまい、と、たかをくくっていたのである。

それどころか、忍び組をまいたあと、ぬけぬけと柳生ノ庄へ立ちよって、柳生十兵衛に面会を申しこんだ。

その名と人物に、かねてから正雪は甚だ興味を持っていた上に、できればその腕を偵察し、あわよくば味方にひきいれたい、という望みを起こしたからだ。

しかるに十兵衛の幻怪の剣法で一撃をくったのみか、別れぎわにきわめて耳ざわりな捨てぜりふをきくことになった。

「正雪、紀伊へいったらな、大納言さまに、素性《すじょう》も知れぬ怪しげなる者どもをお近づけあっては、お家に傷がつきましょうぞ、と、十兵衛が心配しておったとお伝えしてくれ」

正雪は和歌山へいって、頼宣にこの話をして、

「あとで考えてみまするると、ここ何年か柳生ノ庄におるあの十兵衛どのが、深き仔細《しさい》を知られるわけもなく、ただ柳生ノ庄にきた武者修行からでも、何やら風説をきいてのはったり、イヤガラセでござりましょう」

それを十兵衛の口からきいたときは、正雪はさっと凶相に変ったくせに、大納言にはわざと旅上の一笑話のごとく話したのだが、きいて大納言の顔は怒りのためにみるみる赤くなった。

「十兵衛め、将軍家指南役などやったというのでのぼせあがりおったか、紀州五十五万石に対して無礼なやつめ！」

そのあと、紀州藩から三人の刺客が柳生ノ庄へむかった。

紀州藩は、当主の頼宣の豪邁《ごうまい》な気性もあって、たんに御三家の一つというせいではなく、武芸を重んじること屈指の家柄であった。近年物故したが、抜刀流の田宮平兵衛、柔術の関口柔心《じゆうしん》などの名は天下にきこえている。

その田宮流の名だたる使い手三人に、念のため鉄砲まで持たせて柳生十兵衛を襲わせたのだが、信じられないことに、三人とも、山城国大河原で、もののみごとに十兵衛に返り討ちになってしまったことは、すでにしるしたとおりである。

これを知って、紀州藩をこぞってでも柳生へおしかけようとまで怒り立った頼宣を、

「本気になれば指の先でひねりつぶせる小藩ながら、ともあれ柳生も大名、いまここでさような騒動をひき起こせば、あとこちらの秘計はいかが相なるか、ここしばらくは狂犬をおかまいなさるな」

と、正雪がけんめいに忠告して、あれ以来十兵衛に手を出すことはひかえてきたのだが。——

はからざりき、その十兵衛が風来坊のごとく京に出てきて、法皇関係のほうからこちらの「秘計」の大障害物として立ちふさがろうとは。

が、その十兵衛をやっと清水寺で仕止めた、という報告を受けて、やれ、ちょこざい

なじゃま者はこれで片がついたか、と胸のつかえを下ろしていたのに、何たること、このたび正雪の高弟丸橋忠弥、金井半兵衛の急報によれば、生きているはずのない十兵衛がまた忽然《こつねん》とあらわれて怪剣をふるっているという。——このたびといっても、もう十日ほど前のことだが。

さしもの大納言頼宣も愕然とせざるを得ない。

清水の舞台から飛んだ人間がなぜ生存しているのか、と丸橋や金井にたずねても、両人とも茫然自失といった態《てい》だ。

もはや和歌山で首をひねっているときではない。いまは京にいる正雪にくわしく事情をきき、法皇さまともお会いして善後策を講じねばならぬ、と頼宣は焦燥して、ついにこんどの上洛となったのだ。

ところで、紀州五十五万石の当主があからさまに上洛など許されないのに、ましてやこんどは用件が用件だ。絶対隠密の行為でなければならぬ。大半の家臣に対してすらそうである。いわんや公儀忍び組の動きなど、キナ臭い匂いがするにおいてをやだ。

で、供は特にえらび出した二十余人の剣士隊にとどめ、二十五里の道中、偵察を前後にはなち、夜になって京にはいるように配慮し、それをなんとかぶじにすませた事態になるまでに、丸橋らの急報から十日を要したのである。

三

その夜も雨がふっていた。

二月十三日というと、後の暦では三月なかばにちかい。もう春雨といっていいしずかな雨であったが、その雨の庭には、夜というのに法皇の私兵一領具足組の残党がひそかに警戒にあたっている。

醍花亭の床の間には、香炉《こうろ》がゆるやかな煙の糸をあげているが、「香を焚《た》いて雨を聴く」などいう風流気をもよおす余裕はだれにもない。

茶の湯もそこそこに、法皇と、大納言と、正雪は鼎坐《ていざ》して密談にはいった。

実をいうと、後水尾法皇と紀州大納言とは、これほど密謀の糸にむすばれながら、おたがいにじかに会うのはこの夜がはじめてなのである。むろん万一の際にそなえてのためだ。その禁を破っての謀議であった。

——柳生十兵衛が生還したのはどういうわけか？

——その十兵衛がどうして公儀忍び組を撃破し、しかも御付武家や所司代が傍観しているのはなぜか？

——十兵衛はどこまでこちらの密謀を知っているか？　また彼はこれからどう出ようとするのか？

――月ノ輪の宮が音無しの態《てい》でいるのはなぜか？

これらの謎が、大納言の口にのぼった。が、万難を排してせっかく紀州から出てきたというのに、それらの不可解事が依然として不可解事であることは同様であった。

三人がここに集まったのが、かえって当惑を深め、焦燥をたかめる結果になったとさえいえる。

「ううむ、興子《おきこ》が何を考えておるか？」

法皇はうめいた。

あの清水寺の騒動のあと、法皇は刺客について知らぬ存ぜぬでおしとおした。それを御付武家が認めたかどうかは不確かだが、前後のなりゆきから月ノ輪の宮が、法皇の息のかかった刺客だと知ったことはまちがいない。

そのときは月ノ輪の宮は半喪心状態で泉涌寺へ帰ったが、それからなんの音沙汰もない。

あの一件に加えて、その後十兵衛から何か報告を受けているはずで、あの気丈な女性《にょしょう》が黙っているわけはないが、いまだにひっそりしずまりかえったままなのが、自分の娘なのに、疑心暗鬼の眼でみればかえってぶきみであった。

いちばんさきに混沌《こんとん》からさめたのは由比正雪であった。

「つまるところ、柳生どのと金春七郎を当方で捕えるか抹殺するのが、最大の解決でござりましょう」

白皙《はくせき》の顔を紅潮させていうのである。

「事をこれ以上、悪化させぬために、早急《さっきゅう》に密々に」

「しかし両人は、いま泉涌寺の御所におるというではないか」

と、大納言がいった。

「その両人を、騒ぎも起こさず外へ出せるか」

「それについて、拙者一案を思いついてござります」

と、正雪はいった。

「金春七郎なる者も思いのほかの使い手らしうござるが、しょせんは柳生の弟子、幹を切れば枝枯る。まず十兵衛どのを始末するのが先決と存じまするが、十兵衛どの一人ならば、ひょっとしたらそれをこちらに呼び出すことができるかも知れぬ法」

「そ、それはどういう法じゃ？」

法皇と大納言はひざをのり出した。

「もう十余年昔になりますか。世に寛永御前試合《かんえいごぜんじあい》と称されるものがもよおされたことはご記憶でござりましょうな」

正雪はとんでもない話を持ち出した。

「忘れるどころではない。わが紀州藩でも、田宮平兵衛、関口柔心なる者が出場した」

それは寛永十一年秋、江戸城で行われた武芸の大試合で、天下の名剣士たちが集められて立ち合ったもよおしで、世に「寛永御前試合」といわれた。

「実はあのとき私は、柳生但馬守どの、もしくは柳生十兵衛どのと立ち合うとかの前評判でござりましたが、何かと異論が出て、柳生流はお止め流になっておるという口実で、ついにおとりやめになりましたが」

「ほう。……」

「それが来年、こんどは慶安御前試合と称するものがもよおされる由。……数日前江戸からきた書状によれば、私は柳生主膳宗冬《しゆぜんむねふゆ》どのとの組合せ、とのご内示があったとかで」

「宗冬は十兵衛の弟ではないか」

と、大納言は眼をまるくした。

「それは来年のいつごろのことじゃ？」

「ご内示には、秋のご予定とありましたが」

「来年秋。来年には将軍が死ぬ予定じゃが」

と、法皇が甚だ不吉なことをいい出した。

それは、占い師幽夢堂すなわち長曾我部乗親の八卦によるものだ。法皇はそれを信じている。信じるに足る事例をいくたびも見たのだ。法皇がこんどの陰謀に加わったのは、その信仰が発端だ、といっていいほどである。

「来年といっても、春もあれば夏もござる」

正雪は眼をうすびかりさせて、

「それにかこつけて、その前に法皇さまの御前で、ここでこの正雪と試合する気はないか、と十兵衛に申しこむのでござります」

「や？」

法皇と大納言は眼を見張った。

「まさか泉涌寺に夜討ちをかけるわけにも参らず、十兵衛どの一人を外へさそい出すには、それよりほかに法はありますまい」

「ほんとうに、柳生が出てくるか」

と、法皇がせきこむ。

「こちらの果たし状の書きようによっては」

「そのほうはこの前、柳生陣屋で十兵衛のために子供扱いされたというではないか」

と、大納言がいう。

「いえ、あれは拙者ではなく、門弟の丸橋忠弥で——」

正雪はニガ笑いして、

「とにかくあの十兵衛どの、もとより剣も相当なものでござりますが、それ以上に正気とも思えぬ大天狗、そこをうまくおだてれば、必ず泉涌寺を出て、一人でここに参るものと存じまする」

「それでわしの前で試合して……お前、十兵衛に勝てるのか」

と、法皇が不安そうにきく。

「いえ、試合が目的ではございませぬ」

「はて？」

「目的はいうまでもなく、柳生十兵衛どのを討ち果たす一事にあり。……」

　正雪はいった。

「いったん十兵衛どのをここに呼びよせた上は、相手はこの正雪のみならず、最近江戸より新たに呼びよせた門弟十余名あり、大納言さまのお供二十余名あり、さらに柳生に討たれた長曾我部の意趣をはらさんとする一領具足組の残党なお十余人あり……これらをもってとりかこめば、いかに大天狗の柳生といえども、もはやとり逃がすことはあるまじく。――」

「そうか、しかし、たった一人を相手に、ちと大袈裟なような気もするが」

　と、紀州大納言は首をひねった。

　恬然《てんぜん》と正雪は答える。

「大事の前には柳生ごときは虫ケラ一匹、それを消すためには法をえらばず、これ張孔堂の軍略でござる」

　法皇はふっと眼を宙にすえて、

「思い出したぞ。幽夢堂が、柳生十兵衛の顔には死相があらわれておる、といった。あと、日もないうちじゃといった。……それがこんどではないか？」

　と、戦慄すべきつぶやきをもらし、

「それはそうと、果たし状と申したな、そんなものをやれば、あとで証拠とならぬか？」

正雪は答えた。

「果たし状は水墨《みずずみ》と申す墨をもって書きます。書いて一昼夜たてば、水のごとく文字が消滅してしまう墨で。――」

法皇と大納言は、じいっと顔見合わせた。

「やるかの。……ほかに法はないようじゃ」

と、重々しく法皇。

「されば……大義親《たいぎしん》を滅す、と申そうか」

と、もったいぶって大納言。

必殺御前試合

一

その翌日の日がくれて間もない時刻であった。泉涌寺への坂道を、一人の小坊主が上っていった。

手に何やらぶら下げている。もう暗くて見えないが、これは藁《わら》でくくった、二、三枚のコンニャクであった。小坊主は先輩の坊主たちに、般若湯《はんにゃとう》の肴《さかな》にコンニャクを買ってくることをいいつけられて、その帰途であったのだ。

と、山門ちかくなったところで、ふいにうしろから肩をおさえるものがあり、それがうす闇のなかに一本の槍の穂であることを知って、小坊主はきゃっと悲鳴をあげた。

「ふりむくなよ」

うしろで、ひくい、ふとい声がきこえた。

「そこに結びつけてある書状を、柳生十兵衛どのにとどけろ」

見ると、顔の前の、ドキドキするような光をはなつ槍の穂に、白いものがぶら下げられている。

「取れ」

小坊主はふるえる手で、それをとった。そのはずみで、コンニャクは地面に落としてしまった。

「柳生どのだけにとどけるのだぞ。このこと違背すればうぬのいのちはないものと思え。……ふりむくな。ゆけ」

槍の穂は離れ、うしろでどすどすと音が遠ざかっていった。その大きな黒い影は、いままで路傍の杉の大木のかげで待っていたのだ。

小坊主はコンニャクは放り出したまま、ころがるように走って、泉涌寺の山門から月ノ輪の御所の門へかけよっていった。

ここには門番がいる。いかに泉涌寺の僧でも、無断でそこは通れない。

その前でうろうろしていると、何か用があってか、一人の少女が出てきた。十七、八に見えるが、それでも下級の女官らしい身なりをしている。

小坊主はしばしためらったあげく、決心してそばに近づき、

「柳生さまにお手紙をあずかって参りましたが。……」

と、手の書状を見せた。

「えっ、柳生さまへ？」

女官は、はっとした。

これは、りんどうであった。

「それじゃ、私があずかって、おわたししましょう」

「いえ、じかにとどけろということで……」

りんどうは、一息迷った眼になったが、

「それでは、こちらへ」

と、小坊主をつれて、御所のなかへひきかえした。

御所の一劃《いっかく》の部屋に、燭台《しょくだい》に灯をいれて、柳生十兵衛と金春七郎はいた。

書状を受けとって、その表に、

「柳生十兵衛三厳《みつよし》殿」

という文字に眼をおとし、裏をかえして、

「張孔堂《ちょうこうどう》」

と、あるのを見て、さすがに十兵衛ははっとした。七郎を見て、

「張孔堂とは正雪のことだな」

「さようで」

由比正雪が張孔堂と号していることは、江戸にいるころから二人もきいている。

灯に近づけて、封書をひらく。

「ほほう、来年秋ごろ江戸城でふたたび御前試合のおんもよおしあり、それに柳生主膳

宗冬とこの正雪の試合が予定されていることをご存じか。と、ある」

「えっ、御前試合？　ご承知でござりましたか」

「いや、宗冬からは何もきいておらぬ。おれが隠居しておるからだろう」

十兵衛はつづけて、

「もしそれが実現すれば、その勝敗によっては、木挽《こびき》町の柳生道場がつぶれるか、わが榎坂《えのきざか》の由比道場がつぶれるか、という事態になることも正雪は覚悟しておる、とある」

「ほ」

「しかるところ、仙洞御所の法皇さまこのことをおききあそばされ、その前に、いま柳生十兵衛、由比正雪の両人が京におるこそもっけのさいわい、是非両人の試合を見たいと仰せ出された。……試合はもとより木剣ながら、正雪も柳生新陰流の真髄を一見したいが、そちらもこの際、弟君宗冬どののために、この正雪の刀術を偵察してみる気はないか、とある」

「やあ」

「江戸の将軍家ならぬ京の法皇さまのご所望による御前試合、もしご承諾ならば、明二月十五日、申《さる》の下刻《げこく》、仙洞御所南門に参られたい、と。――」

七郎は、かっと眼をむいたままだ。

「ただし、このこと公儀に対してあてつけがましく猜疑《さいぎ》されるおそれもあれば、介添人《かいぞえにん》一両人は可なるも、そのほか一切極秘のこと。――」

十兵衛はもういちど封書の包み紙に眼をやって、

「左封じになっておる」

と、つぶやいた。

左封じは果たし状だ。

「果たし状を受けたからには、ゆかずばなるまい」

沈んだ声だ。

十兵衛がどこか沈鬱なのは、帰還以来のことなのだが、それをそばで見ていないりんどうは、その十兵衛のようすにも不吉の風に吹かれて、

「とんでもないことを！」

と、叫び出した。

「何ということを――殿さま、おやめになって下さいまし！」

十兵衛は耳のないような顔つきで、

「正雪のいうとおりだ。来年の御前試合の前に、おれは正雪の腕を見たい」

「それは……正雪のたくみな挑発ではござりませぬか」

と、七郎がいった。十兵衛は首をふって、

「御前試合のこと、まさか嘘ではなかろう」

「尋常に正雪が立ち合うでしょうか」

「それは、いって見ねばわからぬ」

十兵衛はうす笑いして、

「いや、ほんとうをいうと、おれはもういちど、陰流と新陰流合体の剣をためしたいのだ」

「先生、私もゆきます！」

七郎はふるえながら叫んだ。恐怖の戦慄ではない。昂奮の武者ぶるいであった。

十兵衛はその顔を見て、

「果たし状の宛名はおれだけだが」

「介添人一両人は可、とあるではござりませぬか」

「ああ、そうか」

十兵衛は苦笑して、

「では、くるか」

かろく、うなずいて、

「十五日、申の下刻とあるな」

と、事務的な声でいった。

蒼白な顔で、息をつめてこのやりとりをきいていたりんどうが、また、

「兄上さま、やめて、やめて、やめて下さい！」

と、狂ったような声をあげるのを、七郎は妖しい光をはなつ眼ではたとにらんで、

「剣の世界のことだ。お前の知ったことではない！」

と、叱《しか》りつけ、

「それからな、りんどう、この件、月ノ輪の宮にお告げするなよ、いらざるご心配をかけるのは、七郎のもっとも好まぬことだ」

と、いった。

二

その翌日、すなわち二月十五日、申の上刻にはいったころ、檜笠《ひのきがさ》をかぶった十兵衛と七郎が、御所のほうから山門へ上ってゆくと――泉涌寺は寺の建物から、山門へ、上りになっている――山門の下に二人の女人《にょにん》が立っているのが見えた。

こちらの二人はぎょっとした。それが、なんと月ノ輪の宮とりんどうであることを認めたからだ。

うしろをふりかえり、早足できたので、近づくまで気がつかなかった。――りんどうは、やはり月ノ輪の宮に告げたに相違ない。

りんどうはいま、宮廷ことばで「女嬬《にょじゅ》」すなわち宮の召使いとなっている。

まごつき顔の十兵衛を迎えて、宮がいった。

「柳生……父のところへ参るとやら」

「は」

「やめてたも」

十兵衛は当惑した顔をした。りんどうがどこまで宮に話したかわからないのだ。

「この前の、清水寺のことを忘れたのですか?」

「いえ」

その一件も改めて七郎からきいているが、実感がない。あの凄壮な死闘をやったのは彼ではないからだ。彼が昂奮しないのはそのためもある。

「法皇さまは刺客を使われる。仙洞御所にゆけば、また。……」

と、月ノ輪の宮はいった。

実は宮は、すべてをりんどうからきいたわけではない。りんどうは例の大陰謀など、口にするのも怖ろしくて、とうてい宮に告げられなかったのだ。

だから宮はそのことを知らないのだが、ただ漠然と父の法皇が何やら大変なことをたくらみ、げんに怪しき私兵をあやつっていることは知っている。

「ご諚《じよう》ごもっともと存じまするが。……」

いまの十兵衛にしてはきっぱりと、

「仙洞御所におる由比正雪なる者、これは江戸で有名なる剣客でござるが、その人物より果たし状を受けとって、はばかりながら将軍家ご指南役も相つとめた柳生十兵衛として、うしろを見せるわけには参らんのです。武門の面目、なにとぞご推察のほどを」

さらに、

「いまのままではこの七郎が狙われるのはいつまでとも知れず、その背後にある法皇さまのご心底のほどをおうかがいせねば、果てしがありませぬ。いまここで仙洞御所に推参する機を与えられたことこそもっけのさいわい。この際しかと結着をつけて参る」

月ノ輪の宮は美しい顔をゆがめて、

「そうか。――それでは十兵衛はいたしかたないとして……七郎は参るな」

「それは」

七郎は狼狽した。

「そうはなりませぬ。私は十兵衛先生の弟子でござります。死地に向う師匠を見殺しにはできませせぬ！」

「果たし状は十兵衛宛らしいが……いままでのことを考えるに、狙われておるのはお前じゃ」

と、宮はいった。それから十兵衛に顔をむけて、

「死地に向う……そんなことになるのかえ？」

「いや、そんなことにはなりますまい」

十兵衛はけろりとした顔で、

「拙者は天下無敵でござりますから。……」

陰気な顔をしているくせに、剣に対する自負と意欲は全然変らない。もっともこの壮語は、宮を安心させるためだろう。

そして七郎をかえりみて、

「やはり、お前はゆくな。お前は残って宮をお守りせよ。きょうはおれひとりでゆくとしよう。おれにまかせておけ」

三

仙洞御所の南側の築地塀の外を東西に走る通りに、通行人はチラリホラリだが、その影がややながくなっている。しかし、日はまだあかあかとしている。

申の下刻というと、いまの午後四時ごろである。

御所の南門、というよりそのそばに作られたくぐり門があいて、その外に二人の武士が心おちつかぬようすで立っていた。

と、東のほうから、檜笠をつけた男が、ぶらぶらと歩いてきた。

「やはり、きたな」

「柳生だ」

うなずきあって、二人の武士がわれしらず直立不動の番兵みたいになってしまったのは可笑《おか》しい。

十兵衛は近づいて、二人の顔を見て、ニタリとした。

彼としては愛想笑いのつもりなのだが、その不敵さに二人はかっとなり、その怒気を

おさえて金井半兵衛が、

「介添人は？」

と、きく。

「見るとおり、おれ一人だ」

丸橋忠弥はわざと無表情に、

「それでは、まず通られい」

といって、さきにくぐり戸をはいった。

つづいて、笠をぬいで、十兵衛もくぐる。

数歩歩くと、うしろでカタリという音がした。くぐり戸の枢《くるる》を、たやすくはひらかないように金井半兵衛が操作《そうさ》した音であった。

十兵衛はそれも知らぬ風でスタスタ歩いていったが、はたと立ちどまった。彼は御所の庭園の入口にいた。

まず眼にはいったのが、広い池である。まんなかにちょっとした島があって、そこへ八ツ橋がかけられているほど広大なもので、いちめんに蓮《はす》に覆われている。まだ芽ぶかない枯葉で、折れた茎《くき》が林立した風景なのに、それはそれでいかにも寂境を思わせる。

そして、それをとりまく樹々、竹林、岩、石燈籠《いしどうろう》など、おきまりの配置といっていいが、それが無風流な十兵衛の足を、はたと縛ったほど深い幽邃《ゆうすい》の趣きがある。

そのくせ、まだ桜は咲かないのに、どこか春色の匂いがひろがっているのだ。

十兵衛は知らないが、これは後水尾法皇が命じて、有名な小堀遠州《こぼりえんしゅう》に作らせた庭であった。――別に法皇はやはり遠州に、いわゆる修学院離宮《しゅがくいんりきゅう》の庭も作らせている。有名な造園家の遠州だが、ひょっとしたら法皇みずからかかわった作庭であったかも知れない。別の面から見れば、いかに幕府が法皇に気をつかっていたかがわかる。

ついでにいえば遠州は、三年前にこの世を去っている。

「みごとなものじゃな」

と、十兵衛はうしろの金井半兵衛をふりかえる。

「何が?」

「石の配置と」

「おわかりか」

「それから、人の配置が」

「何でござると?」

「これだけの木があるなら、鳥が無数に春を告げておるだろうに、ふしぎにその声がきこえない」

半兵衛が返事につまった顔をしていると、四、五歩前の忠弥が、この問答はきかなかったろうに、

「早く来られい!」

といらだった声を投げた。

竹林と苔《こけ》のあいだの白砂の道を通ってゆくと、そこに風雅な一茶亭があった。醒花亭《せいかてい》だ。玄関をはいらず、横にまわると、池に面して座敷がある。

その縁側の下に十余人の男たちがひざまずいていたが、いっせいに立ちあがった。

「法皇さまの御前である！」

と叫んで、忠弥が白砂の上に蹲居《そんきょ》して、片腕をついた。半兵衛もそれにならって、

「柳生十兵衛どの、参上つかまつってござりまする」

十兵衛も片手をついたが、平伏はせず、ちょっと頭を下げただけで座敷を見あげる。

座敷の奥に、二人の人物が坐っていた。

一方の、柿衣の法衣に入道あたまを後水尾法皇と見た。それとならんだもう一人の壮美なひげをはねあげた人物を、大々名らしいと思ったが、さて名がわからない。

「久しぶりじゃな、十兵衛、大納言頼宣《よりのぶ》じゃ」

と、その人物が声をかけた。

頼宣は在府のとき、江戸城でなんどか将軍家指南役柳生十兵衛と会っているのである。

が、十兵衛はキョトンとしている。

彼はこれまでのいきさつや自分の立場を、七郎やりんどうからの話でほぼ承知している。のみならず、はじめて接する物象にも、はじめてではないようなふしぎな既視感があるのを感じている。が、完璧な知識や記憶ではない。「肌」が知ったこと以外は、どこか薄膜がかかっているような部分も少なくないのだ。

江戸幕府ときいても、ご三家といっても、あるいはいまの法皇の名を耳にしても、全然怖れというものを「肌」に感じないのだ。どこか能の世界のワキを見ているようなのだ。

十兵衛は、ただ、

「は」

と、答えただけである。

自分から柳生ノ庄に刺客を送ったくせに——こやつ、無礼なやつだ。

と、頼宣はむっとふくれあがった。

「十兵衛、先日は清水寺で何かと」

と、ついで法皇が声をかけてきた。

あれだけのことをして十兵衛を死地に追いこみながら、「先日は何かと」もないものだが。——

十兵衛はこれにも、

「は」

と、ぶっきらぼうに答えただけである。彼は清水寺の一件も七郎からきいているが、実感としては知らないからだ。

「柳生十兵衛と由比正雪との試合、これは見たい。ここへきたところを見ると、十兵衛はわしの所望《しょもう》をききとどけてくれたと見える。さすがじゃ」

法皇は愛想笑いさえ浮かべて、

「ところで、その前にお前に、是非教えてもらいたいことがある。先日、わしも見ておりながら、まるでわけがわからないのじゃが、お前、清水寺の舞台から飛んで、どうしていのちがあったのか？」

法皇はひざをのり出した。

紀州大納言が急遽上洛したのもそのためなら、みずからあやぶんだほどの奇手をもって十兵衛をここへ呼んだのもそのためといっていいくらいであった。

「その謎を明かしてくれたなら、きょうの試合、とりやめてもよいが。……」

「試合をつかまつろう」

十兵衛は陰気な声で答えて、池のほうにゆっくり顔をむける。

ほとんど法皇も大納言も眼中にないかのようだ。実は十兵衛は法皇や大納言に拝謁しているという実感がないのみならず、問答の拍子《ひょうし》を合わせるのがつらいので、こういう対応になるのだが、法皇はさっと笑顔を消して、

「正雪はあれにおる」

と、あごをしゃくった。

四

いわれるまでもなく十兵衛は、この庭にはいったときからそれを見ている。

池のまんなかに島がある。以前はそこに松などが茂っていたのだが、去年の秋、法皇がそこにあずまやを作ることを思いついて、八ツ橋をかけ、樹々を切りはらい、平地にしてしまった。まだあずまやはできないが、その島の平地に、なぜかそこにも白砂を敷いて、その上に、総髪に鉢巻をしめ、たすきをかけて将几《しょうぎ》に腰かけている男が見えた。

あれが正雪にきまっている。

こちらの座敷からはよく見えるが、少し遠いようでもある。それほどその島への八ツ橋は長く、池は広いのだ。

「木剣はあちらに用意してござる」

と、金井半兵衛があごでさした。

「早速試合をお望みなら、まずゆかれえ」

池はまだ芽ぶかない蓮に埋めつくされている。枯蓮の上に無数の茎が折れたままつき出している。その葉や茎が斜陽のなかに音をたててゆれている。夕風が出てきたらしい。

「では」

十兵衛はその八ツ橋をわたり出した。

八ツ橋はいうまでもなく、何枚かの板を折れまがったかたちにつぎ足していった橋だ。この仙洞御所の八ツ橋は、幅三尺、長さ数間のものを八つつらねたものであった。池が広いだけに、全体としてなかなか長い。

十兵衛がその八ツ橋を三枚目くらいまで歩いてきたとき、丸橋忠弥と金井半兵衛も、そのあとを追うようにわたり出した。いつのまにか二人とも長い槍をかいこんでいる。

十兵衛が立ちどまってふりかえると、金井が、

「介添役として参る」

と、いった。が、忠弥ともども、二人の眼は殺気に燃えている。

島の正雪がゆったりと立ちあがって、橋のほうへ歩き出した。

十兵衛が七枚目くらいにかかったとき、

「待て、柳生っ」

と、丸橋が呼びかけた。呼びすてだ。

「おれは、おぬしに討たれた長曾我部乗親の弟丸橋忠弥だ。きょうの試合の前にひと槍参る！」

ひっ裂けるような声をあげると、金井ともどもかけ出して、十兵衛の手前の橋で、ビューッと槍をつきかけた。

由比正雪第一の門下ながらお茶の水にも道場を持ち、槍術では江戸一番の声もある丸橋忠弥の槍であった。これがここで突きかけてきたのは、いま当人の口から出た復讐か

らであろうが、また、ここぞ正雪と挟み討ちの機と見たものと思われた。

その狙いのはずれるはずのない狭い八ツ橋の上で、彼のみならず穂先をそろえた金井の槍も空《くう》をつき、半兵衛のごときはつんのめって、よろめいて、水煙をあげて池へとびこんだ。

両人はその刹那に十兵衛を見失ったのだ。それは十兵衛の、新陰流ではなく陰流の妙技であった。

十兵衛の姿は、忠弥の眼からも消えているのに、その槍は千段巻きから切断されて宙に飛んでいる。

が、三池典太を一閃させたものの、十兵衛は金井の水音とともに、池のなかから異様な叫喚もきいていた。

そして、金井の落ちたあたりの蓮のなかから、五つ六つの首がつき出しているのを見た。敵は水中にもひそんでいたのだ。その首のみならず、橋の両側から島のまわりにかけて、水面に刃《やいば》をにぎった十数本の腕があらわれた。

池は足の立つほどの深さであったのだ。

敵は蓮の下に伏せ勢を用意していたのだ。これは長曾我部の一領具足組の残党であった。

万ケ一十兵衛が池へのがれようとすれば、その水中の刃が鮫《さめ》の牙のごとく襲いかかるだろうが、この伏兵の任務がそれだけではないことがやがて判明した。

だ。

「正雪、これも介添人か」

と、十兵衛はあらためて正雪のほうをふりかえる。

と、そこに正雪の姿はなかった。

正雪は、島から池のむこうへかけてゆく。——そちら側にも八ツ橋がかけてあったのだ。

「こら待て正雪」

かりにも御前試合と称し、果たし状までよこした相手が、試合前に背を見せるとは思いもよらず、島の上まで追いかけたものの、十兵衛があっけにとられて立ちどまったとき、さらに意表をつかれる異変が起こった。

丸橋忠弥と自分との間の橋板が、いっせいにはねのけられはじめたのだ。

水中からニョキニョキと出た腕がその作業をやっている。それも伏せ勢の任務であったのだ。八ツ橋の橋板はすぐにとりはずせるように細工《さいく》してあったらしい。

忠弥はもときた岸へかけもどっている。

あれよあれよというまに、正雪の逃げた側の八ツ橋も板がはずされてゆく。

みるみる島は、岸から数十間の距離をへだてた文字通りの孤島と化してしまった。

「これが張孔堂の兵法だ。わかったかっ」

水のかなたから、正雪の声がわたってきた。

「大望の前には一兵の損ずるも避く。離れ島で一人、柳生流をやってみよ、狂人の踊り

だ。あはははは！」

「これが御前試合か」

「さよう、法皇さまご勅許の御前試合だ」

反対の醒花亭のほうから、紀州大納言のおたけびがきこえた。

「弓衆、やれ！」

同時に十兵衛の胸もとめがけて、一筋の矢が飛来し、十兵衛の一閃に二つに切れておちた。

が、相ついで矢は、三本、五本とさらに数をましてくる。しかも前後左右からだ。

これをあるいは切り、あるいはかわしながら、さすがの十兵衛も、

「卑怯っ」

と、うめき声をあげていた。

五

敵が何か細工していることは承知していた。池をめぐる岩や樹々のなかに、敵のむれがひそんでいることも見ぬいていた。

だからさっき、この庭園にはいったとき金井半兵衛に、「みごとなものじゃな、石の配置と人の配置が」と揶揄《やゆ》したくらいだが、まさか離れ島におびき出して、水をへだて

て矢攻めにするなどという兵法に出てくるとは予想もしなかった。

紀州大納言は雄偉な気性で、決して卑怯な大将ではないが、さすがに徳川も三代の世ともなれば、弓、鉄砲を使うことは、彼の信寵する由比張孔堂による洗脳もあって、決して卑怯な兵法ではないと考えている。げんに去年の秋、柳生十兵衛を襲わせた刺客には鉄砲を持たせたくらいだ。

その大納言がこんどの上洛にあたって、ふと思いついて、同道する剣士隊のなかに、紀州藩名代《なだい》の弓の名人、和佐《わさ》大五郎とその門弟四、五人を加えていたのは虫の知らせか。

武芸をきわめて重んずる紀州藩には、武芸十八般にわたって名人が多かったが、弓術でも和佐大五郎の名は天下にきこえていた。

後世この子大八郎が、三十三間堂《さんじゅうさんげんどう》の通し矢で、一万三千五十三本中、八千百三十二本を射通したという大記録で名を残しているが、父の大五郎もそれに劣らぬ達人であった。

三十三間堂の通し矢とは、三十三間堂の裏縁六十六間（約百十メートル）を、矢をとっかえひっかえ、連続して射通す弓の競技である。

とはいえ当時、合戦にはほとんど使われなくなった武芸なのに、こんどの京入りにこの和佐大五郎をつれてきたのは、弓は鉄砲のような大音響をたてないからで、時と場合では鉄砲よりものの役にたつからだ。

随行した二十余名の紀州侍の大半は剣士だが、剣のみならず武士のたしなみとして和佐大五郎に弓で師礼をとっている者は十余人いた。で、急ぎ京市中から買い集めた弓を

与えた。

これらが岩や樹蔭にひそんでいて、いま島の柳生十兵衛に矢をはなちはじめたのである。広大な池とはいえ、いちばん遠いところでも五十間以内なので、彼らの矢は充分とどいた。

びゅっ。

びゅっ。

びゅるんっ。

矢は顔をかすり、身体スレスレにうなりをたてて飛び去る。

十兵衛は身体を独楽《こま》のごとく回転させながらこれを斬りはらっているが、矢は八方から飛来する。その地をのがれようにも、四周の水のなかには敵がひしめいている。

と――数瞬ののち、紀伊の弓衆がふいに狼狽した。

十兵衛の姿が見えなくなったのだ。

が、そのとき正雪の声がひびきわたった。

「足もとを見よ！　足もとの砂を見よ！」

なるほど弓衆の眼に柳生十兵衛の姿は見えなくなったものの、十兵衛のはねあげる砂けむりは見える。そのために敷いた白砂であったのだ。

矢はその砂けむりめざして弦《つる》を切られた。

十兵衛はどうと地に這った。

矢が命中したのではない。矢をふせぐにはそれしかないとみずから砂の上に身を伏せたのだが、同時に陰流破れて、その姿はありありと岸の弓衆から見えた。

ああ、十兵衛は罠《わな》が仕掛けてあると承知しながらも、いとも無造作にこの仙洞御所にのりこんできたが、法皇の体面を買いかぶりすぎ、正雪の手段をえらばぬ必殺の兵法を見くびりすぎたのではあるまいか。紀州大納言みずからが、敵の一人として姿をあらわしたことさえ知らずに十兵衛はきたのである。

地に伏したとて、この絶体絶命の窮地をのがれるすべはありそうにない。

和佐大五郎の指揮する弓術は自在をきわめ、矢は水面すれすれに、蓮の枯葉を吹きちらし、さらに砂けむりをあげて地を滑走しはじめた。

「音にきこえた小堀遠州の作庭による絶景のなかじゃ。ここで成仏《じょうぶつ》することをよろこべ十兵衛」

一方の岸で正雪の声が鳴りわたると、反対に醒花亭のほうで、複数の哄笑《こうしょう》があがった。

砂のなかに這い、滑走してくる矢をかたっぱしから刀と腕でたたき伏せながら、十兵衛の身体にはもう三、四本の矢がつき刺さっているようだ。全身は血まみれになっている。

十兵衛は、ついに動かなくなった。

矢のせいではない。彼は這ったまま首をもたげ、耳を澄ませていたのである。

彼はこのとき、まわりの水面から湧きあがってくるとしか思えないある声と音響をき

いていたのである。

「しばらく世間の幻相を観ずるに、飛花落葉の風の前には有為《うい》の転変を悟り、電光石火の影のうちには生死《しょうじ》の去来を見ること、はじめて驚くべきにはあらねども。……」

それに笛、鼓が交響する。

と、周囲の池がざわめき出した。ついで、波がさかまき出したようなひびきが立ちはじめた。

「若年のむかしより、剣《つるぎ》使うことの面白さに、殺生《せっしょう》をするはかなさよ。……」

十兵衛は、数間《けん》さきの蓮の下から、宝珠《ほうじゅ》のようなものが三つばかり相ついであらわれ、それから九輪をつらねた長い金銅《こんどう》の棒がつき出してくるのを見た。……

あれは塔のてっぺんの飾りではないか。

息を四つ五つするほどなのに、なぜか永劫《えいごう》を思わせる時間であった。

「いまは何をか包むべき、これは相国寺七重塔、因果のありさまあらわすなり。……」

——おう、あのときの声だ！

十兵衛は池のほうへ、かっと眼をむき出している。島のすぐそばの波は荒波と化していた。

あのときとはいつのことか。きかれても十兵衛自身がとっさに答えられなかったろう。

——作者が代っていうと、これは慶安の十兵衛が清水寺の舞台できいた声ではなく、室町の十兵衛が相国寺七重塔できいた謡曲なのであった。

沸きかえる波のなかに、巨大な屋根がセリ上ってきた。一つめは茫乎《ぼうこ》として眺めたが、二つめの屋根が滝のように水をおとしながらあらわれたとき、前世の記憶から彼はそれが七重塔の最上階であることを知った。

十兵衛はおどりあがり、その屋根へ飛び移った。屋根の軒は島から一間もない距離であったのだ。

四方の軒から凄じい水のすだれを垂れ、塔は七重のすがたをあらわしつつ、十兵衛を夕映えの天空に持ちあげてゆく。……

六

「あっ……あっ……あっ」

岸からただならぬ声があがった。由比正雪のいる岸からも、法皇や大納言らのいる醒花亭からも。

池のまわり、刀、槍、弓を持ってひしめいていた由比一党、長曾我部一類、紀伊剣士隊すべてが、とび出すような眼で島のほうをながめて、みなこの声を発したのである。といって、彼らが池底からセリ上る七重の大塔など見たわけではない。そんなものは、だれも見なかった。彼らが見たのは、島の白砂と池の枯葉の異様なうごきである。

もっともそのすこし前から蓮は池全面に音たててさわぎ、砂は島をけぶらせるほどだ

ちこめていた。が、みな、それは突風のせいであり、かつは十兵衛の「狂人の踊り」のせいだと思っていたのだ。

ついに十兵衛はたおれ、それを砂が覆ってゆく。――やった！　と足ぶみしたとき、砂けむりが小さな竜巻となって渦巻いたのを、初めて異常なものと感じた。

その竜巻のなかに、人の影のようなものが見えた。――十兵衛らしい、と見たとたん、その影が大きく池へ飛んだ。

が、しぶきはあがらない。

いまのは錯覚であったか、と、まばたきしたが、砂けむりのうすれた島の上に、人らしい影は残っていない。

そのとき、島に這いあがる男の姿が見えた。水玉をちらし、片手に抜身をさげている。

「おらんぞ！」

さっき池におちた金井半兵衛の声であった。

「先生、島に十兵衛はおりませぬ！」

「池へ飛んだのだ。池を探せ！」

正雪の指さしたあたりに、首が五つ六つ浮かびあがった。

「池に飛びこんだ者はござらぬ！」

と、叫んだ。

庭一帯、しーんと静寂が覆ったなかに、醒花亭では法皇と大納言が顔見合わせた。

「清水寺と同じことがまた起こった！」

と法皇がうめいた。

「柳生十兵衛、鬼か魔か」

「これほど必殺の陣をしいて逃げられるとは……われらのほうが十兵衛に敗れ申した！」

大納言頼宣の血色のいいはずの頬は鉛色に変っていた。

「ここで討ち果たすものと思えばこそ、十兵衛に頼宣の顔を見せ申した。きゃつ、法皇さま、紀伊、正雪と一味なること、これで知ったでござりましょう。……法皇さま、事は未然に破れたと申してようござる」

「大納言、臆《おく》れたか、しりごみするのか」

大納言頼宣は手をついて、ひくく答えた。

「間に合うか合わぬかは存ぜぬが……しりごみどころか、紀伊はこれにて手をひかせていただきとう存じまする。……」

一休平家琵琶

一

物語はまた、室町時代へ翔んだ慶安の柳生十兵衛のその後へ移る。

物理学では、宇宙は同時に同じ空間にいくつも存在するという新説があるそうだ。では、過去の宇宙も現在の宇宙とともに、同時に存在するのか。

また、タイムマシンはウエルズの空想であったが、現代の物理学でも過去へ翔び、未来へ翔ぶことは決して不可能ではないという。

それは相対性原理やら、虫食穴論《ワーム・ホール》やらによるものだが、その理屈は作者にもよくわからないので、その原理を持ち出すことは遠慮する。

それよりも、稀代の能楽師世阿弥と金春竹阿弥の変身の芸のきわまるところ、彼らや、彼らの魔力にひきずりこまれた二人の柳生十兵衛が迷いこんだ能世界の幻想であったか。

とにかく、慶安の十兵衛は、室町時代の十兵衛として、柳生ノ庄に存在していた。

この柳生屋敷の炉辺で覚醒した日を、応永十五年二月七日と十兵衛はあとで知った。

それ以前の慶安の十兵衛としての記憶は、月ノ輪の宮や金春七郎やりんどうをふくめて、急速にうすれてゆく。ただ変身した直後、世阿弥に変身した金春竹阿弥との問答がぼんやり頭に残っているが、それも次第に消えてゆく。

一方、息子の又十郎から見れば、まさかこの父が二百五十年後の自分の子孫だとは想像もしないが、しかもなんどか首をひねらざるを得ない事態にぶつかっている。

父の性格は変った。何より、途方もなく豪快になった。もともとその一面を持つ父で、それは又十郎の敬愛のもとであったが、それでも沈毅《ちんき》な半面もあったのに、ふしぎな帰還以来、ムヤミヤタラに豪快無比な人物になった。

「京へゆこう、京へ」

十兵衛はなんどか世阿弥に催促した。

その日も、またそういい出して、

「京には面白い敵が雲のごとくおるそうではないか。それを相手にもういちどおれの剣をためしてみたいのだ。世阿、おれはなぜか、おれの剣にまた別の剣脈が加わったような気がしてならぬ。ぐわはははは！」

馬のいななきのような大笑の声をひびかせる。

世阿弥がその手綱《たづな》をひく。

「ここには一休母子がおられます。それを放り出して京へゆくと仰せなさるか」

「あっ、そうであったな」

十兵衛は別人のように相好《そうごう》をくずして、

「そうだ、伊予さまがおられるかぎり柳生は動けんな」

と、うなずき、

「伊予さまに、一日も早くお元気になって欲しいが……お元気になられて、いつまで柳生にいて下さるかのう？」

と、こんどは子供みたいに心配そうな顔をした。

柳生屋敷のなかの庭を、二人はぶらぶら歩いてゆく。

両人が柳生ノ庄に帰還してからもう十何日かになる。

二月というと後年の三月だから、柳生ノ庄の山河も一日ごとに春色を染めている。すぐ北の笠置山《かさぎやま》には霞がたなびき、正木坂《まさきざか》の上の屋敷から見下ろす柳生ノ庄は、一桶《おけ》の藍《あい》をながしたような川をはさんで、うすみどりにけぶる桃源郷のようだ。

「京は修羅の荒海《あらうみ》、ここは山中の港でござる」

と、世阿弥は答えた。

「できれば私も当分、ここに隠れていたいほどで」

世阿弥も円満具足の表情だ。

京は修羅、というのは、京の相国寺をめぐる十兵衛や自分の死闘を一休からきいたか

らである。

　ここへきて当初のあいだは、謡曲でごまかしごまかし――さすがに謡曲調の受け答えはもうやらないが――それでも彼は、一休や伊予さまから、なんとか京における自分たちの運命をきき出したのであった。――伊予や一休はむろん世阿弥と思っているが、彼は変身した竹阿弥なのだ。

　世阿弥に変身しおわせたと知って、竹阿弥は狂喜した。もっともそれはここで覚醒した当座の感覚で、いまは九分九厘まで世阿弥になりきって、自分が以前竹阿弥であったことも忘れているが、望みをとげた満足の相はいまも顔に残っている。

「伊予さまがおられるなら、おれもこのまま柳生におってもええわ。ぐわははははは！」

「はははははは！」

　高い蒼空で鳴いていた鳶《とび》がそのままどこかへ飛び去ったような笑い声であった。

二

　この話し声や笑い声をきいている者があった。近くの書院のなかで対座していた一休と又十郎の二少年である。

　近くの、といっても相当の距離があったのだが、十兵衛も世阿弥もとにかく傍若無人なのだ。特に十兵衛は朗々たる声を出す。

それまで障子をたてきって、一休の般若心経の講義を又十郎が聴講していたのだが、その声がきこえたので、二人は対話をやめて耳をすませた。

「母者《ははじや》のほうへいったな」

と、一休がいった。

十兵衛たちの声が消えていった方角に、母の臥《ふ》せっている離れ屋があるのだ。母の伊予は、あの相国寺の七重塔の業苦《ごうく》、またそのあと大雷雨のなかの逃避行のためか、ここへきてずっと床についているのであった。

「お見舞いと思いますが」

又十郎はおずおずといった。

一休はしばらく黙って考えこんでいる風であった。快活な一休が、何やら曇った顔をしている。

又十郎は、父の十兵衛があけっぴろげにお伊予さまに親切ぶりを見せるのを、一休が不安そうな眼つきで見ているのを知っている。

あたりまえだと思う。息子の自分から見てもニガニガしく思う。

以前から父はお伊予さまに同情していたが――それどころか、一休からきいたところでは、京でお伊予さまを救い出すために、敵の待ち受ける相国寺七重塔へ斬りこんだという――こんどの帰還以来の父の態度は、同じ父とは思えない。

「父は変ったのです」

と、又十郎は溜息《ためいき》をついた。

「何だか、化物になって帰ってきたようで」

一休は何の意見ものべず、「さ」と、二人の間の経机にひろげた般若心経に眼をむけた。

それから三日ばかりたったある朝であった。

その日、十兵衛と世阿弥は夜明け方から大河原の釣り場へ出かけていた。十兵衛が柳生屋敷にいることは家来たちに箝口令《かんこうれい》をしき、なるべく外に出ないようにしていたのだが、いまやたけなわならんとする山の春の美しさに浮かれ出したらしい。

座敷で写経をしていた又十郎が、呼ばれて縁に出てみると、大きな網代笠《あじろがさ》をかぶった一休と、市女笠《いちめがさ》をつけたお伊予さまが庭先に立っている。

「突然の発心《ほっしん》で、びっくりされるだろうが、拙僧これよりまた京へ参る」

と、一休はいった。

「えっ、京へ？」

又十郎は眼をまろくして、

「父も世阿どのも、けさはやくから、大河原のほうへ釣りに――」

「知っています。だからいま出てゆくのです。知られたら、とめられるだろうから」

「しかし、京には怖ろしい敵が――」

「そんなものをこわがって、いつまでも逃げまわってはおられぬ。一休はいま一生のう

ちいちばん大事な修行期で」

「母上さまもごいっしょに、ですか」

お伊予さまはきのうごろ、やっと起きあがったばかりだ。起きるには起きたが、なお頬にやつれは残っている。

そのやつれた頬を、ぽっとうすくれないに染めて、

「世の常の縄にかからない子です。私が見張っていないと、何をするやら心配で」

と、ひたむきな顔でいった。

禅の修行をするという息子を、どういう風に見張っているのか、そんな疑問は又十郎には出てこない。この母が天衣無縫の一休坊に、ふつうの母とはくらべものにならないほど絶大の権威を持っていることは又十郎も承知している。

「十兵衛どのと世阿に、よろしく礼を伝えて下され」

一礼して、一休と伊予さまは門の方角へ立ち去ってゆく。

三

柳生から笠置山の西麓を通って、木津川を舟で下り、木津の宿《しゅく》から奈良街道を北へ。足のたっしゃな人間なら、一日で宇治あたりまでゆける距離だが、病みあがりの母を気づかって、その夜は木津の旅籠《はたご》に一泊し、一休たちが宇治の村落にさしかかったのは、

翌日の昼ごろであった。

べつに急ぐ旅ではないから、ゆるゆると奈良街道を京へむかって歩きながら、

「十兵衛どのは釣りから帰って驚いたでしょうな」

と、一休がいう。やっぱり気にかかる風である。

「京であんな騒ぎを起こした人間が、また性懲《しょうこ》りもなく、と思われるでしょう。ほんとうに十兵衛どのには申しわけなくて」

と、伊予は沈んだ声でいって、うしろをふりかえる。

一休の心理も複雑だ。仏法修行のため、というのは本気にちがいないが、柳生を出たのは母をあそこに置いておくのになんとなく険呑《けんのん》なのを感じたからであった。が、よく考えると、何が険呑なのかわからない。

十兵衛のあけっぱなしの母への親切ぶりが気になったのだが、一方では十兵衛への信頼は変りはない。――一休ははっきり意識しなかったが、その十兵衛の親切にしだいにほだされるかに見える母への不安のせいもあったかも知れない。

後年みずから大破戒坊主をもって任じた一休大和尚も、十五歳ではこのあたりの判断がみずからまださだかでないところがあった。

なぜか一休は自分を恥じ、おずおずと母をかえりみて、

「母上、お疲れではありませんか」

と、いたわりの言葉をかけた。

伊予は首をふって、

「でも、そんなに休んでばかりいては」

「母上はまだ宇治の平等院をごらんにならないでしょうな」

「え、まだ」

この宇治を通る道は、このごろでもなんどか往復しているのに、まだ伊予さまは有名な平等院を見物したことがないのであった。

「それじゃあ、ちょっとあそこの阿弥陀如来《あみだにょらい》を拝んでゆきましょう。池のほとりの桜もほころんでいるかも知れません」

宇治橋の手前であった。そこから二人は右へ折れた。

すこし歩くと、名高い宇治の平等院であった。

名高いというのは、このころは信仰や見物の対象というより、「平家物語」の源三位《げんさんみ》頼政《よりまさ》が平家打倒の旗上げに敗れて自害した場所としてである。

通用門からしばらく歩いて、

「ああ！」

と、伊予さまは嘆声をあげて立ちどまった。

眼前に大きな池がひろがって、そのむこう岸に七、八本の桜の林があり、さらにそのむこうに平等院が両翼を張って、それが水に逆《さか》さに影を落としている。

ただし平等院は荒廃していた。

源三位頼政が自害した源平のころや、その後の南北朝時代にも兵火にかかって、いまは阿弥陀堂と釣殿《つりどの》、鐘楼《しょうろう》を残すのみで、それらもろくに手入れされぬまま星霜にさらされてきたが、いま春の空に、池辺の桜がほころびかかった上に浮かびあがった姿は、甍《いらか》も壁も柱も剝落《はくらく》しているだけ、かえってこの世のものならぬ幻想的な美しさをえがき出していた。

「あの阿弥陀堂が世にいう鳳凰堂《ほうおうどう》で、池は阿字池《あじいけ》とか」

と、一休はいって、そこではたと口をつぐんで、池のむこうの桜の下に眼をとめ、ぎょっとした。

そこに十何人か、僧兵がむらがって坐って、どうやら弁当を使っているようすであった。ひょうたんをさかさにしている者もあるが、どうやら般若湯《はんにゃとう》らしい。

そして、二頭の犬がこちらをむいていた。唐獅子《からじし》のような犬だ。

いい忘れたが、この間一休が網代笠の頭上には、例の小鳥たちが十羽ほど舞っていた。犬はそれを見ているらしい。

ふいにその犬が、びょうびょうと咆《ほ》え出した。

僧兵たちもこちらに気づいたようだ。

「いかん！」

さすがの一休もあわてふためいた。

桜の下で立ちあがったのが青蓮院の義円だと、いまやあきらかに見える。彼が何か叫

ぶとともに、二頭の犬が池をまわって猛然とこちらにかけてきた。

「青連衆ですっ、母上、逃げましょう」

と一休は母の手をとったが、伊予は全身硬直して立ちすくんだきりだ。

巨大な犬はもうそばにきて、地に頭をつけてぶきみなうなり声をあげている。——一休は腰の用心棒を出してかまえた。

そのときはもう、地ひびきたてて走ってきた青蓮衆がまわりをとりかこんでいた。

そのなかで真正面に立った義円が、

「一休坊……おぬし生きておったのか」

と、いい、さらに伊予さまに眼を移して、

「こ、この女人も——」

と信じられない声をもらした。

四

——あの七重塔が雷火に焼けたあと、彼は物見《ものみ》に出しておいた二人の僧兵から奇怪な報告を受けている。すなわち、鴨川のほとりで世阿弥と一休をとらえようとしたが、一休は舟にのがれ、世阿弥は水けむりのなかに消えてしまった。

報告者もよくわからないらしいあいまいな話であったが、とにかく世阿弥は溺《おぼ》れ、舟

で逃げた一休もあの大雷雨のなかでは舟とともに沈んでしまったろう、と義円は考えていた。

　その一休が生きていて、こんなところにいようとは――さらに、あの炎上した七重塔の最上階にいたその母が、なんとこれまたこの世に生き残っていようとは！

　義円は夢魔でも見るような目つきをしたが――しかし、彼自身が生きていることも、実は奇蹟的といっていい。

　あのとき七重塔のてっぺんで、自分をひっとらえていた柳生十兵衛の鉄腕からやっと解放された義円は、こけつまろびつ階段を逃げおりた。文字どおり、いくつかの階段でまろび落ちたこともある。そして命からがら塔から外へ逃げ出した直後に落雷し、塔が炎上しはじめたのであった。

　落雷により、塔の外の彼もいっとき失神したくらいだから、まだ塔のなかにいた青蓮衆七、八人がそのまま焼け死んだことはいうまでもない。

　以来、京で泣く子も黙る青蓮衆も、しばらく休眠状態であった。

　だいいち、のがれはしたものの、頭《かしら》の義円が半死半生のていたらくであった。階段からころがりおちたときの打撲傷や捻挫から立つこともかなわず、十兵衛にひっつかまえられていた右の手くびは、いまだに疼痛《とうつう》を与えるほどであったのだ。

　が、三、四日前からようやく五体の動きが回復し、叡山から荒法師を十余人ほど青蓮衆に補充してもらい、たまたま奈良へゆく用があったので、きょう新出動した。その途

中、この平等院に立ちよって湯茶の接待を所望して、ただいま桜の下で昼餉《ひるげ》にかかっていたところなのであった。

「どうしてお前たちがこんなところにおるのだ？」

義円はくりかえす。

訊問というより、この神変不可思議に呆れはてた表情であった。

一休は棒をかまえたまま、

「狂雲だれか知らん狂風に属するを
朝《あした》は山中に在り暮には市中」

と、吟じた。

からかっているのではない。京へいったら青蓮衆に用心しようとはいちおう考えていたが、京にはいる前にいきなりこんなところで、その青蓮衆と鉢合わせしようとは思いのほかで、一休もとっさにほかに応答の言葉がなかったのだ。

「答えぬと、犬をかけるぞ、それ！」

二頭の犬が跳躍の姿勢になった。

伊予の手がうごいた。蒼白な顔で、帯から懐剣をぬいたのだ。

彼女はしかし、そのきっさきを青蓮衆にではなく、自分ののどへ向けた。

義円はさすがに、ちょっとあわてた顔になり、

「待て」

と、手をあげた。

そのとき寺のほうから、何人かの僧が走ってくるのが見えた。庭のこの異変に気がついたらしい。

「ともかくも京へゆこう。そこで事情をきこう」

と義円はいった。ここでの騒ぎはめんどうだ、と判断したようだ。

青蓮衆は二人をとりかこんだ。林立する薙刀《なぎなた》の環だ。

それに包囲されたまま、一休母子はおたがいの身を案じてやむを得ず歩き出したが、京へいったとてぶじにすむとは思えない。

一休が口ずさんだ。

「借用申す昨月昨日《さくげつさくじつ》

返済申す今月今日《こんげつこんにち》

借りおきし五つのものを四つ返し

本来空《くう》にいまぞもとづく。……」

四つとは、地水火風、残った一つは空《くう》の意味だが――この事態にあって、さりとは豪胆な小坊主ではある。

川のながれに沿って、もとの道を奈良街道にひきかえす。右へ折れるとすぐに宇治橋だ。

このころの宇治川は、後世よりもずっと川幅がひろい。汪洋《おうよう》たる蒼い川にかかる橋は

百間《けん》はある。

その宇治橋を京の方角へ半分ばかりきたところで、ふいに後部の僧兵たち数人が左右につんのめり、まんなかあたりにいた二頭の犬が、凄じい悲鳴とともに血しぶきをあげた。

青蓮衆は波打って前後二つに裂かれ、そのあとに一休母子を守って立つ編笠の武士を見た。

その右手にひっさげた刀身からは、血のしずくがたれている。——青蓮衆は、その男がふいにうしろから仲間をつきとばし、はねとばしてかけよってきて、まず犬を二頭とも両断したことを知った。

「やあ、狼藉者、斬れっ」

狼狽しつつ、発狂したように叫ぶ義円に、前後からおめき叫んで躍《おど》りあがった二人の僧兵が、それぞれ二本の薙刀を薙《な》ぎつける。

編笠の武士は一本はかわし、一本は千段巻きから切りはなし、同時につんのめってくる二人を、一刀のもとに斬り伏せた。

そのあざやかさに、義円はある予感をぞっと背に走らせながら、

「何やつだっ、うぬは——」

と、脳天から出るような声をあげた。

相手は片手で笠をぬぎ、うしろの一休に手わたした。

「十兵衛どのっ」

伊予さまが叫んだ。

五

柳生十兵衛であった。——ただ一つひらいた左眼が、ニンマリと笑っている。

義円がいまごろある予感をおぼえ、相手の名をきくとは、あまりにもおそい反応といわねばなるまい。お伊予さまが生きているのを知ったときから、このことは当然予測すべきことであったのだ。

そういうもののあの七重塔の凄じい状態を知っている身には、いま眼前に十兵衛の顔を見ても、義円はなお阿呆のように眼をむき出したままである。

同様にあの夜、七重塔で十兵衛と死闘した青蓮衆はみな恐怖の叫びをあげてとびずさった。あのとき十兵衛に痛撃をくったものの、十兵衛が雷火のなかに大塔とともに焼け失せたことは信じて疑わなかったからだ。

「——ば、化物っ」

恐怖のうめきがつっ走った。

——さて、その十兵衛がここにあらわれたのは、昨夜世阿弥といっしょに釣りから帰って、又十郎から一休母子の出奔の報告を受けたからだ。

それをきいて彼は驚きと落胆に打たれた顔を見せたが、たちまち躍りあがって、

「よしっ、それではおれたちもすぐ京へゆこう」

と、叫んだ。

「京へゆくことは虎穴に入るようなものでござるが」

と、世阿弥がいうと、

「虎穴こそ、おれの望むところだ！」

と、十兵衛は愛刀のつかをたたいた。

――父上、ひょっとしたら一休坊は、父上をのがれるために京へいったのかも知れませぬぞ。

と、又十郎は考えたが、とうていそんなことは口にできない父の勇躍ぶりであった。

とはいえもはや夜になっていて、二人を追っかけても見つからないおそれもあるので、世阿弥の意見により焦燥しつつも一夜を待って、けさ早く柳生ノ庄を出立して、ここで危地にあった一休母子を幸運にも発見することになったのだが。――

義円はやっと自失から醒めるとともに、先日のあの業苦《ごうく》を思い出し、

「痴《し》れ者め！　出家《しゅっけ》の身とは申せ将軍の血をつぐ義円にむかって、天を怖れざる不逞叛《ふていはん》逆《ぎゃく》のふるまい――もはやなんじのみならず柳生の家もただではおかぬ。それを承知か柳生十兵衛っ」

と、絶叫した。

「足利将軍がなんだ。そちらこそ南朝から天下を奪った不逞叛逆の家ではないか」

と、十兵衛は答えた。もはや敬語ぬきだ。

いいもいったり。――彼は実は江戸時代の十兵衛とはいえ、いま室町の十兵衛に変身しているはずなのだが、それでもいまの世の王者に対して身にシミた畏敬の念をおぼえない。

室町将軍に対して恐怖不感症なのである。ついでにいえば先日の七重塔の血闘さえ、一休の母の話による知識はあるが、実感的記憶はない。

「近くば寄って目にも見よ。おれは天下の柳生十兵衛じゃ。ぐわははははは！」

一方、僧兵のなかにも、もとからの青蓮衆ではなく、新たに叡山から呼ばれてきて、七重塔の戦いのみならず、柳生十兵衛そのものを知らない荒法師たちが十余人いた。


――


天をむいて万丈の虹を吐く十兵衛に、これがいっせいに満面を朱に染めて、

「咄《とつ》、この驕慢児《きょうまんじ》っ」

怒号した大兵《たいひょう》の僧が反対側の仲間に、

「こちらからかかるぞっ、一息おいてそちらがかかれっ」

と、指図した。

集団戦には練磨していると見えて、ここが狭い橋の上だと知って、こちらがかかった直後に背後からむこうにかからせるかけひきに出たのだ。

当時の橋として、宇治橋は長いことは長いが、幅はせまい。一間くらいだ。で、こちらの五、六人が十兵衛に殺到した。

むろん、十兵衛はそれにかけ向う。

数本の薙刀と一本の刀身がかみ合うと見て、その背後から反対側の僧兵が襲いかかったが、忽然《こつねん》そのほうにもう一人の柳生十兵衛が出現したように見えて、僧兵たちは混乱した。

と、その十兵衛の姿が二人ともふっと消え、僧兵たちは同士討ちのかたちになった。

そのとき、歌声のようなものがきこえた。

「ころは睦月《むつき》廿日《はつか》あまりのことなれば、比良《ひら》のたかね、志賀の山、むかしながらの雪も消え、谷々の氷うちとけて、水は折ふしまさりたり。……バララーン」

橋のまんなかあたり、伊予さまとならんで欄干を背にして歌っている一休であった。

謡曲ではない。平家琵琶の「宇治先陣」のくだりで、バララーンというのは、撥音《ばち》の口まねだ。彼は十兵衛から受けとった笠を琵琶のように抱いて、例の用心棒でかき鳴らすようなしぐさで、

「白波おびただしうみなぎりおち、瀬枕《せまくら》大きに滝鳴って、さかまく水もはやかりけり。……」

そういえば一休は、以前十兵衛が——この十兵衛ではないが——後南朝党を斬りなびけたときも歌ではやした。その浮かれぶりをあとで悔いたくせに、天空海闊《てんくうかいかつ》の気性から

またはやさずにはいられなくなったと見える。

僧兵たちはまるで盲目のけもののたちのようにおたがいにもつれあい、斬りあっている。十兵衛はもう刀身をふるわず、同士討ちでのけぞり、つんのめる僧兵たちを、つきとばし、蹴とばしている。

袈裟頭巾のむれは、かたっぱしから欄干を越えて鴉《からす》のように宇治川のながれに舞いおちてゆく。蒼い流れに朱《しゅ》のしぶきをあげて。

「佐々木太刀《たち》をぬき、馬の足にかかりける大綱《おおづな》どもをふつふつとうち切りうち切り、生《いけ》月《づき》という世《よ》一《いち》の馬には乗《の》たりける。……バララーン。……」

義円をとりかこんでいる青蓮衆は、そこから数間《けん》はなれたところに、こちらこそ幽霊の一団のように立ちすくんでいる。

十兵衛はそのほうをチラと見やった。

彼は義円をはじめて見るのだ。ただし義円の一休母子に対する迫害ぶりはきいているし、さっき、同行してきた世阿弥から、

「あっ……一休母子を連行してゆくのは、あの義円さまと青蓮衆ではありませぬか」

と、教えられて、まっしぐらにかけつけてきたのだから、いまはあれが青蓮院の義円だと知っている。

で、十兵衛が、相討ちしている僧兵たちをよそに、殺気にみちてそのほうへ二、三歩ゆきかけると、

「待って下さい！」

叫んだのは伊予さまだ。

「あれは将軍のおん曹子です。殺《あや》められてはなりませぬ！」

あれほど怖ろしい目にあわされながら、彼女はいま十兵衛に凶行をほしいままにされたら、柳生家のために大変なことになる、と考えたらしい。

十兵衛は足をとどめた。

そのとたん義円は呪縛《じゅばく》を解かれたように、奇声を発してまっさきに逃げ出した。青蓮衆もあとを追う。

向うの橋のたもとに集まって、息を殺して見ていた通行人のむれをはねとばし、その一団は恐怖の突風に吹かれたように北へ逃げてゆく。

「宇治川早しといえども、一文字にざっと渡してむこうの岸にうちあがる。バララーン。……」

血に酔ったように平家を語りつづける一休の腕をひいて、

「一休、いいかげんになさい！　気でも変になったのですか」

と、伊予さまは叱りつけた。

六

一休はキョトンとし、それから笠で顔を覆った。

反対側の生き残りの僧兵たち数人も、このときやっと共喰いの悪夢からさめたようで、突然みな悲鳴をあげて、これまたどっと南のほうへ逃げ出した。

そちらにいた群衆もあわてて道をひらいたが、そこから一人歩いてきたのは世阿弥であった。彼もまた十兵衛といっしょに柳生から出てきたのである。

橋の上には、僧兵の屍体が三つ、犬の屍骸が二つ横たわっているだけであった。あとは十兵衛が生きながら川へ蹴落としたのである。

世阿弥はそれを見、また欄干から河面《かわも》を見下ろして口ずさんだ。

「もののふの八十《やそ》宇治川の網代木《あじろぎ》にいさよう波のゆくえ知らずも。……」

一休の「平家」に対して、これは「万葉集」だ。まさに日本の古典の伴奏つきの大乱戦というべきか。

「いま拝見しておりますと、十兵衛さまの剣……剣術というより、もう芸術でございますな」

と、世阿弥がいう。

「まあ、その境地に達したようであるな」

十兵衛は臆面もなく答え、懐紙《かいし》で刀身をぬぐいながら、

「どうも新しい剣脈を体得したようだ」

と、つぶやいた。

そして、一休のほうを見て、

「そちらとくっついておれば、この三池典太がよろこび申す。ぐわははははは！」

と笑い、

「ところで、京のどこへおゆきで？　どこへでもお供いたすが」

刀を鞘におさめながら、たずねた。

一休母子は顔見合わせたのち、一休がいう。

「拙僧は、いちど参禅したことのある近江《おうみ》の堅田《かただ》の華叟《かそう》和尚のもとへゆくつもりですが」

「母御もごいっしょにか」

「まさか。……」

お伊予さまがそばから、

「私は近くのどこかに宿をかりて……」

「それじゃ、拙者も同宿して、一休どのをお守りしましょう」

二人が困惑しているのにもまったく感じない太平楽な顔で、十兵衛はふりむいてあごをしゃくった。

「世阿、ゆこう」

――と、世阿弥のようすが変だ。

欄干から川のほうをむいているが、川は見ず、あきらかに天を仰いでいる。

空は地上の惨劇も知らぬ風で、いくつかの白雲の浮かんだ春の蒼空であった。それに顔をむけて世阿弥は耳に片手をあてて、

「ああ、きこえる。……」

と、つぶやいた。

一休母子はふしんな眼で見守り、十兵衛もはてなという表情をしたが――十兵衛には異様な感覚が覚醒していた。世阿弥かだれであったか、はっきりしたおぼえはないが、以前これに似た現象を見たという既視感である。

世阿弥はまたいった。

「わしを呼ぶ声がきこえる。……」

美しい宇治橋の上で、十兵衛と一休母子は、数瞬、不可解な妖気につつまれて立ちつくしたが、それもあるいは無理もなかったかも知れない。

彼らは異次元の世界から呼ばれている世阿弥を見ていたのだから。――特に十兵衛は異次元から異動してきた人間なのであったから。

いや、そもそも当の世阿弥が、実は後世の竹阿弥の変身したものなのだが、竹阿弥の変身した世阿弥を呼ぶ者はだれだろう？

その世阿弥は、すぐにはっとわれにかえったように、

「あ……血の匂いに酔ったか、いまひょっと白日夢に襲われたようで」

と、キョロキョロ橋の上を見まわした。

金閣寺行幸《みゆき》の事

一

奈良街道から宇治川の北岸にそって、伏見あたりにはいってきたころだ。

さきをゆく牛車《うしぐるま》があった。貴族の乗る牛車《ぎっしゃ》ではない。ただ牛のひく荷車《にぐるま》で、荷台に長持《ながもち》をつみ、まわりを十数人の、そろいの角頭巾《すみずきん》、袖無《そでなし》羽織にくくり袴《ばかま》の男たちがとりかこんで歩いている。

長持の上には、四、五歳くらいの男の子が、同じ衣裳をきせられて、ちょこなんとのせられていた。

もう春といっていい季節なので、ゆきかう旅人も多く、馬や荷車も少なくなく、十兵衛たちは歩みののろいその牛車を、別に気にもとめずに追いこそうとしたのだが、

「あ、世阿弥どのではありませぬか」

呼びかけられて、世阿弥は立ちどまった。

た。

笑いかけてきたのは、牛車をかこむ角頭巾のなかで頭分《かしら》と見える四十年配の男であっ
「お久しぶりでござる」

と名乗ったが、世阿弥がキョトンとしているので、そちらも変な顔をした。

「金春弥三郎で」

「金春弥三郎。――」

と、一休のほうが口を出した。

「あの、さきごろ相国寺で薪能《たきぎのう》をやった――」

「さようです」

「世阿どのはこのごろ脳をわずらって、しばらく大和《やまと》の某所で静養しておった。いま京へ帰る途中だが、まだ記憶を失っておるところがある。そのつもりで話しておくれ」

と、一休が助け舟を出す。

「ほ、脳を?」

金春弥三郎はいよいよ妙な表情をして世阿弥を見まもった。

能の前身猿楽に、古くから大和四座と呼ばれるものがある。伊賀から出て大和結崎《ゆうざき》で一座を作った観世《かんぜ》、奈良円満井《えまい》の金春、その他宝生《ほうしょう》、金剛だが、このなかで観世の観阿弥、世阿弥父子が早くから京へ進出して、将軍の寵《ちょう》を得てその代表者となった。

が、同業者だから、たがいに交流はある。とくに金春弥三郎は、猿楽を能にまで高め

た観世父子に敬意を持ち、観阿弥死後もときどき上洛するたびに世阿弥を訪れてその教えを受けていた。

いまさら自分の名を名乗るのが可笑しいような間柄だが――いまきくと、世阿弥は脳をわずらっているという。

都の消息にうとい金春弥三郎で、事情は知らないが、世阿弥が近ごろ将軍義満公の不興を買い、遠ざけられているという話はきいていた。世阿弥が変になったのはそのためか、あるいは変になったから寵を失ったのか、何にしてもこちらはどうすることもできないが、きのどくなことだと弥三郎は心から世阿弥に同情していたのである。

「いや、世阿弥どのにここでお会いしたのはもっけの倖《さいわ》い、是非お助け願いたいことがあったのですが」

と、弥三郎は残念そうにいった。

「それは何じゃね」

と、世阿弥はきいた。

弥三郎は顔色をあらためて、

「世阿弥どのは、来月八日の北山第《きたやまてい》行幸《みゆき》のことをご存知でござりますか」

と、いい出した。北山第は義満の御所だ。

世阿弥は首をふった。

「いや、京はしばらく留守にしておったで、初耳じゃが」

「なんでも三月八日から廿日間《はっか》、みかどは北山第にご滞在になるそうで」

「ほう」

眼をまろくしたのは一休であった。

「みかどが廿日間も将軍邸に行幸とは、前代未聞のことではないか……しかも、あの大塔が焼けて一ト月になるやならずやというのに」

「さよう、将軍家には日本開闢《かいびゃく》以来の盛儀とする、との仰せだそうで」

一休は首をかしげた。

「開闢以来の盛儀。ふうん。……」

「その主上ご滞在の間、一日、天覧能のもよおしが予定されております」

「ほ、だれが舞う?」

「本来なら世阿弥どのがお勤めのところでありましょうが……いかなる次第でか、近江《おうみ》の犬王道阿弥《いぬおうどうあみ》どのと、大和猿楽の名代《みょうだい》としてこの不肖金春弥三郎めが」

金春弥三郎は身のおきどころもない風情《ふぜい》で、

「なんでもさきごろの私の薪能がお心に叶《かな》ったようでござる」

と、弁解した。

二

金春一座はふだん奈良にいて、将軍とはほとんど縁がなかった。それが相国寺の薪能を演じたのは、本来薪能は奈良興福寺の行事で、それを大和四座とくに金春が多く勤めるのを例としたからである。そしてあの雷雨のなか、落雷寸前まで「船橋」を舞いつづけた弥三郎に義満が感心したからであった。

ところで、京にくることも稀であった弥三郎は、一休も柳生十兵衛も知らない。あの落雷の前に七重塔のなかで何やら騒動があったとはあとできいたが、それより大塔炎上という驚天動地の事件に心胆を奪われて、その騒動の正体も知らないままであった。

いま忽然とこんなところにあらわれた世阿弥と同行している連中の素性は知らないが、そのなかの一人が少年僧のくせに大人のような口をきくので、心中、はてこの小坊主は何者だろう？　と疑いつつ、金春弥三郎は世阿弥に話すつもりでしゃべっている。

「そりゃ、けっこうだ」

と、世阿弥がやっと口をきいた。

弥三郎の話をきいても別に何の動揺もなく、ニコニコしているのがやはり変だ。表情だけは弥三郎に対して、異常なほどの親愛感にみちている。

「で、何を舞う？」

「それでござる」

弥三郎のほうが、あいまいな表情になりながら、

「まだこの世にない能で」

「と、いうと？」

「上様おんみずからお作りの——ただいまお作りちゅうの謡曲でござる」

「ほう」

「いちおう物語の素材は承わりました。何でも後醍醐のみかどのご亡霊が足利尊氏さまのお祈りによって修羅の妄執解けて、草薙《くさなぎ》の御剣《ぎよけん》を授けられるというお話の由。しかもその剣は、ほんものの草薙の剣《つるぎ》を使う、とか仰せられましたが」

「やあ」

と、一休は眼をむいた。

「が、謡曲はいまだできず、されば私はひとまず大和のふるさとへ帰り、いま申した能にふさわしい能面《めん》、能装束、楽器、小道具など見つくろって、車で運ぶ途中なのでござる」

牛車についているのは、金春一座の囃子方たちだろう。

「いまは二月も末に近いぞ。北山第行幸は三月八日とか、それに間に合うのか」

と、十兵衛が深編笠のなかから口を出す。

「さ、世阿弥どのにお助けねがいたいというのはそのことでござる」

弥三郎は世阿弥を見て、

「その謡曲の出来次第、世阿弥どのをお訪ねして、是非お教えを願うことがあると思いますが……世阿弥どのはお住所の観世小路にお帰りで？」

「いや、あそこには帰りません」

と、世阿弥は首をふった。

いまは廃墟にひとしい室町御所の近くの観世小路と呼ばれる路地の奥に、妻と八つの男の子と三つの女の子がいるのだが――そこへ帰る勇気を彼は持たない。

なぜなら、この世阿弥は、金春竹阿弥の変身したものだからだ。

いま金春弥三郎から能楽界稀代の大事ともいうべき情報をききながら、世阿弥は風馬《ふうば》牛《ぎゅう》の顔で、

「そのうち私のほうからお前さんを訪ねるわさ」

と、軽くいいなしただけである。

話の重大性はおろか、まだ相手の正体がよくわからず、問答の深入りをしてボロが出るのを避けたのである。

にもかかわらず、彼はこの金春弥三郎に、ふしぎな親愛感を禁じ得ないのであった。

「あれはあなたのお子か」

と、車に積んだ長持の上の男の子を指さしたのは、相手との話をそらすためもあったが、その子の可愛らしさにそうきかずにはいられなかったせいでもあった。

「は、倅《せがれ》で——七郎と申します」

狐につままれたような顔で弥三郎は答えた。

「せっかく花の季節の都へくるのですから、あちこちの桜を見せてやろうと存じましてな」

その四、五歳の男の子はこっちを見て、

「ホー、ホケキョ」

と奇声を発して、指さした。一休の網代笠《あじろがさ》の上をである。

一休の頭上に、それまで三、四羽の小鳥が群れ飛んでいるのを、その子は眼をまんまるにして見ていたのだが、そのとき二羽ばかり——あきらかに鶯《うぐいす》が笠にとまったのであった。

「ほう、金春七郎か、よい名じゃな」

と、世阿弥はとろけるような笑顔でいった。

——彼がふしぎな親愛感をおぼえたのもあたりまえ、この幼童金春七郎こそ、彼の前身竹阿弥のご先祖さまなのであった。

この金春七郎が成長後、金春禅竹《ぜんちく》という名能楽師となり、世阿弥の女児と結婚する。世阿弥の男子元雅《もとまさ》は若くしてこの世を去ったので、この禅竹の子孫が世阿弥の血を伝えて徳川期の竹阿弥、七郎に至るのである。

ちなみにいえば約三十年後、佐渡の流刑から帰った世阿弥を、金春家出身地の大和越《お》

智《ち》ノ庄にひきとって老残の身を養ったのも、この禅竹であったといわれる。

もっとも、約二百五十年をへだてた子孫が先祖に会って話をする事態は、なにもこの場合にかぎらない。すでにいまの柳生十兵衛と又十郎のあいだにも起こっているが。

——ただ、現在の十兵衛、世阿弥は、前の十兵衛、竹阿弥を忘れている。で、こんな問答をききつつ、いまの十兵衛はキョトンとしている。

ところで笠に鶯をとまらせた一休は、その前からはたと黙りこんでいた。さっきまで世阿弥に代って、弥三郎にいろいろとききただしていたのに、ふいに口をとじて、何か考えごとをしている風で歩いている。

「前代未聞の盛儀……後醍醐のみかどが足利尊氏公に、草薙の剣を授ける能。……」

と、つぶやいた。さっき金春弥三郎からきいたことだ。

ならんで歩いていた伊予さまだけがこれをきいて、いぶかしげにたずねた。

「一休……それはどういうことですか」

一休は身ぶるいして、

「ひょっとしたら、義満公は……このたびの行幸を機に、自分が天皇になることを天下に公《おお》けになさるのではありますまいか？」

「えっ、まさか？」

一休はうめくように、

「ほかの将軍ではない。あのお方ならあり得ることです。やりかねないお方だ！」

低声ながら顔も粟立《あわだ》って、

「わが父君《ちちぎみ》はどうなさるおつもりか。まさか義満公の野望に屈せられるとは思えぬが……しかし、すでに北山第へ行幸あるとすれば、ひょっとしたら……ひょっとしたら。……」

三

柳生十兵衛たちが金春一座に追いつく数刻前に、宇治川の北側の街道で、一座を嵐のように追いぬいていった一団がある。

みな袈裟頭巾《けさずきん》をつけた七、八人の僧兵風のむれで、これが狂ったように伏見のほうへかけていった。

いうまでもなく宇治橋で、十兵衛のために壊滅状態になった青蓮衆たちである。

彼らが洛西の北山第の巨大な門へころがりこんでいったのは、もう夕刻ちかいころだ。みな敗残兵さながらの惨憺《さんたん》たるありさまだが、これを門番たちが制止もしなかったのは、そのなかに将軍のおん曹子青蓮院の義円の姿があったからだ。

北山第は完成してから十年ちかくたつというのに、いま、あちこちで波のような槌音や手斧《ちょうな》のひびきがきこえた。その宏大さと絢爛《けんらん》さは前に述べた通りだが、こんどはじめて天皇の行幸を迎えることになって、まだ手入れをしているのだ。

桜とともにいまや北山第は、その極限の美を咲かせようとしていた。

「父上は、いずれにおわす？」

と義円は探して、義満が能舞台にいるのをつきとめた。

義満はきょう午後からいろいろな工事の総仕あげを点検して歩いて、鏡湖池《きょうこち》にちかい能舞台までやってきたとき、ちょうどそこに能楽師の犬王道阿弥がいるのを知った。

去年秋、ここで猿楽の「天女の舞」を演じた近江猿楽の名人である。

あれがそもそもこの春の行幸に予定されている観能のための試験であったか、こんどいよいよその場で演じることになり、道阿弥はさっき到着して、義満にあいさつする前、ともかくもこの能舞台のようすをのぞきにきていたのである。

さて義満は、ここで自作の「神剣」という謡曲を見せた。実は数日前に彼が完成したばかりの作品だ。

能舞台には義満のうしろに佩刀《はいとう》をささげている小姓《こしょう》と、鏡板の前に護衛の愛洲移香斎《あいすいこうさい》と、細川杖之介《じょうのすけ》、斯波《しば》刑部《ぎょうぶ》、赤松鉄心が坐っているだけであった。

「どうじゃ？」

さすが大天狗の義満も、こればかりは心もとない声を出す。

いま「神剣」を読みおえた道阿弥は、

「まことに素人のお作とは見えぬおん出来栄《できば》え、おそれいってござります」

「そうか、そうか」

義満は大満悦の相好をした。

三十余年前、少年世阿弥の芸をだれより早く認めたほど能の愛好者の義満だ。道阿弥の言葉を決してお世辞とは思わない。

そこへ義円がまろびこんできたのである。

「父上っ……柳生十兵衛は生きておりますぞ！」

脳天から出るような声で、まずそういった義円に、

「なんじゃと？」

義満はけげんな顔をして、

「柳生十兵衛は相国寺で死んだはずではないか」

と、いった。

「それが、生きておるのです。さきほど、宇治橋で会い申した。……」

義円はあえいだ。

「しかもわれら青蓮衆に怖《おそ》れ気《げ》もなく凶刃をふるい……」

「そんな、ばかなことが……」

声をかけたのは御供衆の細川杖之介だ。

「そりゃ人ちがいか、何かのまちがいでござりましょう」

「それとも、柳生十兵衛の亡霊でもごらんなされたか。わははは」

と、赤松鉄心も笑う。

あの薪能の夜、彼ら御供衆は七重塔の外に布陣していたのに、落雷の刹那ことごとく失神した。落雷ということもあとで知ったくらいである。塔のなかに生き残っていた青蓮衆の大半も焼け死んだ。いわんや、塔の最上階にいた柳生十兵衛が、いま生きているわけがない！

「亡霊だ。……まさに亡霊だ！」

義円は叫んだ。

「が、あの一休の母も生きておるぞ！」

「何と申される」

と、斯波刑部が眼をむいた。

「たとい亡霊にせよ、その十兵衛、一休母子がまた京に来つつある。――」

と、義円は正気とは思われぬ眼つきで、

「あの化物どもを京にいれて、何事もなくすむはずがない。その十兵衛のためにわれら青蓮衆はこっぱみじんの態《てい》と相成《あいな》った。かくなっては将軍家御供衆《おともしゅう》の力をかりるほかはない。父上、御供衆の出動をお命じ下され！」

義満はまじまじと義円を見つめている。

あの夜、相国寺で彼もまた金春一座の能を見たあと、少し離れた場所からであったが、七重塔炎上の光景を見ていた。あの炎のなかにいた人間がいのちあるはずがないと思う。

それにこの義円は、自分の四男坊ながら、もともと狂的な性質の持ち主と見ていた。

こやつ、何かのことで気がふれたに相違ない。

義満は、わが子の急報にはとり合わない顔を犬王道阿弥にむけて、

「この〝神剣〟を、金春弥三郎に舞わせる」

と、さっきの話のつづきに戻った。

「おう、そういえば弥三郎が、きょうごろ大和から参るはずじゃが」

道阿弥はふと首をかしげ、

「弥三郎……金春もなかなかの者でござりますが、この謡曲、本来ならあの世阿弥どのにおまかせあったほうがふさわしう存ぜられまするなあ。……」

と、嘆息した。

彼自身は世阿弥が「申楽談儀《さるがく》」で古今の名人とたたえた人物であったが、芸は猿楽であって、この謡曲にはふさわしくなかったのである。

「世阿弥は、この筋の謡曲を作ることをどうしてもきかなんだ。それでわしが作ったのじゃ」

義円は自分の報告を信じてくれない怒りと焦燥に身をよじらせて、

「父上！　あの化物どもをいま京に入らせては、このたびのご盛儀にかならずさしさわりが生じましょうぞ！」

と、床《ゆか》をたたいた。

義満は義円に眼をもどして、

「一休坊なる小僧は捨ておけ」

と、いった。

「それは、あの一休が……みかどの皇子だからでござりまするか」

義円は不服づらをふくれあがらせ、

「あれは北朝系の人間のくせに、こざかしくも南朝びいきの言動をほしいままにする天《あま》ノ邪《じゃ》鬼坊主でござりまするぞ」

さらに、歯がみして、

「またあの柳生十兵衛なる男に至っては、私を将軍の子と知りながら、いくたびか刃《やいば》を向けてくる凶悪無礼の男。――のみならず、きゃつ、宇治で、足利家こそ南朝から天下を奪った不逞叛逆の家、と、それこそ不逞叛逆の言葉を吐き申した！」

「なに、さようなことまで申したか」

義満はさすがににがりきって、

「きゃつ、狂気したか。……もしそれがまことなら、十兵衛には追って誅戮《ちゅうりく》を加えよう」

と、うなずき、義円にらんと眼をなげて、

「いまは足利家はじまって以来の盛儀をひかえ、京に血なまぐさい騒ぎを起こすことを義満は好まぬのじゃ、ひかえおれ！」

と、大喝した。

そのとき、どこかで、もうろうたる声がきこえた。

「柳生十兵衛。いつの日かあれを斬るならば、わしにまかせて下され。……」

能舞台の隅っこに坐って、それまで例によってコクリコクリと舟をこいでいた愛洲移香斎であった。

いまの義満の大喝に、この老剣怪は睡眠病からさめたらしい。

四

一休母子、十兵衛、世阿弥の一行が京へはいってきたのは、同じ日の太陽が落ちてからのことであった。

彼らが宿としたのは、例の室町御所である。はじめ一休は、近江の禅興庵にゆくといっていたのだが、伏見で金春弥三郎の話をきいたあと顔色をかえて、ふいに、京へゆく、京にいて、これから見張らなければならないことがある、と、いい出したのである。

そういったあと、あれほど快活な一休が、黙って眼をすえて歩いている。

「京のどこに?」

と、ややあって世阿弥がきいた。

「あの古御所だよ」

「古御所?」

あの相国寺七重塔斬りこみの前、数日間隠《かく》れ家《が》にしていた旧室町御所だが、いまの世阿弥と十兵衛にはおぼえがない。

狐につままれたような顔をしている二人を、一休は怪《あや》しもうとはしない。この両人の記憶欠落症はいまさらのことではないし、だいいち一休はほかにあることを思いつめて、他のことにはいっさい頭がまわらないようであった。

彼らは、いまは廃屋同然になっている室町御所にはいった。

それが十兵衛たちも名だけはきいている「花の御所」のなれの果てだと知って、二人が「ほほう」と口をあけ、しげしげとまわりを見まわしたことはいうまでもないが、それより彼らの心をとらえていたことがある。

一休の様相だ。

この小坊主が、ここへきてからもあまり口をきかず、腕ぐみをして考えこんでいるのである。

彼を大煩悶させていることはわかっている。来月八日に迫っている天皇の北山第行幸の件に相違ない。

以前からあった小さな燭台に灯をともして、それをかこんで四人は坐った。

「一休。……将軍さまがみかどにおなりになるというのはほんとうか」

と、あらためて伊予さまがたずねた。

「私の想像ではそうです」

と、一休はいった。

「北山第は、できてからかれこれ十年もたったのに、はじめて行幸を仰ぐこと、それが廿日間に及び、足利家はじまって以来の盛儀になると義満公が申されたこと、しかもこの間に、後醍醐帝が足利尊氏に草薙の剣を賜《たま》う能を演じられること。……これはただごとではござらぬ。これらのことから見るに、私の想像にまずまちがいはありません。その能のあとにでも、諸公卿諸大名に、義満公が新しいみかどになるとご宣下《せんげ》なさるに相違なし」

「まっ、たとえいまの将軍家のご威光をもってしても、そんな大それた――」

「すでに明《みん》に対する国書には、日本国王と称されている将軍です。それをこんど、日本の民《たみ》に対して宣下なされようとする――名実ともに日本の王者となる、ならずにはいられないお方と思います」

一休の声はわなないた。

「いまの北朝は尊氏公の作られた傀儡《かいらい》とは申しながら、それでも天皇のご一族であることにまちがいはござりませぬ。しかし義満公のやろうとなされているのは、まさに皇位簒奪《さんだつ》の大罪で。――」

一休は苦悶の眼で母を見て、

「そこへわが父君なるみかどが行幸なされようとしております。父君は義満公の大望をご存知なのか、それを承知で赴《おもむ》かれるのか」

と、いった。

「もし義満公の大望を受けいれられるなら、それはみかどみずから、その大逆に加担されるものというべし。しかるに私は……父君の子でありながら、父君がどんなお方か知らないのです」

——実は一休は、さきごろ後小松《ごこまつ》天皇に会っている。

生まれてはじめての対面で、それもあちらは葱花輦《そうかれん》のとばりを少しあけて「布施《ふせ》をやれ」と公卿に命じ、若干の宋銭を与えただけでいってしまった父であった。

一時の対面であったが、いかにも気の弱げなお方、という印象を一休は持っている。

「母上、父君は、そういうことに屈服なさるお方ですか」

伊予さまは蒼ざめて答えた。

「私の知るかぎり……みかどはあまりお強いご気性ではありません。けれど私もおそばをしりぞいてから十五、六年……いま、どんなお方になられたか、私も知らないのです。

……」

「ああ」

と、世阿弥が嘆声をあげた。

「そうきけば……こりゃ、たいへんなことじゃ。さればと申して、下々《しもじも》のわれらの力をもって、まさかみかどの行幸をおとどめするわけには参らぬしのう。……」

「義満公は、それを機に神剣を召しあげられるというのか」

十兵衛も口を出した。真っ赤にふくれあがったような感じで、

「天皇になるにはその御剣が必要じゃな。それでは、みかどが北山第へ赴かれる途中、おれが行列に斬りこんで、その御剣を奪いとって進ぜるがどうじゃ、ぐわはははは！」

一休は十兵衛をにらみつけた。

「それではいつかの後南朝とおなじく、こちらが大逆の罪を犯すことになる」

世阿弥がうめいた。

「こりゃ、手をこまぬいておるもならず、手を出すこともならぬ事態でござるなあ！」

廃墟の魔童子

一

三月にはいると同時に、どっと雲の湧き出したように、京は花につつまれた。

なにしろ応仁の乱以前の京である。これまで源平、南北朝の争いがあったとはいえ、意外に京都そのものは兵火にかかることは少なく、景観の大半は平安朝の華やかさをとどめている。

そこへ、みかどの大がかりな将軍邸行幸のうわさだ。だれにも足利家を万代の安きにおく大盛儀と思われた。

その花と歌声に波打っているような京の町を、うす黒い妖風をひいてさまよう黒衣の一団がある。

青蓮衆だ。

義円こそ輿《こし》に乗っているが、従っているのは七、八人の僧兵だけであった。それもみ

んな生気を失って、まるで幽霊のむれのようだ。もはや、犬もいない。

義円にしてみれば、父から制止されたけれど、あの相国寺《しょうこくじ》、宇治橋などの苦闘を思い出すと、どうしても柳生十兵衛やその一味と見える一休などをこのまま捨てておけない。で、なお執拗《しつよう》に彼らのゆくえを捜索しているのだが、十兵衛たちはどうしても京のどこかにいるはずと思われるにもかかわらず、禅宗の寺々、南朝系の公卿《くげ》など心あたりのところに探りをいれても、彼らの居どころがまだつきとめられない。

さしもの青蓮衆も十兵衛のためにこっぱみじんの目にあって、捜索とはいうものの、その生き残りのめんめんもかえって十兵衛に会うことを恐怖しているらしいのを、義円がむりに狩り出し、尻をたたいて京の町を歩いていたのだが。――

三月四日の昼前である。どんよりした花曇りといっていい空であった。

一行は、鴨川の河辺《かわべ》から相国寺のほうへまわってきた。

相国寺の東側の塀は大半焼けおちていた。大塔とはだいぶ離れているのだが、飛び火したのか燃える大塔の焦熱にみずから発火したのか。――見通しになったそこの往来には、何十人という見物人が集まって、おそるおそる焼け跡を眺めていた。

その見物人たちが、ふいにどっと逃げた。そこにきたのが泣く子も黙る青蓮衆の巡察隊だと気がついたからである。

あの大塔炎上から一ト月になろうとしているのに、まだ見物人が群衆しているのにも理由がある。

それは真っ黒な材木から成るピラミッドであり、超巨大な土饅頭《どまんじゆう》であった。

元来地盤をいちだんと小高く盛りあげた上に、数十間《けん》四方、三百六十尺の建物が七層重《かさ》なっていたのだ。たとえ落雷によって全階発火したとしても、いやそれゆえにこそ巨材を組みたてたすべてが灰となって燃えつきるわけがない。

その巨木や甍《いらか》は黒焦げの状態のまま雪崩《なだ》れ落ち、つみかさなって大魔界のものとしか思えない景観をなしている。

あの落雷は、まだ何びとも作ったことのない七重の大塔に対する神罰だという声も、京雀のあいだにささやかれているという。

これが一ト月を経《へ》てなお焼け落ちたままの姿なのは、例の行幸のために北山第の準備に忙殺されて、こちらの焼け跡の始末などやっていられなかったせいもあるが、そもそも半月ばかりは焼け跡がなお黒煙をあげつづけ、近づくこともならぬ熱気をひろげていたからである。もしその間に何度かの雨がなかったら、それが鎮まるのに半月くらいではすまなかったろう。

この凄惨きわまる壮観のことは、義円もきいていた。が、これまでそれを見にこようとは思わなかった。

塔が燃える直前までそのなかにいたのに、それゆえにこそその地獄のような記憶は彼の足を遠ざけたのである。

それなのにその日、そのそばを通りかかったのは、いまわしい記憶がうすれたという

より偶然のせいであった。あるいは悪魔がいたずら心で彼を吸いよせたのかも知れない。来て、遠くから眺めれば、その荒涼たる大堆積《たいせき》には嘆声をあげざるを得なかったが、義円はもともとまけずぎらいの気性だから、

「もっと近づいて見せよ」

と、逆に輿をそちらにかつがせていった。

五間ほどの距離になったとき、ふいに彼は、

「とまれ」

と、命じ、左右をかえりみて、

「いま、妙な音がきこえなかったか？」

と、たずねた。

僧兵たちはけげんな顔を見合わせて、

「べつに」

「妙な音とは？」

と、逆にきく。

「いや、ほんのかすかな音で——それもただ一声の——さよう、琵琶の音《ね》らしかったが」

と、答えたが、近くには人影もないのでそれは錯覚であったかも知れないと思い、そのまま輿を焼け跡に近づけさせ、輿を下ろさせ、あらためて廃墟の山に眼を見張った。

真っ黒に焼け焦げた巨木は縦横《たてよこ》ななめに十文字に盛りあがっている。それを見ているうちに、ヒョイとその上にのぼってみたくなったのは、妖童子ながらまだ十五歳の年齢相応の好奇心からか。

「気のむくやつだけついてこい」

と、義円はその残骸の山をのぼりはじめた。

気のむいたやつは、といわれても、おん曹子をすててもおけず、七、八人の青蓮衆もそのあとにつづく。

みなの足もとから、炭化した木の折れる音がひびき、灰がぼうぼうと巻きあがる。

残骸の山に踏みいると、その凄じさは気も遠くなるほどだ。これをとりのぞくのは荷車何千台で何ケ月かかるだろう。

それなのに、きくところによると、父義満は、行幸の事が終わりしだい、ただちにまた七重塔の再建にとりかかるつもりでいるらしい。――わが父ながら天魔のごときお人だと感嘆のほかはない。

と、義円は考えたが――のちの話になるが、七重塔はついに再建されなかった。そしてここはただ「塔の壇」と呼ばれる土地となる。

二

十歩か十五歩のぼって、

――はて、さっきの琵琶の音、そら耳でなければここらあたりできこえたような気がするが。

と、たちどまったとき、ふいに義円の左足くびを何者か、ぎゅっとつかんだものがある。

「わっ」

叫んだのは義円だけではない。

ほかに二人ばかり、やはり足くびをつかまれ、その足をひきずりこまれた。

「曲者《くせもの》っ」

片足、ひざまで沈んで、義円はあおのけに転倒しつつ、腰の刀に手をかけようとしたが、その姿勢だから刀をぬくはおろか、完全に転倒することさえできない。

あと二人の僧兵も薙刀《なぎなた》をほうり出して、あおのけにされた甲虫《かぶとむし》みたいにもがいている。

ほかの青蓮衆もこの異変には仰天して、それぞれかけ寄ろうとしたが、踏む足場の不安定さに、二、三人、四つン這いになってしまった。と、ひざまで没した義円の足くびに、きりっと鋭い痛みがはしった。

「さわぐと、足くびを斬りはなすぞ」

廃墟の地の下から声がきこえた。

「あっ、待て」

義円が悲鳴をつっ走らせたのは、足くびの痛みが刃物をあてられたものと知ったからだ。同時にそれは、かけ寄ってこようとする味方に向ってての声でもあった。

と、あちこちの黒い残骸がうごき出して、下からにょきにょきと、四つ五つの人影が這い出してきた。こんなところに土蜘蛛《つちぐも》のごとく潜《ひそ》んでいた人間があったのだ！

彼らはみな僧形で、妙なかたちをした布袋や、数個ずつのひょうたんや、網代笠《あじろがさ》を両手にかかえていた。外に出ると、その袋を背負い、ひょうたんを腰につけ、笠をかぶった。袋はあきらかに琵琶の形をしていた。

「後南朝党！」

義円は絶叫していた。

逃げようとしたが、まだ足くびはつかまれ、刃《やいば》があてられている。

ほかの二人も同様らしい。

と、その琵琶法師たちは近づいてきて、義円たちのそばに立った。みな短刀をぬきはらって逆手《さかて》ににぎっている。

「青蓮院の義円よな」

と、呼びすてで一人がいい、

「いかにもわれら、後南朝のものどもじゃ」

と、もう一人がうなずいた。

そのうち、足くびを離され、それをつかんでいたらしい法師も灰燼《かいじん》の穴から這《は》い出《だ》し

てきたが、短刀をつきつけられている義円は声も出ない。

短刀の恐怖もさることながら、後南朝の妖法師たちが京にまだ残っていて、こんな廃墟の地の底に生存していたことに対しての驚愕のほうが大きかった。

去年の秋、京の辻々で不敵にも琵琶にのせて「太平記」を謡《うた》う油壺の法眼《ほうげん》を義円は北山第に拘引《こういん》したことがある。

そのときは油壺の法眼の怖るべき火炎を噴く妖術によって逃げられたが、その後この冬、こんどは御所に闖入《ちんにゅう》して三種の神器を奪おうとしたのを、柳生十兵衛や将軍家御供衆の力で奪還する大騒動が起こった。

市中巡邏《じゅんら》の青蓮衆がかけつけたのは、後南朝党の十数人は十兵衛に斃《たお》され、首領の油壺の法眼は愛洲移香斎に討たれたあとであったが、そのあと、とらえられた七人を、義円はひきとって六条河原で斬ってしまった。

これで後南朝党は潰滅したと見ていたが、まだ逃げたやつらがあったのだ。それがこんなところに潜伏していたのだ。

柳生十兵衛は亡霊としか思えないが、この後南朝党のめんめんもまた亡霊のむれとしか思えない。義円は世の中に亡霊たちがウヨウヨしているような恐怖に襲われた。

「飛んで火にいる夏の虫、といいたいが、飛んで火にいる春の虫と申そうか」

と後南朝党の一人があざ笑い、

「ここで足利のおん曹子が手に入るとは、後醍醐のご怨霊《おんりょう》のおんみちびきじゃ」

と、べつの一人がニタリとした。

三

――ところで彼らは、義円をとらえるためにここに待ち受けていたわけではない。あのとき逃げのびた後南朝党の残党十人ばかりがなお京に残っていたのは、ひとえに首領油壺の法眼以下同志の復讐のためである。

が、潜伏場所には苦労した。かつてひそんでいた室町の古御所へいちどそっと帰ったこともあったが、あきらかに自分たち以外の人間が使った形跡があるので、そこは放擲《ほうてき》した。彼らは知るよしもなかったが、それはそこに住んでいた一休らが柳生へいった留守のことであった。

で、橋の下などをねぐらにしていたが、数日前、偶然この焼け跡にきて、ここの七重塔の大残骸が恰好の隠《かく》れ家《が》となったのである。

黒焦《くろこ》げの巨木が重なり、交叉し、ためしに隙間からもぐりこんでみると、なかには意外な空間がある。

これは燻《いぶ》された巨大な蜂の巣であった。少なくとも寝たり坐ったりするには不自由のない、場所によっては雨さえはいらない空間が、迷路のようにつながっていた。

ここを後南朝の生き残りが自分たちの巣にして十日にちかい。

先刻、その彼らの巣に近づいてくる一団があり、それが青蓮院の義円の一党であることを知り、彼らはいっとき狼狽した。てっきり自分たちをとらえにきたものと思った。さっき義円がきいた琵琶のかすかな一声は、あわてたはずみについ一本の絃《げん》にふれたせいであった。

ついで青蓮衆が無警戒であることを知ったが、逆にこんどは、これぞ義円を討つ千載《せんざい》の好機と血ぶるいした。彼らの一味を六条河原で処刑したのはまさに義円であったからだ。

で、偶然ながら後南朝党の残党は、怨敵《おんてき》の一人、将軍のおん曹子を捕捉してしまったのである。

琵琶法師は盲僧であるのがふつうだが、むろんみな眼はひらいている。焼け跡の底から這い出してきたのだから、彼らは全身炭色に染まっている。

そのなかでいちばん長身で凄味のある容貌の、頭《かしら》分らしい男が——それはかつての首領油壺の法眼《ほうげん》こと坊城具教《ぼうじょうとものり》の甥の、俗名坊城具康《ともやす》という法師であったが——これが煤《すす》のくまどりのなかから銀色の眼をらんとひからせて、

「六条河原でわれらが同志を、七人も首斬られた恨み、いま果たすぞ」

と、短刀をぬきはらったとき、むこうで、

「おおいっ、た、た、た——」

と、大声があがった。つかまった別の二人が助けを呼ぼうとしたらしい。

が、言葉にならないうちに、それは断末魔の一声に変った。

二人とも、頸《くび》を匕首《ひしゅ》に串刺しにされたのである。

それをまざまざと見つつ、残骸の上に立っているほかの青蓮衆はみな金しばりになっている。

「では、おん曹子、いのちをもらう」

坊城具康の短刀がのびようとして、

「あっ、待て！」

と、義円は叫んだ。

「躬《み》を殺《あや》めたら、なんじら、みな殺しだぞ！」

「覚悟の上だ。足利のおん曹子を地獄の道づれにすれば、後南朝の人間としてまず本望だ」

「ほんとうに本望か」

義円は歯をカチカチ鳴らしながら、

「お前らはそもそも三種の神器を奪うために京へきたのではないか。……その本望を、おれがとげさせてやるが」

「なに？」

さすがに匕首をとめて、

「いのち惜しさにでたらめをいうか」

「でたらめではない。みかどの北山第行幸《みゆき》のことはうわさで知っているだろう。八日に草薙の剣はみかどとともに御所を出て北山第に運ばれることになっている」

「御剣《ぎよけん》が、何のために？」

「北山第で天覧能が催おされるが、その能が、後醍醐帝がわが曾祖父尊氏公に御剣を下される能で、それにほんものの草薙の剣を使うことになっている」

衝撃を受けた眼で、じっと義円の顔を見まもっていた坊城具康は、

「おうい、みんなきてくれ」

と、声をかけた。

十人ばかりの後南朝党は、いぶかしげな表情で集まってくる。

四

彼らばかりでなく、この廃墟の山の異変に気がついたのだろう、往来のほうからばらばらと見物人がかけこんでくる。それを見ながら後南朝党は意に介する風もない。

具康が、いま義円からきいた話を伝えると、彼らもいっせいに愕然となった顔を見合わせ、さてそのあと一人が、

「それでお前がどうしようというのじゃ？」

と、きいた。

義円は上眼《うわめ》づかいに、

「ともあれ草薙の剣は北山第にくる。北山第は父の屋形《やかた》だ。それならおれも近づく機会はあろう。それを盗んで、貴公らに渡してやろう」

「というと、お前はここから北山第に帰るわけじゃな」

何人かが笑った。

「おれたちに待ちぼうけをくわせようというのか。その手はくわぬ！」

「いや、躬でなくてもいい。躬はここにとらえられていよう。あそこにおる青蓮衆のだれかにやらせる。そして剣をここに持ってこさせる」

義円は必死だ。

「そもそも躬もそんな能は見たくないのだ。貴公らには無念だろうが、いまは完全に足利の天下だ。後醍醐が足利に神剣を賜わるなど、いまさらそんな時代錯誤の能を演じて何になる」

「こちらも見とうはない。……いや、そんな能を演じさせてはならぬ」

坊城具康が凄じい形相でうめき出した。

「そもそも、さようなものを観るために、いまのみかどが御剣をたずさえて北山第へ行幸する、などということが許されぬ。行幸そのものを止めねばならぬ。――よしっ」

吼《ほ》えるような声で、

「行幸とお前のいのちをひきかえにする」

「とは？」

「もし北山第に行幸あれば、ここで足利義円を斬首の刑に処す、と通告する」

「通告？　だれに？」

「御所と北山第の門前にいって、その口上をのべる。行幸をとりやめるのは、御所か北山第か——まさか、お前を見殺しにはできまい」

「そ、そんなことをすれば、貴公らのいのちはない」

「死ぬのは覚悟じゃとさきほど申したではないか。いまわれらが生きておるのが許されぬことなのじゃ」

彼ら後南朝党がみな死を決していることはあきらかだ。凄愴な顔そのものがすでに死相を呈している。

そして具康は青蓮衆のほうへあごをしゃくって、

「やあ、その町衆をそこでとめろ。それ以上近寄らせてはならん！」

と、自分の配下に対するように命令した。

しかし、群衆の集まってくることは怖れていないようだ。いや、むしろここに将軍おん曹子を虜《とりこ》としていることを天下に告げたいらしい、と見て、義円は狼狽し、焦燥した。

「行幸とりやめとなれば、お前を解き放ってやってもよい」

義円は、その演能はただ一種の象徴劇だと思っていた。が、自分を助けるためにあの父がそれをやめるとは考えられない。

「とりやめなんだら？」

「そのときはむろんお前のそッ首打ち落とす。いずれにしても、足利は天下の笑いものとなる。わははははは！」

後南朝党は、いっせいにそっくりかえって、どっと笑った。

「行幸の日までまだ四日あるぞ。それまで躬をどうする気じゃ？」

「このまま、ここにいてもらう」

一息あって、ほかのめんめんが、

「夜はここの穴のなかで寝てもらう」

「この焦げ材木、けっこう金殿玉楼《きんでんぎょくろう》だぞ」

「灰の下にも都《みやこ》の候《そうろう》」

と、口々にいって、また哄笑した。

往来からの見物人はなおかけてくる。さっき制止を命じられた青蓮衆が手をひろげて、何かわめいているが、群衆がふえるのはふせぎがたい。

将軍おん曹子として、それら下民の眼のさらし者になるのはたえがたい。十五歳ながら、いやそれゆえに義円の顔はねじくれて、半泣き顔になった。

何かないか、この屈辱をのがれる道はないか？

後南朝党は相談しはじめた。

「ではそろそろ、だれか御所と北山第に通告にいってもらうか」

「いや、いっそ青蓮衆とやらを走らせたほうが、向うが信用するじゃろ」

「おう、それは妙案じゃ！」

そのとき義円の苦悶する頭に、それこそひとつの妙案がひらめいた。

火定《かじょう》・水定《すいじょう》

一

「待ってくれ!」

義円は叫んだ。

「それより貴公ら、いま柳生十兵衛なる兵法者を討ちたくはないか?」

「なに、柳生十兵衛?」

後南朝党ははたと沈黙し、ついで、声なきどよめきをあげた。

過ぐる日、あわや成就しかけた神器盗りをうち砕いたのはその男であった。どこからともなくかけつけてきたその男は、彼ら後南朝党を完膚《かんぷ》なきまでに撃破した。あとでそれが柳生十兵衛という男だと知ったが。——そのとき首領油壺の法眼を斬った将軍家御供衆の愛洲移香斎とともに、後南朝党にとっては最大の怨敵だ。

とらえられて六条河原で斬られた七人の同志は、あえて処刑者青蓮院の義円の名を口

にせず、四人までも「七度生まれ変って朝敵愛洲移香斎をほろぼさん！」と叫び、三人が「七度生まれ変って柳生十兵衛を討たん！」と叫んだということは彼らも知っている。

「柳生十兵衛をここへ呼ぶのだ」

と、義円はいった。

「柳生十兵衛はどこにおる？」

と、坊城具康がきいた。

「いま、わからぬ」

義円は首をふって、

「しかし、きゃつは必ず京にいる。青蓮院の義円がここでこんな目にあっているといううわさが耳にはいれば、きゃつは必ずくる。――」

それは彼自身がいちど使った手であった。

去る日、彼は一休の母をこの相国寺の大塔のさらし者にして、それを囮《おとり》に一休を呼びよせようとした。それがもとで十兵衛のためにあの惨苦をなめさせられる羽目になったのだ。

それをあえて、こんどは自分を囮にして十兵衛を呼ぼうとする。

十兵衛がくればどうなるか。まちがいなく後南朝党との戦いになるだろう。そのすきに逃げるのだ。自分が逃げるすきが生じるような戦いになることは必定《ひつじょう》だ。父から当分京に血なまぐさい騒ぎは起こすなと釘を刺されたが、これは後南朝党と柳生十兵衛の共《とも》

食《ぐ》いだから文句をつけられるいわれはあるまい。

死中に活をつかむといおうか、反間苦肉《はんかんくにく》の計といおうか。——これが十五歳の魔童了《ど》の頭にひらめいてすぎた着想であった。

「柳生十兵衛を呼びよせることができれば、それにこしたことはない」

と、具康がうめき、後南朝党のめんめんは火のように赤くなった眼を見合わせたが、ついでふしぎな動揺が起こったのを義円は見てとった。

敵の姿がいっせいに頭に浮かんだらしい。

こやつらは、柳生十兵衛と戦うことに自信がないのだ、と彼は判断した。

「十兵衛と戦って、勝てるかな」

と、義円はきいた。

「実はあの男は、わしにとっても敵なのじゃ。是非貴公らに退治してもらいたいが——なにしろ鬼人としか思われぬ使い手」

後南朝党は黙りこんでいる。こんどはこっちから力づけてやらなければならない。

「おぬしらには、例の火を噴《ふ》く妖術があるではないか」

「いや、あれは頭の法眼《ほうげん》だけが体得しておった秘術で」

と、具康が別人のように情けなさそうな声を出した。

「しかし、みればみな、腰にひょうたんをぶらさげておるが、そのなかには油がはいっておるのではないか」

と、義円が相手をじろじろ見てたずねる。

「されば、われら、少しでも法眼にならおうと、修行用にたずさえておるが、いまだとうてい法眼に及び申さず――」

「ほう。――」

「いまはまだ役立たずのひょうたんでござります」

いつのまにやら後南朝は敬語を使っている。なんだか形勢が変ったようだ。

決死の彼らをたじろがせるのは、柳生十兵衛という男の超人的な強さであった。そして、それを義円はだれよりも思い知らされている。

義円はなお相手の腰のひょうたんを眺めていたが、やがておごそかにいった。

「それでは躬《み》が、十兵衛退治の兵法を授ける。――みな、寄れ」

後南朝党は、義円のまわりに集まった。

二

なんだか義円を軍師とする一味の軍議めいた奇観であったが、そうはいうものの、むろんその義円の横腹にたえず短刀がつきつけられていたことはいうまでもない。

ややあって、この黒い大土饅頭の上で、琵琶の合奏がひびきはじめた。

同時に、七、八人の琵琶僧が合唱する。

「……南朝の年号延元《えんげん》三年八月九日より、吉野の主上ご不予のおんことありけるが、しだいに重らせたもう。……バララーン」

かりの姿にせよ、かつて琵琶を持って辻々に立っていたのだから、声はよくとおる。が、「平家」の節《ふし》まわしだが、謡《うた》っているのは「太平記」であった。

どうやら後醍醐帝崩御のくだりらしい。

「……主上苦しげなるおん息を吐かせたもうて……バララーン、ただ生々世々《しょうじょうせぜ》の妄念ともなるべきは、朝敵をことごとくほろぼして、四海を太平ならしめんと思うばかりなり。……バララーン、玉骨はたとい南山の苔に埋むるとも、魂魄《こんぱく》は常に北闕《ほくけつ》の天を望まんと思う。……バララーン」

きいて、意味を解した者は、「あっ……」と身の毛をよだてた。

それは万斛《ばんこく》の恨みをのんで吉野に崩じた後醍醐天皇の、最後の呪詛《じゅそ》の声であった。こんな言葉を、いま京に伝える者はない。いや、「太平記」そのものを、かくもおおっぴらに読みあげる者はない。

それが、黒い土饅頭ともいうべき七重塔の灰燼の上に、黒衣と笠の影をズラリとならべ、京いっぱいにひびけと声はりあげている。

しかも、そのまんなかあたりに坐っている小柄な僧は、袈裟頭巾《けさずきん》をつけてはいるが、胸にかけた袈裟には大きな蓮の花が青く染め出されて——あれは京で、鬼神も三舎《さんしゃ》を避ける青蓮院の義円さまではないか。

見物人はいよいよふえて、焼け跡のまわりは人の波だ。青蓮院の僧兵たちも、五、六人立っているが、もはや歩哨のでくのぼうと化している。が、群衆はそれ以上近づかない。大堆積《たいせき》の上から吹き下ろしてくる鬼気が、見えない壁のようにおしとどめているのだ。

ただ「太平記」を謡《うた》うのみか、琵琶僧はときどき立っておらぶ。

「ここにあるは将軍家おん曹子だぞっ」

「そのいのちはいまやわれらの手中にある！」

「それ以上、近づくなっ」

そして、いちだんと声はりあげて、

「御所また北山第へいって告げよ。八日の行幸はとりやめられよ、と。――」

「おとりやめのお触れ、今明日にも出されずんば、おん曹子のいのちはない、と。――」

「足利家おん曹子の首をいけにえとしても、あえて行幸を行われるならば、それはみかどにとっても足利家にとっても、とりかえしのつかぬ悔いのたねとなるぞっ」

現代なら「北山第行幸絶対反対」「神剣渡御《とぎょ》断固阻止」のプラカードをかかげるところだろう。それにしても、ただ叫ぶばかりか、凄じい威嚇であり、実力行使だ。

そしてまた、七つ八つの琵琶をかき鳴らして、

「……左のおん手に法華経の五巻を持たせたまい、右のおん手に御剣《ぎょけん》を按《あん》じて、八月十六日の丑《うし》の刻《こく》に、ついに崩御になりにけり。……バララーン」

「悲しいかな、北辰の位《くらい》高うして、百官星のごとくに集まるといえども、九泉《きゅうせん》の旅の路には供奉《ぐぶ》つかまつる臣一人《いちにん》もなし。……バララーン」

「いかんせん万卒雲のごとくに集まるといえども、無常の敵の来たるをばふせぎとむる兵《つわもの》さらになし。……バララーン」

八日の行幸阻止と、もし柳生十兵衛があらわれるならば——義円は必ずくるという——これに復讐することが、いまや後南朝党の目的となった。

その目的をとげるための琵琶の大演奏と大宣言がくりかえされて、日はやがて中天をまわった。

三

いや、その太陽も見えない花曇りの日であったが、午後になると陰暗たる雲と風が出てきた。

廃墟の山に黒い灰が立ち、その上の琵琶僧と人質をぼうとけぶらせて、いよいよ魔界めいた眺めとなる。

未《ひつじ》の刻——午後二時ごろであったろうか、なおさわいでいた群衆の一部がどっと逃げ出した。

往来のほうから輿《こし》をかついだ侍の一団がやってきたからだ。その数三十人ばかり、な

かに足軽風の姿は一人もいない。みな半武装の武士ばかりであった。

　これは将軍家御供衆で、その精鋭、細川杖之介、赤松鉄心、斯波刑部ら三人衆の顔も見える。輿の上にのせられているのは、総帥の愛洲移香斎だ。この老剣聖は、依然グタグタと舟をこいでいる。

　実は彼らは、きょう御所から三種の神器のうち御剣だけを北山第に奉送するという重大な用をはたすために出動してきたのだ。行幸は八日だが、神剣のことは天覧能のときまで秘密にしたいという将軍の意向によって、事前の運搬を命じられたのである。

　ところが彼らがこの界隈《かいわい》に近づいたとき、ただならぬようすで往来を走ってゆく群衆を見た。そして相国寺七重塔の焼け跡で、青蓮院の義円がとらえられ、とらえた連中が琵琶をかき鳴らして「太平記」を謡《うた》い、八日の行幸を中止しなければ義円を斬首する、と、おめき叫んでいる、ということをきいた。

　で、御所へゆくのはひとまず措《お》いて、ここへ急行してきたのである。

　そして、まさにその通りの光景がくりひろげられているのを彼らは見た。

　それのみか、義円を人質にしているのが、例の後南朝党であることを認めた。また、そこになすすべもなく阿呆みたいに立っている青蓮衆からここに至るいきさつをきいた。

　それもそこそこに、

「おう、義円さま」

「おん曹子が、あんなところに。――」

と、細川杖之介をはじめ、御供衆たちは焼け材木の山へかけのぼろうとする。

と——頭上から声がふってきた。

「近づけば、義円の命はないぞ！」

坐っている義円のうしろに、琵琶法師が大刀を八双《はっそう》の構えにするのが見えた。

御供衆はたたらをふんだ。

赤松鉄心が空をあおいで叫んだ。

「なんのためにさようなまねをする？」

「八日の北山第行幸をおとめ申すためだ！」

そして、バララーンという琵琶の音《ね》と謡う声が、

「左のおん手に法華経の五巻を持たせたまい、右のおん手に御剣を按じて……」

と、つづいた。

数人の吼え声がかぶさる。

「きくならくこのたびの行幸に、後醍醐のみかどが朝敵尊氏に御剣を賜《たま》う能が演じられるとやら。その御剣は、まことの後醍醐帝が崩御のとき、北天をにらんでしかとおん手に握られていた剣であるぞ！」

「そのたわけた能をとりやめよ、いや行幸をとりやめられよ！」

「そのこと、何らかのかたちで保証されねば、この足利の倅《せがれ》の首は宙に飛ぶ！」

細川杖之介たちは顔見合わせた。その御剣をいま御所に受領にゆく途中なのだが——

むろんそんなことをいうべき筋合いではない。

「な、何をぬかすか、この凶賊ども」

彼らはふたたび灰燼の山に足を踏みかけた。すると、

「くるか、将軍おん曹子の最期を見るかっ」

義円のうしろに立っていた一人が、決して脅しではない狂的な声をあげて大刀をふりかぶった。

「あっ、待てっ」

斯波刑部の声に御供衆は釘づけになった。

三人衆は将軍四男坊の傍若無人の行状に決して好意はいだいていなかったのだが、さればとてそれがここで首をすッ飛ばされるのを、御供衆として捨ててはおかれない。

三人はちらっと輿の上の愛洲移香斎を見あげた。

移香斎は依然舟をこいでいる。この場にありながら、何も聴かず、何も見ていないらしい。

にらみ合いが十数分つづいたろうか。雲はますます暗く、風はいよいよ強くなった。

この対峙《たいじ》を破ったものがある。

「あっ……来たっ、来たっ、柳生十兵衛が来たっ」

義円の絶叫であった。

背後の刀も忘れたかのように立ちあがって、往来のほうを見ている。

四

ふりかえって、細川ら御供衆はいっせいにまるで化物を見たように棒立ちになった。

往来のほうから、狐につままれたような顔でやってきたのは――あの七重塔の雷火のなかに消滅したはずの柳生十兵衛であった。

あの七重塔といったが、眼前にあるのは、その七重塔の残骸だ。

もっとも柳生十兵衛が生きている、という報告は、先日義円からきいたのだが、そのとき彼らは笑殺した。あり得ないことだからだ。

しかるに、その十兵衛がいま、飄々《ひょうひょう》と歩いてくる。

「柳生どの、ご健在でござったか」

かっと眼をむいて、斯波刑部が叫んだ。

十兵衛はまごまごして、

「いや、おかげさまでな」

と、いい、

「それより、このあたりにいいお医者を知らんか」

「医者？　何の医者？」

「気のふれた人間の」

なんだか変な問答だ。

——実は先刻、十兵衛たちが住んでいる古御所で怪奇な事件が起こった。

同宿している世阿弥が、ふいに「ああ、きこえる……きこえる……」と、両耳をおさえ、外に飛び出し、竹林のなかにかけこみ、ふとい孟宗竹《もうそうちく》にしがみついて大痙攣《けいれん》をはじめたのである。少なくとも十兵衛や一休母子には痙攣に見えた。

そういえば先日、宇治橋で突然世阿弥が、「わしを呼ぶ声がきこえる……」と、うめき出したのを見て、不可解な妖気につつまれたおぼえがあるが。

とにかく、しがみついた竹を根からひっこぬきかねまじき狂態なので、さすがの十兵衛も泡をくらって、昼間はあまり外に出ないようにしている日常だったのだが、とにかく医者を探しに外へ出た。

そして、すぐ近い相国寺のほうへかけてゆく町の人々から、将軍おん曹子が怪しき琵琶法師たちにつかまっておどされている、という話をきいた。

義円なら知っている。そこで十兵衛もききすごせぬ珍事として、相国寺をのぞきにやってきたのである。

柳生十兵衛が健在であったという奇怪事は奇怪事として、

「それどころではない」

赤松鉄心は灰燼の山を指さして、

「あの通りでござる。後南朝の残党ども、われら近づけば義円さまを斬ると」

「なぜ、そんなことを」

「この八日の北山第行幸阻止のためと申す」

「ああ、それはいかんな」

「何がでござる?」

「行幸がだ。それはやめられたほうがいい。ぐゎはははは!」

十兵衛は、ここ数日の一休の大煩悶に同感していたのでこういったのだが、三人衆は啞然とした。

そういう意見は意見として、けろりとしていうその顔の馬鹿に陽性なのが気味がわるい。いまの、ぐゎはははは、は、なんだ。

そのとき灰燼の上からかん高い声がながれてきた。

「柳生十兵衛きてくれ、義円から話すことがある。はやくきてくれっ」

義円の声だ。

「おれを呼んでいる。ともかくもいってみるか」

と、十兵衛はいった。

青蓮院の義円には先日宇治橋で鉄槌《てっつい》を加えたが、彼がなぜ一休母子を迫害するか納得できないことがある。その件について問いただしたい気はあったが、それより十兵衛の心を動かしたのは、怖れを知らない物好きであった。

そのとき、風のような声がした。

「柳生十兵衛じゃと？」

十兵衛はそっちを見た。輿の上だ。

もっともその輿に首うなだれて坐っているシャレコーベのような老人にはさっきから気がついていたが、義円と琵琶法師のほうに心を奪われて、ただ変な爺いがいるな、と見ていただけだが、いまその老人が頭をあげて、くぼんだ眉の下かららんらんたる眼をこちらにむけている。

それだけで、豪快な十兵衛の全身に異様な寒気が走った。

「おおっ、柳生十兵衛！」

と、老人はまたいった。

「ふうむ。……いよいよ化物になりおったな」

うなるようにいうと、いきなり輿の上から妖鳥のように飛び下りようとした。

「あっ、老師、おあぶのうござる！」

叫んで、細川ら三人衆があわてて輿のところへかけよって、おしもどそうとする。

十兵衛はけげんな表情でこの光景を見ていたが、

「では」

と、いって、焼け跡の斜面をのぼり出した。

そのあとも、騒ぎはつづいた。

いつも居眠りばかりしているこの老剣怪が、ふっと正気にもどる場合がときにある。

いつか三人が気がついたのだが、それは近くで剣戟《けんげき》沙汰が起ると——いやその前に、瀕死《ひんし》の人間を嗅《か》ぎつける鴉《からす》のように予知して、そこへゆきたがることと、もう一つは柳生十兵衛の名を耳にしたときであった。

柳生は老人の愛弟子であったはずだが、十兵衛が公儀から退身状態になると、急速にボケ症状を速めて、むしょうに十兵衛と再会したがる。それも十兵衛と刀を合わせるためである。

「わしの相手になるのは柳生だけじゃ。生きておるうちに、是非あれと真剣で勝負してみたい」と、夢みるようにつぶやく。それがこのごろは、「あれは捨ておくと、将軍家に害をなす危険人物となるぞ」と、不吉な予言を吐いたりする。そして、そのあとはまた睡眠状態におちいってしまう。

いま、愛洲移香斎は目ざめたのである。

それをけんめいに輿の上へおしもどしながら、三人衆は、

「柳生どのが後南朝といかなる談合をするか存じませぬが、もしぶじに帰ってきたら、そのときあらためてお引き合わせしましょう。しばらくお待ちを」

「いや、十兵衛どのもどこか妙でござる。どこか別世界の人のような。もいちど話し合ってみねば」

「あの雷火から生還したことこそふしぎ、たしかに化物かも知れませぬ。下りてきたら、われらもそのまま逃がしはしませぬ」

と十兵衛のうしろ姿を見送った。

五

黒い雪崩《なだれ》のように折り重なった焼け材木の上をわたりながら十兵衛は、

「──はてな、あの連中は将軍家御供衆というやつではなかったか？」

と、いまごろになって気がついた。

彼らのものものしい、どこかきらびやかな装束からである。

一休母子から、かつての自分が御供衆頭人《とうにん》であったことはきいている。しかし、いま話し合ったためんめんの顔に記憶はない。

が、あの奇妙な老人は、もしかすると愛洲移香斎という人ではないか、と思いあたって、はっとした。

慶安の柳生十兵衛のころ、先祖の柳生十兵衛の師は陰流の開祖愛洲移香斎であったときいた知識が、いまその先祖に変身しているのに、どういうわけか脳に錆《さび》のように残っていたのである。

あの眼光はただものではない。それが「十兵衛、化物になりおったな」と、うめいて輿から飛び下りようとした。自分のどこを見て、そのようなことを口走ったのか見当もつかないが。──

――もしあれが移香斎どのなら、ひとつお手合わせを。

その思いが胸をよぎって、十兵衛はふと足をかえしかけたが、眼をあげると、残骸の山に、義円をまんなかにほぼ横なりにならんだ琵琶僧のほうが近い。その影八つ。

彼らはみな琵琶を地において、仁王立ちになっていた。

文字通り花曇りの日というのに、曇りというより雲は凄壮の光をおび、風が吹くたびに黒い灰をけぶらせて、この焼け跡の山は冥府の世界を思わせる。ただ、満開と同時に散りはじめる桜は、虚空にはや花のかげを飛ばしていた。

上にのぼると、東側の細長い町並をへだてて、鴨川が鈍くひかっているのが見えるが、それを見わたしている場合ではない。

十兵衛は、無造作《むぞうさ》と見える態度で近づいた。もっとも足場はむろん最悪だから、彼の足はよろめいたり、沈んだりする。

「十兵衛、ようきてくれたな」

義円が声をかけてきた。

「先日のことがあるが、わしを助けてくれ」

このとき、八人の琵琶僧が動き出した。

みるみるそれは十兵衛をとりかこむ大きな輪となった。

「呼ばれたから参上いたしたものの、拙者に助けを求められる意図が不明でござるが」

と、十兵衛は首をひねりながらいう。義円は答える。

「お前が身代りになってくれれば、わしを釈放するとこの者どもが申すのだ」

「なぜ、拙者が？」

「お前はこの前、後南朝党のめんめんをなで斬りにした男だからだ」

十兵衛はキョトンとしている。一休がそんな話をしなかったからだ。

まわりから、おどろおどろとした声がひびいた。

「恨みかさなる柳生十兵衛、いま、うぬのいのちをもらう」

十兵衛にしてみれば、まったく理不尽な宣戦布告だが、彼は笑った。

「早速やるのか？　筋は通らぬが、面白い。来い！　ぐゎはははは！」

同時に二つ、三つ、十兵衛めがけて飛んできたものがある。

ひらめく剣光とともに、戛《かっ》！　と空中で音が裂けた。

十兵衛は旋回しつつ、一つをかわし、前後からの二つを斬り落としたのである。

ざっと頭上から、何やら飛沫がかかるのを意識して、

「なんじゃ？」

十兵衛がけげんな声でいい、同時に鼻をつく異臭に、はっとしていた。これは油だ！

二つに割られてころがっているのは、大きなひょうたんであった。敵は油をいれたひょうたんを投げたのだ。

四方でカチッと音がして、いくつかの火の色が見えた。それが火打石で付木《つけぎ》に火をつけた音だと知ったとき、数人の手からめらめらと炎が立った。片手に握っていた松明《たいまつ》に

火をうつしたのを十兵衛は見た。

十兵衛は猛鳥のようにその一角へ飛んだ。そこにいた二人の敵は、ひょうたんをたたきつけた。これを宙で両断した三池典太は、電光石火のごとくその敵二人をも斃《たお》した。が、焼け崩れた木を踏んでよろめいた十兵衛に、ざざっと油はふりかかった。あるいは、はじめから栓をとったひょうたんを投げつけたのかも知れない。

その十兵衛をめがけて、後南朝党も円陣を移動する。十兵衛をよろめかせた焼け材木だが、これは険阻《けんそ》な山や谷を歩くのを常態とするもののような足さばきであった。

それがみな、両手にひょうたんと燃える松明を持っている。

「あははは！　十兵衛っ、ここは七重塔の残骸だが、やはりここで火定《かじょう》の運命はのがれられんな」

むこうで、義円が躍《おど》りあがってわめいている。猿のようにとんぼ返りしかねまじき乱舞ぶりで、

「こんどはのがさぬ。義円は逃げず、お前の火定《かじょう》ぶりをしかと見てやるぞ！」

火定とは、みずから火中に身を投げて成仏《じょうぶつ》する仏教語だ。水定《すいじょう》という言葉もある。

ほかの青蓮衆も、ひょうたんは持たないが、みな左手に燃える松明《たいまつ》をにぎって、右手に薙刀を持ち、後南朝党の包囲の間隔をうずめて立っている。

六

青蓮衆は後南朝とは相いれない集団のはずだが、はからずもこの場合にかぎって奇妙な協同作戦となった。

この後南朝の残党は首領油壺の法眼のごとく火を噴く術は未熟だという。これに対して、油を満たしたひょうたんを投げつけ、ついで松明を投げつけるという兵法を義円が授けた。松明もさっき青蓮衆の幾人かに命じて、町から手にいれてこさせたものだ。

そのあとで、将軍御供衆がやってきたとき、一瞬義円は助かったと思った。が、すぐに、彼らが救援にここに上ってくる前に、破れかぶれの琵琶法師に自分は殺されると判断した。

またこの火と油の兵法を、数十人の御供衆に適用するのは不都合だ。ひょうたんと松明の数が足りないのである。

そこへ柳生十兵衛がひとりであらわれたので、義円は心中小躍《こおど》りした。彼こそ待ち受けていた標的だ。

後南朝党にとって、首領を討った愛洲移香斎は、柳生十兵衛以上の怨敵ではあるが、同じ判断から義円の兵法を首肯した。

いま兵法通り、後南朝党が十兵衛に全力をあげて立ちむかっているあいだに、義円は

ピョンピョンと飛びはねて、さらに遠くへ逃げていってしまった。

「あっ」

ふいに琵琶法師たちは狼狽の声を走らせた。

十兵衛の姿が、ふっと見えなくなったのだ。

が、すぐに。――

「灰を見ろ！　灰が立つところを見ろ！」

だれかが絶叫した。

焼けた材木の上に、まさしく灰のけむりが動いていって、そこで、くわっという声をあげて、法師の一人が、ひょうたんと松明をほうり出して、網代笠《あじろがさ》ごめに唐竹割《からたけわ》りになった。

それはどうやら新首領の坊城具康らしかった。

十兵衛は陰流の術を使ったのである。

が、この日、彼のいる場所が、灰燼の上であることは不運であった。足もとに立つ灰が、ありありとその動きを、澪《みお》のように残すのだ。

咆哮《ほうこう》とともに、そこへひょうたんが飛び、松明が飛ぶ。しぶきがはね、火の粉が舞う。

松明は松の木を二尺五寸ほどの長さに切って、細かく割ったものを、ひと握りくらいにたばねたものだ。松はあぶらの多い木だが、さらに油にひたしたり、硫黄《いおう》をぬりこんだりしてある。いったん燃えると、容易には消えない。

それが落下して、灰燼となっているはずの材木が、あちこちめらめらと炎をあげはじめた。

十兵衛はいつしか、頭までつかったように油をあびていた。そこへ天から火の雨がふりかかり、地から炎が燃えあがる。その炎のひとなめ、火の雨のひとしずくでも及んだら、彼は不動明王のようになるだろう。

「火定だ！　十兵衛火定だ！」

どこかで、脳天から出るような義円の声がきこえた。

「御供衆、何をしておる。柳生十兵衛は化物だとわしがいったではないか。足利を逆賊ときめつけおった十兵衛を、おぬしら手をこまぬいて見ておるのか、御供衆っ」

暗澹《あんたん》たる雲の下、残骸の土饅頭の上、吹きなびく灰けぶりと飛びかう鬼火のなかの死闘は、下からも冥界のたたかいのように看取《かんしゅ》されたのであろう。いったん停止していた御供衆も、たまりかねたように動き出して、這いのぼってきた。

義円の叱咤ばかりではない。かしいだ輿《こし》の上で移香斎もしゃがれ声をふりしぼっていた。

「柳生十兵衛……柳生十兵衛……討ち果たすなら、わしにまかせろ。……」

さすがの十兵衛も、どうやら絶体絶命の死地に置かれたように見える。――

いま十兵衛は、ひょうたんと松明を一つずつ斬り落としたものの、黒い木と木のあいだに片ひざをついたまま、いかんなくあぶらと火の粉をあびていた。

しかし、彼はこのとき、花びらの飛ぶ暗い空にふしぎな声をきき、遠くに信じられないものを見ていたのである。

「しばらく世間の幻相を観ずるに、飛花落葉の風の前には有為《うい》の転変を悟り、電光石火の影のうちには生死《しょうじ》の去来を見ること、はじめて驚くべきにはあらねども。……」

以前、きいたことがある。きいたことがある。――

――おう、あのときの声だ！

あのときとは、いつのことか。きかれても十兵衛がとっさに答えられなかったろう。――これは室町の十兵衛が相国寺七重塔できいた声ではなく、慶安の十兵衛が清水寺《きよみずでら》の舞台できいた声なのである。

そして、遠雷のような笛と鼓の音。

しかも彼の隻眼《せきがん》は、東方の鴨川がみるみる氾濫してくるのを見ていたのである。

この灰燼の山から見ると、鴨川は狭い細長い町屋をへだてたかなたにあったが、その石ころをのせた貧しい平屋《ひらや》の屋根屋根をこえて、鴨川の水があふれ、ながれ、湖のようにひろがってきたのだ。

「……さらば埋《うも》れも果てずして、苦しみに身を焼く火宅の住みか、ご覧《ろう》ぜよ。……屍《しかばね》をあらわす妄執《もうしゅう》は去ってまた残る。……」

町を覆った大河の水は、この残骸を洗いはじめた。しかも見よ。その上に無数の舟が浮かび、船橋となってはるかかなたへつらなっているではないか。……

舟は自分の足もとにもただよっている。……

「ぐゎはははは！」

哄笑とともに十兵衛は躍《おど》りあがって、その舟へ飛びのった。

誰が十兵衛を斃《たお》すのか

一

秘曲〝世阿弥〟のタイム・マシンに騎《の》って十兵衛は翔ぶ。

京を水の下にせんばかりの鴨川につらなる、無限の船橋をかけわたっていったはずなのだが、いつのまにか。——

耳を聾《ろう》するような暴風に吹き飛ばされているようでもあり、鼓膜が凍結したような無音の外界にとりかこまれているようでもあり、五彩の世界が無数にはためきすぎていったようでもあり、ただ灰色の雲霧がぼうぼうと飛び去っていったようでもある。ただそのあいだ、耳の奥に、笛と鼓と、そしてとぎれとぎれの謡《うたい》の声が遠雷のようにたえず鳴っていた。

その音と声がしだいにかすかになり、ふっと消えて意識がもどってきた。

柳生十兵衛は、自分が河の上の能舞台に坐っていることに気がついた。ここは木津川

の大河原に相違ない。

「お気づきか」

声がした。

十兵衛は、柱にもたれかかり、ひざに鼓をおいて、坐っている角頭巾《すみずきん》に銀灰色の道服をつけた中年の男を見て、

「竹阿弥」

といって、ふかい息をした。なぜか、全身綿のように疲れている。

「いや、長い夢からさめたようじゃ」

「私は半刻ほど前に目がさめましたが……十兵衛さまはその夢をお憶《おぼ》えでござりますか」

十兵衛はちょっと考えて、

「霞がかかっておるような気がするが」

竹阿弥はいった。

「室町の世の夢でござりましょう」

「お、そういえば。――」

「それは夢ではござりませぬ。あなたさまは私といっしょに、二百五十年ほど昔の世界へいっておられたのでござります。あなたさまは、そのころのご先祖の柳生十兵衛さまに、私は、私の先祖、世阿弥に変身して」

「あ。――」

十兵衛は愕然たる顔をして宙を見た。

竹阿弥の秘曲、〝世阿弥〟の魔力についてはもう知っている。――いや、それどころか、その魔力によって自分が室町の世へ同行させられたことも、いまでは疑うべくもない。

「それが、こんど呼びもどされて、もとの世界へ――われわれは、もとの自分にもどったのでござる」

竹阿弥はしょっぱい表情になって、

「私は世阿弥どのになり代りたい一念で生きて参りました。その宿願がようやく叶《かな》ったのに、またもとの木阿弥《もくあみ》ならぬもとの竹阿弥にもどされて、不本意なのでございますが」

十兵衛は眼をすえて、「夢」を思い出そうとした。目ざめたとき霞のかなたにあるような気がしていた記憶が、徐々に濃くよみがえってくる。

ふっと十兵衛の頭に、竹林のなかで竹にしがみついて、「ああ、きこえる……きこえる……わしを呼ぶ声がきこえる……」と、狂ったように身もだえしていた世阿弥の姿が浮かびあがった。あの世阿弥が、この竹阿弥であったのか。

「お前を呼んだのはほんものの世阿弥か」

「そうらしうござります」

「お前は〃世阿弥〃という謡曲で室町の世の世阿弥に変身し、のみならずおれまで連れていった次第だが、世阿弥もおなじ力を持っておるのか」

「そんなことはあり得ない、と私は思っておりましたが、いまあのめんめんにききまする」

竹阿弥は舞台の鏡板《かがみいた》のほうにあごをしゃくった。

いまの時刻はいつか――ほの暗いそのあたりに、七、八人の影がひっそりとならんでいた。竹阿弥一座の囃子方《はやしかた》にちがいない。

「世阿弥どのは私に代って、慶安の世に出現して、この大河原に存在しておりましたが――むろんあの囃子方たちは、それが世阿弥どのとは夢にも思わず、この竹阿弥とばかり思っているようですが。――」

ささやくようにいう。

「それが、私がここに残した〃世阿弥〃の謡い本を見つけ出し、いたく興味をもよおして、このごろ毎日のようにそれを謡い、かつ舞っておったとやら。――つまり、世阿弥が世阿弥を呼んだのでござります」

「…………？」

「室町にいた私を呼んだのは、ここにいた竹阿弥、実は世阿弥どのなのでござります」

「…………？」

記憶はさらによみがえってきたが、それがよみがえってくればくるほどいよいよ混沌

として、十兵衛はふらふらと頭をゆすった。

ふしぎなことに、慶安から室町へ翔んだとき、慶安のことは大半忘れていたのに、いま室町から慶安へ翔び返ってみれば、室町のことは記憶に残っているのである。室町にいた自分は変身した自分で、いまの自分は本来の自分であるゆえであろうか。

おう、自分は、世阿弥の——いや、この竹阿弥の狂態を見て、あわてて医者を探しに町へ出て、相国寺の焼け跡で敵の火攻め油攻めの兵法に、絶体絶命の羽目に追いこまれたのであった！

十兵衛は思わず腰を浮かせて叫んだ。

「室町の古御所には、一休母子が残っておる。その運命が気にかかる。——」

「十兵衛さま、ここは慶安の山城国大河原なのでござります」

と、竹阿弥はうつろな声でいった。

「ああ。——そうか」

十兵衛はへなへなとまた坐った。

二

「それにしても、おれが室町で絶体絶命におちたとき、慶安の世に呼んでくれるとは——世阿弥はそれを見ていたのか」

「いや、それは偶然でござりましょう。いまここにいた世阿弥どのに、室町の世が見えるはずもござりませぬ。ちょうど、あなたさまが清水寺で死地におちられたとき、私が偶然世阿弥どのに変身して、あなたさまをさらっていったのと同じでござる」

「偶然か。……もういちどやれんか」

竹阿弥はふかい吐息をもらして、

「いや、こちらからは二度とは相叶《あいかな》いますまい。それには相手の世阿弥どのが、亡霊と化して未来を見たいという望みを心に浮かべられた時と一致して、はじめて叶うことでござりましょうから」

そして、十兵衛を見て、

「この前、室町の世にお連れしたとき――何ということをしてくれた、と私をお責めになりましたが」

と、うすく笑ったが、ふいに何か頭にひらめいたように眼をすえて、

「おう、もういちど――実はもういちど、私もやってみとうござります。その場合は――ひょっとすると、世阿弥どのと必死の芸くらべと術くらべ相成《あいな》るような気がいたしまするが、それゆえにこそ」

と、ひざの鼓をなでさすった。

いま、もういちどやれんか、と、いったくせに、なぜか十兵衛は水をあびたような気がした。

しばし、沈黙におちた二人に、下からの水明かりがゆらゆらと波紋をえがいている。

「それはともかく」

竹阿弥は十兵衛に眼をもどして、

「あの清水寺以来、京はどうなっておるのでござりましょうな」

「おおっ、月ノ輪の宮！」

十兵衛は棒でなぐられたような表情になって、

「やはり、京へゆかねばならぬ！」

と、叫んだ。

清水寺の血闘までのことはむろんよく知っている。が、そのあと室町時代に翔んでいってしまったので、不在中の慶安の京で何が起こったかはまったく空白なのだ。

「京に伜《せがれ》七郎もおることとゆえ、私も気にかかり、ここにおる一座の者どもに京から何かうわさが伝わってこおらぬかときいたのでござりますが、何せこの山里の上に、芸の稽古以外に余念もないめんめんゆえ、別に……という返事があっただけで」

と、竹阿弥はいう。

「ただ……京へすぐさまゆかれることは、しばらくお待ち下されい」

「なぜだ？」

「われらが室町へいっておるあいだ、京には別の十兵衛さまがおられたはず」

「あっ、そうか。——」

「そのもう一人の十兵衛さまが、こちらの留守ちゅう何をなされておったか、そのご行状を調べねば、こちらもやみくもには動けませぬぞ」

「それは、そうだな」

彼は、ご先祖の柳生十兵衛が伊賀組を撃滅したことや、後水尾法皇の一領具足組や紀州藩の討手を翻弄したことなど知らないのである。

「しかし、月ノ輪の宮さまは、どうなされたかのう？」

十兵衛は京の空を望むような眼になって、子供みたいな不安な顔をした。

「ともあれ私のほうから、さよう、笛方の紀平次、心ききたる者でござりますれば、あれを京へやって、月ノ輪の宮さまはもとより法皇さまのごようすを探らせましょう」

と、竹阿弥がいった。

「その報告を受けるまで、しばしお待ち下されませ」

「それでは、ひとまず陣屋に帰るか」

「それもよろしうござりましょうが、ちょうどこの大河原においでとあれば、当分弓ケ淵で釣りでもなされてはいかが？」

「それはありがたい！　釣りは久しぶりだな、おおっ、しばらく見ぬまに、木津川はすっかり春になっておるではないか」

と、能舞台から、どうやら夕暮らしい光をくだいている流れに眼をやる十兵衛を、竹阿弥は見やって、

「十兵衛さま、お眼がもとにもどっておりますな」

「なに、眼？　おれの眼がどうかしたか」

「室町におられたころは右のお眼がつぶれておいでなされたが、いまはもと通り、とじられておるのは左のお眼で」

十兵衛はその左眼に手をあてて、

「なるほど」

と、いったが、ふいに何か気がついたように、そばにおかれた愛刀三池典太をひっつかむと、ぬうと立ちあがった。

能舞台のまんなかに立つと、ぱっと抜刀して青眼《せいがん》にかまえ、スリ足で二、三歩すすみ、またあとずさる。……

みるみるそこに、深山の気がみなぎった。

竹阿弥は驚きもせず、じいっとそれを見つめていたが、やおら、ひざの鼓を肩にのせて、

「ヤオ！」

と裂帛《れっぱく》の気合一声、かん！　と鼓を打った。あたかも静寂の空を、二声鳴いてすぎた猛鳥のような声と音であった。

十兵衛はしずかに刀身をおさめて、

「竹阿弥。……おれは室町へいって、どうやら陰流《かげりゅう》を身につけてきたらしいわ。……」

と、ニンマリとした。

三

それから数日後の午後おそく。

京の相国寺近くの御付《おつき》武家屋敷に、一人の虚無僧があわただしくかけこんでいった。

そして、一刻ほどたって、そこから馬に乗った成瀬陣左衛門がかけ出した。彼が急行したのは二条城そばの京都所司代屋敷であった。

所司代はいうまでもなく、幕府の朝廷監視機関である。

その奥深く、急ぎ足で通っていった陣左衛門は、所司代板倉周防守《すおうのかみ》に会うと、あいさつもぬきで、

「やはり、柳生十兵衛どのは生きており申したぞ！」

と、叫んだ。

板倉周防守重宗《しげむね》は、元和《げんな》六年からいままで三十年もこの職にあり、剛柔かねそなえた名所司代といわれている人物だ。その間、二代将軍秀忠の娘和子《まさこ》の入内《じゅだい》、沢庵等を罰したいわゆる紫衣《しえ》事件、後水尾天皇のかんしゃく譲位、など、朝廷にかかわる重大事件にすべてかかわっている。みるからに深沈重厚の風貌で、このとし六十四歳。

これが、さすがに眼をむいて、

「ほ?」

といって、陣左衛門の顔を見た。

柳生十兵衛に関して陣左衛門の知っていることは、これまですべてこの所司代に報告してある。

月ノ輪の宮の舎人《とねり》金春七郎への法皇の執拗《しつよう》な刺客、月ノ輪の宮の抵抗、柳生十兵衛の来援、清水寺における血闘、十兵衛の伊賀組粉砕、等。

ただ陣左衛門のほうから報告を受けるばかりではない。所司代のほうも重大な情報をつかんでいる。

先日の仙洞御所の件だ。

市井《しせい》に住む一領具足組の一人をひそかに逮捕して、拷問のあげくきき出したことだが、さる二月十五日、仙洞御所に柳生十兵衛を呼び出し、必殺の陣を張ったが、のがれられぬはずの十兵衛が、ふしぎにのがれ去ったという。

ちなみに、そのとき御所には紀伊大納言や由比正雪も立ち合っていたが、そのあと大納言は紀州へ、正雪は江戸へ、もののけに追われるごときようすで、あわただしく去っていったという。

これをきいたとき、陣左衛門は、

「三巨魁、はじめて合体の姿を見せましたな」

といい、ついで首をひねって、

「ならば、まさに必殺の用意をもって柳生十兵衛どのを御所におびきよせたのでござろうが、それをまんまと逃げられるとは……いや、思いあたることがござる。早速柳生のほうを探らせてみましょう」

といって、自分の手から諜者を柳生に出したのであった。

思いあたることとは、清水寺の舞台から飛んだ十兵衛が、あとで悠然と姿をあらわしたのを思い出したからだ。

虚無僧に化けた密偵は、さきほど帰ってきて、柳生十兵衛はまさしく生存していて、大河原の金春竹阿弥の能屋敷に滞在し、木津川で釣りなどしていることを報告した。で、陣左衛門は馬に飛びのって、所司代屋敷にかけつけてきたわけだ。

「……十兵衛どの、まこと鬼神の術を心得ておるとしかいいようがござりませぬ」

と、期せずして陣左衛門は、後水尾法皇と同様の嘆声を発した。

「それにここのところ、いよいよぶきみなお人になられたようで……以前から風変りな剣客でござったが、このごろ何やら妖怪と化した観がござる」

このごろとは、清水寺からの生還以後のことをさす。

さて生還した十兵衛は、陣左衛門や服部半蔵に昂然といいはなった。——おれは天下を敵としても月ノ輪の宮と金春七郎を守る、と。

もともと所司代板倉周防守は、法皇に対する十兵衛の反撃ぶりや、さらに由比正雪の暗躍を探知しつつ、あえて動かなかった。

それは宮廷とふたたび悶着を起こしたくないという江戸幕府の意向を受けていたからであった。そしてこの方針には、御付武家の成瀬陣左衛門も同感した。

しかるに、右の十兵衛の高言にいきどおった服部半蔵が突出して、十兵衛を始末しようとしたが、九条河原であざやかな返り討ちの目にあった。不承不承、その決闘に立ち合う羽目になった陣左衛門は、十兵衛の超絶の剣技を見て、茫然自失のていになった。が、その服部半蔵の一件で、所司代の対応は一変せざるを得なくなったのである。たとえ影の存在にしても、服部半蔵は公儀忍び組の頭《かしら》である。それを魚のごとく両断され、なおお手をこまぬいてはいられない。

ムチャにもほどがある。なんたる大胆凶暴のやつ。

九条河原の惨劇の報告をきいて、よし柳生十兵衛がたとえ月ノ輪の御所にひそんでいようと、所司代あげて出動し、きゃつをひきずり出して成敗《せいばい》する、と、胴ぶるいする板倉周防守を、必死におさえたのは陣左衛門であった。

月ノ輪の御所に所司代が踏みこむようなこととなっては、ことは公然のものとなり申す。さすればわが立つ瀬もありませぬが、それより公儀にとっても不本意千万の始末となりましょう。

かつは、柳生、服部というあたら名代《なだい》の家も、断絶の運命をまぬがれますまい。——陣左衛門はこういった。

「しばらく、十兵衛どのを何とぞしてひそかに始末する機をつかむまで、いましばらく

お待ち下されい」

　苦悶の声で、からくもひきとめてきたところへ、こんどの仙洞御所の事件と、さらに十兵衛いま柳生にありとの知らせがあったのだ。

四

「よしっ」

　板倉周防守は凄じい顔色で、

「もはや見すごしはならぬ。即刻兵を集めて柳生へおしかけよう」

「あいや」

　と、陣左衛門は手でおしとどめて、

「仰《おお》せごもっともでござる。実は拙者もさように考えてご注進に及んだのですが、また思うに——天下を敵とするのも辞せずといってのける十兵衛どの、おとなしう首をさし出すとも思われず、さすれば京の所司代と柳生城との大合戦ということにもなりかねませぬ」

「では、このまま眼をつぶっておれと申すのか」

「いや、十兵衛どのはやはり捨ておけませぬ」

　陣左衛門は首をふった。

「あの御仁《ごじん》は、わが師但馬守《たじまのかみ》さまのご子息、それのみならず拙者の親友と申してよいお人ながら、いかなる天魔に魅入られたか、まさしく妖怪と変化《へんげ》されたいま、もはや誅戮《ちゅうりく》のほかはないと拙者も覚悟いたしましたが。――」

と、苦悩の顔をわななかせつつ、

「ただ柳生家だけは断絶させとうござりませぬ！」

と、声をふりしぼった。

「そのためには、やはり世には知られず、闇の中で十兵衛どのを討ち果たすよりほかはないと存じまする」

周防守も暗然たる表情で、

「いまとなっては、そうもゆくまい」

と、いったが、また、

「しかし、あの男にむける刺客があるのか」

「おそらく、ただの剣人なら、十兵衛どのに勝てる刺客は天下に一人もありますまい」

と、変に自信を持って陣左衛門はいった。

「では？」

「ただひとつ、法がござる。おきき下さるか、下さらぬか、私だけの思案でござるが」

「ほ、どんな？」

「十兵衛どのの弟御《おとうとご》、江戸にある主膳宗冬《しゅぜんむねふゆ》どのを向わせるのでござります」

「なに？」

周防守は眼を大きく見ひらいた。

「いま将軍家ご指南の役にある宗冬どのをか？」

「されば。——」

十兵衛は柳生家の当主にちがいないが、事実上隠居にひとしい状態にあるので、いまは弟の主膳宗冬が江戸城で剣法指南役をしている。兄のような天才肌ではないが、また兄のような奇矯性はなく、少なくとも指南ぶりは数等まさるといわれている宗冬であった。

「これより拙者、宗冬どのへ書状をしたため、急使を江戸へ立てましょう。かかる次第で十兵衛どの誅殺のやむなきに至ったゆえ、一門の高弟二、三十人あまりをつれ、ひそかに京へ上られたいと」

剛毅《ごうき》な陣左衛門が、肩で息をつきながら、

「柳生家断絶のおそれありと申せば、宗冬どのも慄然として上洛《じょうらく》して参るでござりましょう。もいちど事情をきかせ、ただちに柳生へ向わせましょう。柳生家に恩義ある拙者にとっては断腸の策でござるが、豆を焚《た》くに豆がらを以てす。……」

「ふうむ」

「十兵衛どのも、弟御なれば一応は心ゆるして迎えるでござりましょう。拙者の見るところでは、おそらく宗冬どのの勧めに従ってみずから処決のこととなるか、そう参らね

ば宗冬どの門弟たち、力をあわせて手を下すか。十兵衛どの、鬼神といえども弟に向ける刃《やいば》は持たぬはず。……」

といい、

「それならば、柳生家の断絶はまぬがれることと存ずる。いかがでござる？」

ややあって、

「さようか」

と、周防守はうなずき、

「それで事がおさまるならば、その法がいちばんよいと思うが……それに何日かかる？」

「京と江戸、こちらの使者、あちらの上洛と、往還二百五十余里、早馬早駕籠《はやうまはやかご》をもって、まず十五日ほどでござりましょうか。それまでお待ち下されますか」

「……待つとしよう」

と、周防守はまたうなずいた。

「では」

陣左衛門は立ちかけて、

「お、金春七郎はいかがいたされますか」

と、きいた。

「あれか。あれも伊賀組に凶刃をふるったと申したな。十兵衛を成敗する以上、金春七郎とやらもそのまま捨ておくわけには参るまい」

と、周防守はいった。

「その能楽師、奇態な剣を使うとのことじゃが、何にせよまず柳生十兵衛を討ちとれば、そのほうはそれほど手はかかるまい」

陣左衛門の顔に、また苦しみと迷いの翳《かげ》のようなものが走ったが、

「いたしかたござるまい。心得てござる」

と、答えて、暗く重い足どりで書院を出ていった。

慶安三年の三月はすでに来て、過ぎつつあった。

三月は後の暦で四月である。花は京を覆い、やがて吹雪のように散りはじめた。世は泰平のきわみに酔い痴《し》れているようであった。

そのなかで、一つの破局が迫りつつあることを知っている者は、ほんの数人にすぎなかった。

恋する女帝

一

「七郎、七郎」

泉涌寺《せんにゆうじ》をつつむ山林の手前に井戸がある。その水を桶に汲みいれていた舎人《とねり》姿の金春七郎は、しのびやかに呼ばれてふりかえり、はっとした。

杉の大木のむこうから出てきたのは、成瀬陣左衛門であった。七郎が桶をさげて御所のほうからやってくるのをどこかで見ていて、待ち受けていたらしい。

「大事な話がある。こちらにきてくれ」

というと、杉林のなかの小道を奥へはいっていった。

憂鬱な顔で、やむを得ず七郎はそれに従う。

寺の建物のはずれから、新緑の山ふところの大きな陵墓《りようぼ》に夕日のあたっているのが見える。鎌倉期の四条天皇のいわゆる月ノ輪のみささぎである。

この泉涌寺は、四条天皇のみならず、天皇家代々の菩提寺《ぼだいじ》なのであった。

あの鴨の河原での伊賀組との決闘にこの陣左衛門も立ち合っていたのだが、それ以後も彼はこの月ノ輪の御所に、ほとんど毎日出仕してくる。くれば必ず宮にごあいさつにまかり出るが、あの事件については何もご報告しないようだ。

宮に対してのみならず、廊下で七郎とゆきあうことがあっても、何もいわない。

が、その顔が日ごとに暗雲の翳を濃くしてゆくのはありありと見えて、このまま何ごともなくすむとは思えない、という予感はしていた。

――ついに、きたか。

林のなかに、古い小さな地蔵堂があった。その前に陣左衛門は立ちどまって、

「柳生十兵衛どのは生きておるぞ」

と、いった。

「あ」

七郎は眼をまるくしたが、すぐに、

「やはり。――」

と、吐息をついた。

去る日、柳生十兵衛は由比正雪の果たし状に応じ、仙洞《せんとう》御所に乗りこんでいったきり帰ってこない。

仙洞御所でいかなることがあったかつまびらかにしないが、それっきり帰ってこない

ということはただごとではない。

ふつうなら心痛のきわみで、事実心配はしていたのだが、一方、この前のことから、十兵衛先生はひょっとしたら柳生ノ庄に生存していられるのではないか、という神だのみの心があった。……それをたしかめに柳生へいってみよう、と、なんどか、かけ出そうとしたくらいである。

が、なぜか七郎は、また十兵衛先生が京へくるのがこわかった。あの先生のゆくところ、たちまち屍山血河の世界がくりひろげられる。——

「それはようございました」

と、答えてから、またはっとした。この成瀬さまは、十兵衛先生が仙洞御所に赴《おもむ》いたことを知っている。——

「よくはない」

陣左衛門は苦汁《にがり》をのんだような表情で、

「十兵衛どのは、ここ二、三日ちゅうにもご誅殺を受けることになっておる」

「ご誅殺？　な、なんで？」

「服部半蔵どの以下公儀忍び組の衆をみな殺しにした罪によってだ」

「あれは」

猛然として七郎は叫び出した。

「私の妹を囮《おとり》に、服部さまのほうから仕掛けられたことでござりませぬか。河原に呼び

出された私どもに、いきなり銛杖《もりづえ》とやらで襲いかかってきたのは忍び組とやらではありませぬか。その次第は、成瀬さまもしかと見ておられたはず。——」

陣左衛門は七郎の異議申したてには耳のない表情で、

「十兵衛どのは公儀忍び組を粉砕したのにつづいて、法皇さま紀州大納言さま由比正雪らの一党も撃破した。——撃破したらしい」

七郎は眼をまんまるくしている。

「この三者の陰謀については、いつぞや服部どのがお前にもきかせたはず。服部どのはそれを探索しておったのだ。双方はいわば敵味方、それを手当りしだい、玉石ともに打ちくだくとは、十兵衛どの乱心状態にあると見ざるを得ず。——」

「何を仰せられる。仙洞御所の件も、正雪から果たし状をつきつけて参ったから、十兵衛先生が出かけられたのです。こちらはただ、身にふりかかる火の粉をはらったまでで」

「さようかな、十兵衛どのはただ受身の行動であったといえるかな」

「は？」

「あの御仁《ごじん》——以前は知らず——こんどのことあって以来、何やら化物じみておるとは思わぬか？」

「へ？」

七郎はどきまぎした。

実は、そうなのだ。十兵衛先生を探しにゆくことも、もういちど呼んでくることも、七郎がためらっていたのは、彼も感じているそのおそれのためなのだ。

伊賀組をみな殺しにしたあと、彼も肌に粟《あわ》を生じて、「えらいことをやりましたな」と嘆声を発したくらいだが、その尻をたたいたのも十兵衛先生であった。

いや、そればかりではない。はじめ理不尽な刺客に意気屈しなかった七郎も、その敵の巨大さを知るに及んで、しだいにたじろぎかかっていたのだが、それを叱咤鼓舞したのも十兵衛先生であったのだ。

「是非を超えて、いまはあの野に放《はな》った虎のごとき柳生十兵衛どのを討ちとめねばならぬ、というのが所司代のご決断じゃ」

と、陣左衛門はいった。

「それも、公然たる騒動にならぬため、十兵衛どのの弟、主膳宗冬どのに討たせる」

「えっ」

「いわば上意討《じょういう》ちじゃ。宗冬どのその役目果たせば、その手柄に免じて柳生家の断絶はまぬがれよう」

「…………」

「江戸から宗冬どののほか一門の名だたる剣士をすでに呼んである。きょうは三月二十日、一両日ちゅうにもこちらに到着するだろう」

七郎はかっと眼を見ひらいて陣左衛門を見つめたきり、声もない。

「いかに化物とはいえ、十兵衛どのが弟御《おとうとご》や一門の弟子をみな殺しにはできまい。……十兵衛どのは死ぬ」

さすが剛毅な陣左衛門の声もふるえをおびて、

「この話、それが終ってからお前に伝えるつもりであったが、覚悟をうながすため、いま申す。所司代のほうでは、お前も公儀忍び組の件で同罪とお認めじゃ」

「…………」

「そもそも、最初よりお前は悶着のたねであった。十兵衛どのと同じく険呑《けんのん》な人間であった。十兵衛どのを始末した上は、たとえこの寺に討ち入ってもお前を成敗《せいばい》するとの仰せである」

「…………」

「さすれば宮に容易ならぬご迷惑がかかることになる。御付武家として、それだけはやらせとうない。……先日お前に、宮のおそばから消えてくれといったが、もはや消えてくれるだけでは間に合わぬ。七郎、死んでくれ。……三日待つ」

いうと陣左衛門は、鉄のようにきびしい重い背を見せて、もときた小道を帰っていった。

いつぞやこの人から死んでくれといわれたとき、七郎は「私は死にません」と、はねつけた。それはいのち惜しさのためではなかった。

彼には、死ねない理由があったのだ。……その理由を、成瀬さまは最初から見ぬいて

おられたような気がした。

七郎はもう抗《あらが》いの言葉もなく、うつろな眼でそのうしろ姿を見送っているばかりであった。

二

日が暮れてから七郎は、月ノ輪の宮へお目通りをねがい出た。

お取次ぎは、女孺《にょじゅ》のりんどうである。つまり宮の小間使いだが、りんどうはここにきてから、ひどく宮のお気にいって、いまは宮のお身のまわりのご用はすべて彼女がとりしきっているありさまであった。

「ま、こんな夜分に……」

りんどうは眼を見張り、ついで、

「兄上、どうなされたのですか？」

と、小声で叫んだ。七郎が水をあびたような顔色をしていたからだ。

「りんどう……十兵衛さまは生きてまた柳生におられるそうだぞ」

と、七郎はいった。

「えっ、殿さまが……」

「この前と同じだ。十兵衛先生は不死身だ」

そういってから、七郎は沈んだ声で、

「そのことと、ほかに宮さまに言上《ごんじょう》せねばならぬことが出来《しゅったい》したのだ。お取次ぎしてくれ」

しばらくして七郎は、ご座所に通された。

ご座所といっても、同じ部屋ではない。七郎は次の間に坐って、月ノ輪の宮は奥座敷に、雪洞《ぼんぼり》をそばに、写経していたらしい経机を背にこちらをむいている。ひらかれた唐紙《からかみ》のこちら側に、りんどうがひかえた。

白牡丹《はくぼたん》のように清麗な月ノ輪の宮の姿であった。

「十兵衛が生きていると？」

まず宮はそう尋ねてきた。

「だれからそんなことをきいたえ？」

「成瀬さまからでござります」

そのことについての宮の問いをそらすように、

「それはそれとして、今夜私が参上いたしましたのは……きょうかぎり、七郎、おいとま頂戴いたしたく、そのおねがいのためでござります」

と、たたみにまた手をついた。

月ノ輪の宮は息をひいて、七郎を眺めたきり、声もなかった。

しばらくして、

「どうしやった、お前の顔色は？」

と、あらためてぎょっとしたようにきいた。灯に遠いので、それまで七郎の顔色まで気がつかなかったと見える。

七郎はあわてて、手の上に顔を伏せた。

「成瀬から、何かいわれたのかえ？」

「いえ」

七郎はひれ伏したまま首をふった。

柳生十兵衛の消息話など、どこかへ吹き飛んでしまった。

宮はきく。

「ここを出て、どこへ、何しにゆこうというのじゃ？」

「実はきょう父から書状が参りました。山城国大河原に住んでおります父の竹阿弥からでござります」

七郎はいい出した。

「わが金春家は、奈良ちかくの中ノ川村に小さな所領がござりまするが、これは徳川さまの御世《みよ》となってから拝領したもので、もう一つ、大和の高市郡越智《たかいちごおりおち》ノ庄という出身地がござります。そこには古い土蔵を持つ金春家がまだ残っております」

宮と兄のちょうど中間に坐っているりんどうは、眼をまんまるくしている。父からの書状など、いまはじめてきいたが、この越智ノ庄にある金春家のことはほんとうだ。

自分はいったことはないけれど、兄はたしか少年のころ、父につれられてそこへ旅したことがあると、以前きいたおぼえがある。

「奈良からみると、天ノ香具山《あまのかぐやま》、畝傍山《うねびやま》などへだてた雲煙のかなた、吉野にちかい山中の村でござりますが、そこに古くから伝わる能の秘伝書がまだ残っております。二百五十年ほど昔、わが金春家の祖金春禅竹が、妻の父世阿弥なる古今の名人より伝授されたものでござりますが……それをことごとく写本して大河原にとどけてくれとのことで。……」

七郎が、けんめいに考え出した嘘である。

宮はいった。

「そんな用なら、いとまをとるまでもあるまい」

「は、それが一冊や二冊ではない、数十冊に及ぶおびただしいものでござりまして……少なくとも三月《みつき》、長びけば一年はかかるだろうとの、父の言葉でござります」

もっともらしい話だが、りんどうは嘘だと直感した。そんな用で、兄があのような顔色になるはずがない。

月ノ輪の宮は、じいっと七郎を見つめている。宮もまた七郎の説明をまともに受けとっていないことは、しばらくしてふいに宮が放った言葉でわかった。

「七郎……お前、死ぬつもりではないかえ?」

七郎は、胸に矢を射ちこまれたように絶句した。

七郎は死ぬつもりでいた。ただ、死ぬ前に宮にいちどお会いしておきたかったのだ。お会いせず、黙ってふっと消えてしまうのに忍びなかった。ここでお別れのごあいさつをしたら、どこか人知れぬ山蔭《やまかげ》の藪《やぶ》のなかで腹を切るつもりであった。

宮は七郎を凝視したまま、しみいるようにつぶやいた。

「お前が死んだら、興子《おきこ》も死にます」

三

七郎のからだに身ぶるいのようなものが走った。

りんどうもまた、目に見えぬ落雷に打たれたような衝撃を感じている。……いまの宮さまのお言葉は何であろう？

月ノ輪の宮と七郎は、ひたと眼を交わしている。

いまの言葉は、はじめてきく宮の恋の表白であった。

七郎はしかし、驚いてはいない。お目にかかった最初から、七郎はこの宮を恋していた。そして、宮もまた自分を恋していることを直感していた。

とはいえ、山は裂け海は涸《あ》せても、これは金輪際《こんりんざい》許されぬ恋であった。宮のほうからみれば、たとえ相手が皇族、将軍であろうと恋してはならぬ前天皇だ。いわんやこちらは貴人の馬の口取りを本務とする舎人であった。そんなけぶりは毫毛《ごうもう》ほどもあらわして

はならぬ！

　七郎はそのつもりでいた。

　彼が、柳生十兵衛の来援を感謝しつつ、一方で当惑する心もあったのは、そのことを師に感知されはしないかという不安のためであった。また、その前に、後水尾《ごみずのお》法皇の敵意を理不尽なものと悲憤しつつ、一方で刺客以上に怖れたのは、ひょっとしたら魔神のごとき法皇が、いかにしてかこのことを感づかれたのではないか、というおびえであったのだ。

　しかも彼は、宮もまた同じ思いでいらせられることを知っている。——いま、月ノ輪の宮は、

「お前が死んだら、私も死ぬ」

と、仰せられた。

　彼が怖れていたのはこれであった。宮がそういうお心であることを察すればこそ、彼はいままで服部半蔵や成瀬陣左衛門の「死の勧《すす》め」に応じなかったのだ。彼は、死ねなかったのだ。

　戦慄すべき言葉を与えられて、七郎は歓喜に燃えている。

　二人は別々の座敷に坐っていた。そのあいだには、りんどうが坐っていたにもかかわらず、七郎はそこの空間を満たす白熱の光を感じ、そして前女帝をいのちのかぎり抱きしめているような幻覚に沈んだ。

「七郎」

月ノ輪の宮はあえぐように、

「死んではならぬ」

「はいっ」

「いまお前がいった大和国越智ノ庄へ能の本を写しにゆく話はいつわりと思うが、そこにお前の一族の発祥の土地があるのはまことであろ」

宮は夢みるような表情でいい出した。

「やはり、そこへゆこう」

「な、なんと仰せられます」

七郎は仰天した。

「興子もゆきたい」

と、宮はいった。

「天皇の家に生まれ、天皇として育った私ではあるけれど、私はいっときも人間として生きたおぼえがない。……何もかも捨てて、私は雲と山のなかで、人間として生きてみたい。……七郎、いっしょにその越智ノ庄とやらへゆこう」

七郎は両腕をついたまま、なお月ノ輪の宮を見ている。が、さっきまでの水をあびたような顔色は、別人のようにうすくれないに染まってきた。

大きな息を二つほど吐いて、七郎は、

「参りましょう。……お供つかまつりまする！」

と、叫んだ。

四

嘘から出たまことことはこのことだ。死ににゆくためのこじつけ話から、彼は突然生きる世界を見つけ出したような気がしたのである。

ただし、それはまさしく錯乱の思考であったのだが。——

少年時代いちどだけいった、その金春家のふるさとの、「大和は国のまほろば」という歌声のきこえそうな風景が、まぶたに浮かんだ。

「おう、そう申せばその越智ノ庄、奇《く》しくも例の蘇我入鹿《そがのいるか》のころ、女帝でおわした斉明のみかどのみささぎが、すぐ西に見える土地なのでござります」

それから、りんどうのほうに顔をむけて、

「お前もゆかんか」

と、いい、ついで相談ではない声で、

「いや、りんどうもゆけ。宮さまのお身のまわりのお世話をする者がいなくてはならぬ。お供いたせ！」

と、命じた。

りんどうは茫然として、この問答のなりゆきを耳にしていた。

彼女は柳生にいたころは、兄を虜《とりこ》にしているらしい月ノ輪の宮を、何やら恨めしい、妖気ただようお方のように感じていた。

が、京へきて以来、特にこの御所にきて以来、たちまち宮の熱烈な信仰者となった。こんなお美しい、けだかい、雄々しい女性《にょしょう》がまたとこの世にあるだろうか、と思う。またこの前のみかどの、籠のなかの鳥のようなご運命に満腔《まんこう》の同情をおぼえ、兄がこのお方に忠誠のかぎりをつくすのも当然だと理解した。

そのお方が、いま「七郎が死ねば、私も死ぬ」と仰せられた！

そしていま、二人、手に手をとって大和の山の果てにのがれようとしておられる。

いちど拍手喝采《かっさい》したいほどの気持になったりんどうは、しかし数瞬ののち、凍りつくような恐怖にとらえられた。この二人のやろうとしていることは、身の毛もよだつ大破倫の行為のように思われた。

「いけませぬ、兄上！」

と、りんどうは叫んでいた。

「そんな、恐ろしい……そんな、途方もない……」

「では、おれに死ねというのか。いやさ、宮さまもお死になされというのか？」

七郎の眼は燐火のように燃えていた。

「わけあって、事はいそがねばならぬのだ。りんどう、すぐに支度《したく》せい！」

りんどうは唇をふるわせたが、黙りこんだ。

支度せよといわれても、何を支度していいのかわからない。だいいちこの御所の門番に感づかれないためにも、仰々《ぎょうぎょう》しい旅支度などできないのである。

事はいそぐといわれても、さりとて夜、前天皇を旅させるわけにはゆかない。そもそも街道をお歩行《ひろい》ねがうことも不可能である。御所に宮用の乗物はあるけれど、それも使用できない。

で、夜明けにここを出ることにして、その前にりんどうが町へ辻駕籠《つじかご》を探しにゆくことになった。

しのびやかな、が、てんやわんやの時がすぎて、このごろとみに早くなった明け方がきた。

いや、その前にりんどうが町へ出ていった。彼女には門番に、

「宮が東福寺の桜を、人のいない夜明けにごらんになりたいと仰せられるので、そのおことわりに東福寺へ参ります」

と、いわせることにした。

京の山桜はすでに新緑に変り、すぐ下の東福寺には有名な八重桜の古木があって、それもそろそろ散りはじめている季節になっていたからだ。

ところが、悄然《しょうぜん》と出ていったりんどうが、一刻ほどたっても帰ってこない。

「駕籠が見つからぬのではないかえ？」

宮が焦燥した声でいう。

「何なら、私は歩いてゆくぞえ」

「とんでもない。……ともあれ、先に東大路《ひがしおおじ》まで出て待つことにいたしましょうか」

と、七郎はいった。

もともとりんどうが駕籠をつかまえたところで、ここへかつぎこむわけにはゆかないから、駕籠は坂下に待たせ、りんどうが呼びにくる手はずになっていたのである。

もう夜の明けきった御所の門を二人は出た。

門番はいるが、これは外からの侵入にそなえた門番だ。まさかあるじの月ノ輪の宮さまが「脱走」するなど、想像を超えている。

それに先に出たりんどうの、東福寺の桜云々の先触れもあって、なんの疑いもなく門番は最敬礼して見送った。宮は市女笠《いちめがさ》をかぶっているが、それさえ怪しまない。

明けきったといっても、朝はまだ早い。朝霧が白くただよいながれている。

山門から東大路へ下る泉涌寺の右側はなだらかな斜面になっていて、ふだん下に見えるいくつかの塔頭《たっちゅう》の屋根や、それをとりまく森も、きょうは霧の底に沈んでいる。

二人はまるでたのしい遠足にでもゆくような足どりで、坂道を下りてゆく。

この日、慶安三年三月二十一日。

これがこの物語の凄惨幻妖をきわめる終局の日だとだれが知ろう。

剣《つるぎ》の果て

一

霧といってもそう濃いものではなく、むしろ靄《もや》にちかい。両側の樹々が、新緑の葉から無数の露をしたたらせているのが見える。

しかし、もう坂下が見えるはずなのに、まだそのあたりは白じろとけぶっている。

——と、霧のかなたから、たしか少人数ではない人間の足音が、おどろおどろとつたわってきて、二人は足をとめた。

それが姿をあらわしてきた。一団の武士たちだ。

「……やっ?」

七郎は風折烏帽子《かざおりえぼし》の下で眼をむいた。

「り、り、りんどう!」

その集団の先頭に立っているのは、辻駕籠《つじかご》を呼びにいって、まだ帰ってこない妹であ

った。そして、それとならんでいるのは御付武家の成瀬陣左衛門だ。

そのうしろにひしめいているのは、みな深編笠《ふかあみがさ》をかぶり、あきらかに旅装束で、霧のため人数もわからないが、幕府方の武士にちがいない。

「兄上さまっ、宮さまをお連れして大和《やまと》へゆくのはよして下さい！」

と、りんどうは叫んだ。いつもさくら色をしている頰が、蠟《ろう》のように変っている。

七郎はうめいた。

「りんどう……裏切ったな？」

「ゆるして下さい。でも、こんどのこと、おとめするには、成瀬さまにお知らせするよりほかはなかったのです。兄上、月ノ輪の宮さまをお連れ出しするなんて……たいへんなことですっ」

と、りんどうは声をふりしぼった。

それがこの十八歳の娘の苦悶のあまりの思案であった。成瀬陣左衛門は武骨ではあるけれど、思慮もふかいお方だとりんどうは感じていたからだ。――おそらくその判断は的《まと》を射ていたであろう。

が、七郎の眼は狂的な光をはなって、

「不忠者……ここへこい」

と、憤怒《ふんぬ》のあまりのしゃがれ声でいい、

「成敗《せいばい》してつかわす。参れ！」

「殺して下さい！　私は殺されてもかまいません。けれど、そのあと、御所に帰って下さい、おねがいですっ」

りんどうは、ためらいなく歩き出そうとした。

「待て」

りんどうの腕をつかんだのは陣左衛門だ。

「お前はひかえておれ」

と、りんどうをひきもどし、その身体をうしろにいる武士二、三人の腕に託すと、彼のほうから数歩進んで、七郎をにらみすえ、

「実は以前から、お前がかようなことをしはせぬか、と案じておった。いや案じてはおったが、まさかかようなことをするとは思わなんだ」

と、いった。

「こともあろうに上皇さまをかどわかして逐電《ちくでん》しようとするとは――まさかに天魔《てんま》波旬《はじゅん》のふるまい」

陣左衛門は腰の刀をぬきはらった。

彼は以前、かつて柳生但馬守から一目おかれたほどの剣客であり、島原のいくさにも参陣し、勇名を得た武人であった。

と、陣左衛門のすぐ背後に立っていた武士が、

「成瀬、われらにまかせてくれ」

と、いって、深編笠をぬいだ。

「あっ……主膳さま！」

さすがに七郎に、愕然たるものが走った。

十兵衛に似ているが、だいぶ若く、むろん両眼はあいている。十兵衛より六つ年下、三十八歳ながら将軍家指南役の柳生主膳宗冬であった。

二

彼は二十日ほど前、京の成瀬陣左衛門から、大事勃発、事はしかじか、高弟三十人ばかりをえらんで至急上洛せられたい、との秘状を受けて驚愕した。

事情は了解したが、高弟といっても旗本ばかりなので、編制に若干の時日を要した。だいいち老中の許可を得なければならない。もっとも老中松平伊豆守には別に板倉、成瀬連名の秘状がきていて、伊豆守信綱は「万やむを得ぬ。主膳、柳生家を残すために、泣いて馬謖《ばしょく》を斬れ」とまで、いってくれたが。——

さて、手勢を集めてからは、東海道を急ぎに急ぎ、本来なら昨夜は大津にでも一泊するところを通過して、まだ暗い京の御付武家屋敷に到着したところであったのだ。

で、あらためて陣左衛門から、兄十兵衛の破天荒の行状を聴取していたところへ、偶然、りんどうが必死の顔でかけこんできたのであった。

そして、全身もみねじらんばかりのりんどうの訴えをきいた。

かくて成瀬陣左衛門と柳生一門が血相かえて泉涌寺へ殺到してきたのである。

七郎は、江戸で柳生道場に出入していたころ、主膳宗冬を知っている。いま、宗冬につづいていっせいに笠をとった顔、顔、顔は、いずれも柳生道場で稽古をつけてくれた錚々《そうそう》の高弟連だ。

それが、みな抜刀した。

と、見つつ、七郎は両手をだらりとぶら下げて立っている。が、屈服ないし無抵抗の眼ではない。いまの一瞬の動揺は消え、渇する者が獲物を見て、たのしんでいるような眼であった。

「待たれい」

陣左衛門は片手で柳生一門を制して、

「御付武家の役儀により、いや、あれの元主人として、わしが始末をつけよう」

と、一人あゆみ出した。

「七郎、そこになおれ」

と、陣左衛門はその前に立った。

七郎はひざまずかない。立ったまま、じいっと見かえして、

「月ノ輪上皇の大和行啓《ぎょうけい》である！」

と、叫んだ。

「ご通行のじゃまする者は、何びとたりとも無礼討ちにするぞ！」

「兄上！　ご主人さまに何をいうのですかっ」

柳生衆の手におさえられたりんどうが、身もだえして、

「いけません！　よして、よして、よして――」

と、絶叫したとき、陣左衛門が、

「七郎、狂ったか！」

と、咆《ほ》えて、躍《おど》りかかりながら豪刀ふり下ろした。

刹那、凄じい血しぶきが立った。血を噴いたのは陣左衛門の胴であった。七郎がそれより迅《はや》く抜き討ちになぎはらったのだ。

どうと陣左衛門は倒れた。その血の量からも即死はあきらかであった。

金春七郎は、元の主人であるのみならず、幕府の大官たる御付武家を、大根のように斬ったのである。

柳生一門はしばし息をのんで、みな棒立ちになっている。――

「りんどう」

七郎は呼んで、

「お前も斬る。こちらへこい」

しかし、りんどうは、柳生侍の腕のなかで喪神していた。

崩れおちるその身体を柳生侍は地に落とそうとしたが、代りにだれかぐいと抱きとめ、

しずかに下ろしてくれた者があったが、それをりんどうは意識もしなかった。

次の瞬間、柳生侍たちは異様などよめきをあげて、いっせいに地を蹴ろうとしたが、
そのとき、

「主膳」

と呼ぶ声がした。

地上に片ひざつき、そのひざに弓のように反《そ》ったりんどうをのせている檜笠《ひのきがさ》の男であった。

三

柳生勢は金春七郎の凶行に逆上して、そんなものがそこに来ていようとはそれまで気がつかなかったのだ。

その男がいう。

「何しに京にきた」

その錆《さび》をふくんだ声に、まずりんどうが覚醒して、

「あっ……殿さま！」

と、はね起きて、足にしがみついた。

「兄が、成瀬さまを――」

「これは、兄上！」

柳生主膳宗冬も兄という名を口にして、眼をむいている。

柳生十兵衛であった。

彼は大河原にいて、こちらのその後を気にかけつつ、折悪しく竹阿弥が高熱を発し、高熱を発しつつもなお謡曲〝世阿弥〟を舞おうとし、ついに倒れるという状態になったので、そばを離れるわけにゆかず、一方で京にやった物見の紀平次から、月ノ輪の宮になんの変事もないようだという報告を受けたこともあって、つい木津川の晩春に日をすごし、いまやっとこの泉涌寺に帰ってきたのである。

「ここにおるのは江戸の柳生一門らしいが、何用できた」

と、十兵衛はくりかえした。

主膳宗冬は、ぎらっと横目で七郎のほうを見て、決然として、

「上意討ちのためでござる」

「上意討ち？　だれを？」

「兄上を」

「なんで？」

「公儀忍び組服部半蔵を討ち果たされた罪によって――老中松平伊豆守さま、所司代板倉周防守さまのご下知《げち》でござる！」

「ほ？」

十兵衛は、めんくらった顔をした。

主膳は声をしぼって、

「兄上、死んで下され！　私が兄上を手にかけねば、柳生家は断絶のほかはないのでござる！」

十兵衛はしばし沈黙していた。自分が——いや、もうひとりの、先祖の柳生十兵衛が服部半蔵を討ち果たしたなどいうことは、彼は知らないのである。

しかし、この弁明はむずかしい。

「それより、この修羅場《しゅらば》はなんだ」

と、十兵衛はいった。

彼はむこうに刃《やいば》をひっさげたままつっ立っている金春七郎を見ている。いや、さらにむこうに凝然と佇《たたず》んでいる市女笠の影を見ている。

「兄が……月ノ輪の宮さまを、大和の山奥へお連れしようとしているのですっ」

りんどうが叫んだ。

「それを止めようとして、成瀬が斬られたのでござる！」

宗冬がうめき、ふりかえって、あごをしゃくった。

「兄上のことはあとだ。まずきゃつを討て、かかれっ」

「待て。おれに話させろ」

十兵衛はりんどうをしずかに離し、ぬうと立ちあがり、七郎のほうへ歩き出した。

二間《けん》ばかりのところで立ちどまり、片手をあげて沈痛凄愴なおももちで成瀬陣左衛門のむざんな遺骸を拝《おが》んでから、彼はきいた。

「七郎、大和の山奥とはどこだ？」

「先生」

七郎はいった。

「やはり、生きておられましたか」

彼は、はじめ十兵衛を見たとき、ぱっと満面に喜色を浮かべたが、すぐに笑いを消し、十兵衛の問答と反応をじいっとうかがっていたようであった。

「大和国越智ノ庄、そこは金春家父祖の地です」

「なぜそんなところへ、宮をお連れする？」

「宮のお望みです」

「宮が？」

「もはや月ノ輪の宮のご身分も御所も捨てて」

「お前だけを連れてか？」

「さようです」

七郎は若々しい顔を昂然とあげて、

「私、宮をおしたい申しあげているのでござる。そして……宮もご同心です」

十兵衛は、七郎のむこうの月ノ輪の宮を見やり、低い声でいった。

「まことでござりまするか？」

さっきから、ほとんど蠟人形のように身じろぎもせず、この場のなりゆきを見ていた宮はしずかに答えた。

「七郎のいうとおりです」

こんどは十兵衛が、微動だにしないようになった。――いや、かっと片目をむき、アングリと口をあけたが、そのままになった。

四

宮の言葉というより、彼は自分の内部からの雷電に打たれたのである。

京にきて、金春七郎の宮への献身ぶりを見て、十兵衛は成瀬陣左衛門にふと「七郎は宮にホの字じゃないか？」と話しかけ、陣左衛門から雷を落とされたことがあったが、あれは冗談好きの十兵衛のまったくの冗談であった。

たとえ前女帝であろうと、みかどでおわした女人と舎人《とねり》が恋し合うなど、金輪際《こんりんざい》あり得ないことだからだ。

叱りつけたその陣左衛門が、実はそのことをうすうす感じて不安がっていた形跡があるのに、十兵衛は毛ほども疑いを持たなかった。この点彼は甚《はなは》だ鈍感であった。この四十なかばの剣侠の持つ少年のような純真な魂といっていい。

彼のいくたびかの阿修羅のごとき血戦は、宮と七郎を守るためであった。正しくいえば、宮おひとりのためであった。それはかつて宮が少女帝でおわしたころ御付武士として仕えた想い出につながる無垢《むく》な心からであった。

そして彼は、七郎もまったく同様だと信じていたのだ。

それからまた、月ノ輪の宮にも。――

ただ元天皇であるがゆえに、地上の俗念から無縁であることを祈るばかりではない。たとえ百人の女帝が恋しようと、この月ノ輪の宮だけは、大空の月輪《げつりん》のごとき存在でなければならぬ！

十兵衛は満身ふくれあがった。

いま二人の途方もない告白をきいてから数十秒間のことである。外からは、彼の内部にふくれあがった感情は見えない。

が、柳生衆はこの坂の一劃《いっかく》にみちた鬼気のようなものに縛られて、身動きはおろか、声もない。

いつのまにか一帯は、異様な青い光に染まっていた。両側の樹々の色が霧に溶けたのか、あるいは霧の空の天象の妖《あや》かしであったか、それはここが異次元の世界と化したとしか思われなかった。

金春七郎はこの恋に、いかに苦しんだろう。それを表にあらわさぬために、いかに鉄石の意志力を必要としたろう。

それを告白したのは狂気の沙汰であったが、しかし当人は禁忌から解き放たれた歓喜にめらめらと燃える眼をむけて、

「先生！」

と、叫んだ。

ふしぎにこのとき、七郎の頭には、この十兵衛先生なら、われら両人の行為を父のごとき包容力でおゆるし下さる、という信頼が回復していた。

「よいところへおいで下さいましたな。そこにおられる一門の方々に道をひらかせて下さい。月ノ輪の宮と金春七郎、大和へまかり通ります！」

「いかん」

十兵衛はゆっくりと首をふった。

「上皇さまと舎人とのかけおちはいかん。古今にきいたためしがない」

「かけおち？」

七郎は奇声を発したが、いわれてみればまさにその通りにちがいない。

「かけおちとは慮外な……宮がこの修羅の京をのがれようとなさるのをじゃまされるのか」

十兵衛はとりあわず、

「七郎、宮を御所にお帰し申せ」

と、いった。

「ただし、お前は残れ。宮をかどわかそうとした大破倫の罪はゆるせぬ。おれが成敗《せいばい》する」

その言葉より、自分を見すえた十兵衛の隻眼に燃える惨気ともいうべき炎に、

「しやあっ、事ここに至っては、たとえこの道に死びとの山を積んでも参る。先生、お手向い致しますぞ！」

絶叫して、七郎はぱっと飛びすさり、刀を青眼《せいがん》にかまえた。刀身はすでに成瀬陣左衛門の血潮にぬれている。

「七郎、それは」

さすがに月ノ輪の宮も、この事態は意外であったらしく動揺した声が飛んできた。

「十兵衛を相手にするとは」

「いえ、私は以前から十兵衛先生と真剣を交えてみたかったのです。それは私の、もう一つの夢でござりました」

うっとりと、七郎はいう。美しい顔に笑いの翳《かげ》が――血笑の片えくぼが彫《ほ》られている。決していつわりではない。七郎はいままで、何かのはずみにいくどか、このとんでもない望みを、十兵衛にむかってもらしている。

とはいうものの、この師この弟子が、ほんとうに白刃を交える日がこようとは、だれが想像したろうか。

「十兵衛先生に、決して私は負けませぬ。……金春七郎が、能より自得した剣法、よっ

くごらんあそばせ！」

　そして、七郎は叫んだ。

「先生、三池典太《みいけてんた》をおぬきなされ！」

　十兵衛は四、五歩、スリ足であゆみ出した。が、まだ刀に手をかけず、檜笠をつけたままで、白刃をかまえた愛弟子《まなでし》をじいっと見つめている。

五

　青い光のなかに、音もなく霧だけがながれている。――

　りんどうは叫ぼうとして、声が出なかった。ほかの柳生衆も、依然五感も魂も緊縛されていた。

　おそらく二人の対決者のあいだには、刃《やいば》を交える前に、陰流《かげりゅう》と新陰流《しんかげりゅう》の戦いが始まっていたにちがいない。が、このとき柳生衆をとらえたのは、ふしぎなことに一つの「能」を見ているという感覚であった。

　ここは泉涌寺から下る坂。七郎のほうが上で、十兵衛のほうが下だ。位置からいえば、七郎が有利だ。

　が、十兵衛は意とした風もなく、檜笠をつけたまま、ツ、ツ、ツ、と坂道を上る。

　七郎の身体が、かろく宙に浮きあがった。十兵衛の頭上よりさらに高く飛んで、真っ

向から刀をふり下ろした。

が、十兵衛を越えて坂にころがり落ちたのは七郎のほうであった。二つの裂けた十兵衛の笠に、朱の血潮が雨のように音をたててふった。

十兵衛は坂に片ひざついて動かなかった。一瞬に抜刀し、七郎を逆さ斬りにした三池典太は、うしろ上方に薙《な》ぎはらったかたちのまま、これまた動かない。

やおら彼は立ちあがり、うしろをふりかえった。坂道の上に、右脇腹から左胸部へ斬りあげられている愛弟子のむくろを見下ろして、血にぬれた刀身をぶら下げたまま、さすが十兵衛が、泣き笑いのような顔をした。

と、青い霧を足もとにまつわらせつつ、よろめくように月ノ輪の宮がすすみ出てきた。

「柳生……七郎を斬りやったな」

一間ほどおいて、宮はいった。

「お前は私も殺した。……」

市女笠《いちめがさ》の下で、青い光を双眸《そうぼう》に集めたように、しかもすでに死相としか見えない前女帝であった。

帯のあいだの懐剣のつかに手をかけて、

「私は死ぬけれど……その前に、七郎のかたきを討つ」

「それは」

十兵衛は地を這うような声で、

「お言葉ではござりまするが、おそれながら世にいう逆恨み、お心得ちがいと存じまする」

「もし私の心にさからうなら……私を斬りや！」

月ノ輪の宮は逆手《さかて》ににぎった懐剣をふりかざし、近づいてきた。

これに対して、どんな抵抗の法があるだろう？　……逃げる気はないが、十兵衛はタタタと十歩ばかりあとずさった。

と、背後から声がかかった。

「兄上……お覚悟なされ！」

弟宗冬の叫びであった。

「柳生家存続のためでござる。……私の手でお果て下されい！」

ちらっとふりかえると、坂にひしめく柳生一門は閃々《せんせん》たる刃《やいば》をならべている。

上意討ちを命じた向きは理不尽のきわみだと思うが、このめんめんを斬りなびける刀を十兵衛は持たない。といって、まないたの上の鯉《こい》のようにおとなしく討たれてやる気もない。そんな弱気やセンチメンタリズムは彼にはない。柳生十兵衛は強いのだ。

しかし、坂の上下から迫る刃には、いかに放胆な彼でも、刃だけではない呪縛力を感ぜざるを得ず――柳生十兵衛、いまや絶体絶命。

――竹阿弥！

思わず十兵衛は、のどの奥で絶叫していた。

——おれを室町の世に翔ばしてくれ！

突如思いついたことではない。その数十秒前から彼は、ひとつの耳鳴りをきいていたのだ。

「……しばらく世間の幻相を観ずるに、飛花落葉の風の前には……」

呼んだくせに、十兵衛はぎょっとして空を仰ぐ。

耳鳴りではない。あの謡曲〝世阿弥〟だ！　その声は、まさしく山城国大河原にいるはずの竹阿弥の声であった。ただし、まるで高熱を病んでいるような苦しげなあえぎをまじえている。

霧に覆われた天の一角から、笛、鼓の音《ね》とともにその声は、急速に、かつふしぎな永遠性をおびて、おどろおどろとひびいてくる。片側の空あたりだ。

この泉涌寺坂の片側は、谷というにはゆるやかだが大斜面となっていて、その底の渓流に今熊野橋がかかっている。その斜面は、いちめんの杉と竹林に埋められていた。

その杉と竹林がざわめき出した。

「……電光石火の影のうちには、生死《しょうじ》の去来を見ること、はじめて驚くべきにはあらねども。……」

そして、無数の葉が狂い飛ぶなかに、金銅《こんどう》の水煙《すいえん》や相輪《そうりん》が——おそらく七重塔の尖端が絢爛《けんらん》とせり上ってきた。……

それが斜面のはるか下からではない。最上階の朱の勾欄《こうらん》はすぐとなりなのだ。

十兵衛はその甍《いらか》に飛び移った。

が、月ノ輪の宮も柳生衆もりんどうも、そんな謡《うたい》の声はきかず七重塔など見ていない。

ただ、いままでそこにいた柳生十兵衛が、谷の方向へ飛ぶ影をちらと見ただけで、渦まく霧のなかに忽然《こつねん》と消えたのを知ったばかりであった。

大秘事

一

物語はまた室町のころの室町御所へ翔ぶ。

実は一休は、相国寺七重塔の焼け跡の、柳生十兵衛の戦いを見ていたのである。——

その前に、古御所の荒れ果てた庭の竹林のなかで、

「ああ、きこえる……わしを呼ぶ声がきこえる……」

と奇怪なことを口走りつつ、その竹にしがみついて悶《もだ》える世阿弥に胆をつぶして、医者を呼んでくるといって町へ出ていった柳生十兵衛が、それっきり帰ってこない。

一刻《とき》以上も待って、とうとうたまりかねて一休が、十兵衛を探しに出ていった。

そして目的もなく北へ歩いてゆくと、群衆が相国寺のほうへ走ってゆくのを見た。その叫びのなかに「青蓮院の義円さま」云々の声をきいて、さらに相国寺へ近づいて、七重塔の焼け跡にまさしく義円がつかまっているのを見た。そして、つかまえているのが

あきらかに後南朝党の琵琶法師たちだと知って、びっくり仰天した。

一休は夢中で馳《は》せ帰って、古御所の竹林のなかで世阿弥を看病している母親に報告した。

「義円を虜《とりこ》にして、八日の北山第《きたやまてい》の行幸《みゆき》をやめよ、と、おどしているらしい。義円は相当ひどい目にあっているようです」

伊予さまは何とも判断しかねる表情で首をかしげていたが、

「そんな要求が通るでしょうか？」

「きかなければ義円を殺すといっています」

「十兵衛どのは？」

「どこへいったか、見当りません」

と、一休はいい、

「もういちど、見てきます」

と、かけ出しかけた。すると、伊予さまは、

「その騒ぎのなりゆき、私も見たい。私ものぞきにいったら、いけないでしょうか？」

と、いった。

一休は、「それは」と、少々あわてたようだが、

「笠をかぶってゆかれたら大丈夫でしょう。いっしょにゆきましょう」

と、うなずいた。

まだ悶えている世阿弥には相すまないが、伊予さまさえ知らずにはいられない事件のなりゆきであった。もっとも伊予さまが気にしているのは、義円などではなく、北山第行幸云々の件らしい。

「世阿弥どの、ちょっと待って。すぐに帰ってきますから」

一休は網代笠《あじろがさ》、伊予さまは市女笠《いちめがさ》をつけて、二人は古御所からかけ出し、相国寺へ走っていった。

空はいつしか、暗澹たる雲に変っている。

そして一休と伊予さまは、相国寺七重塔に近づいて、十兵衛がそこにあらわれて、後南朝党と鬼火の戦いを演じているのを見たのであった。

「あっ、あれは？」

二人は驚倒した。

そもそもいかなる次第でそんなことになったのか。しばらくその場をはずしていたのでそれは不明だが、後南朝党が十兵衛を敵とするわけは一休にもよくわかる。いつぞやの神器騒動は一休も目撃していたからだ。

が、きょうはそのときとだいぶ事態がちがう。後南朝党のひょうたんには、あぶらがはいっているらしい。そのひょうたんと、松明《たいまつ》を投げられて、さしもの十兵衛も悪戦苦闘、焼け材木の上に燃えつつ飛びちがう鬼火のなかで、いまや一塊の火だるまになるのは目前の景に見えた。

「十兵衛どのっ」

「十兵衛どのうっ」

二人は、はた目も忘れて絶叫したが、ひしめく人の波にへだてられて、灰燼の下へ近づくこともできない。また、かけていったところで、何の役にたつとも思えない。

そして、どこで雲ゆきが変ったのか、後南朝党の虜《とりこ》となっていた義円が、見物役、いや後南朝党の指揮官みたいになって、

「十兵衛火定《かじょう》だ！」

と、うれしげな声をはりあげたとき、その十兵衛は竜巻《たつまき》のような一陣の黒い灰につつまれ、一休らの眼にはたしかにひとかたまりの大鬼火と化したように見えた。……

二人は、顔を覆った。

と、気がつくと焼け材木の山を、輿《こし》をかこんではせ上る武士の一団がある。それが愛洲移香斎以下の将軍御供衆であることを一休はみとめた。

そして御供衆が、そこにいた琵琶法師たちをかたっぱしからなで斬りにしてゆくのを見た。

が、十兵衛の姿はふたたびあらわれない。

そのうち、「ええっ、どけどけっ、みな帰れっ」数人の青蓮衆が見物人を追いはらいはじめたので、あれに見つかったら一大事、と一休と伊予さまはその場を立ち去ったが、その足どりは亡者のようであった。

二

放心状態で古御所にもどる。

しばらく黙って、二人は顔を見合わせていたが、

「世阿弥どのはどうしたかしら？」

と、伊予さまがふと思い出したようにつぶやいた。

二人はふらふらと庭へ出た。

一休たちがここを離れたとき、竹林にあちこちもれていた日ざしはなくなって、いまはもううすくらがりだ。

そのなかに、石燈籠《いしどうろう》や庭石などがいくつか見えるのは、この藪《やぶ》がかつて庭であった名残りであった。

「あっ、……世阿弥！」

一休が声をあげた。

「病気はなおりやったのかえ？」

と、伊予さまも叫んだ。

さっき世阿弥のいたあたりに、まだ世阿弥はいる。が、もう悩乱はやんで、竹の下に寂然《じゃくねん》と坐っている。それどころではない。首を折れるほど垂れて、眠っているようだ。

ほんの息を十するほどのあいだであったろう。それなのに二人は、その藪のなかに永《えい》劫《ごう》の時がながれているような奇怪な感覚に縛られて、身じろぎもせず立ちすくんでいた。

ふと、世阿弥の首があがった。

ゆっくりその首をまわして、ついで二人に眼をむけて、

「――ほ？」

と、いった。

ながい夢からさめたとしか思えないその顔に、一休と伊予さまはあっけにとられて、

「どうした、世阿。……」

「さっきの苦しみは？」

と、せきこんできいた。

「病気は去ったようでござる」

と、世阿弥は答えた。

これはほんものの世阿弥であった。彼は山城国大河原にいて、竹阿弥の残した秘曲〝世阿弥〟を演じ、いま、みずからの本体に帰ったのである。

そんな大怪奇は想像し得べくもなく、それより一休は別の大事を思い出して、

「世阿……十兵衛どのは死んだぞ！」

と、叫んだ。

世阿弥は答えず、黙ってその眼を竹林の一方にむけた。

二人はそのほうを見て、

「あっ」

と、驚きの声をたてた。

竹林がうすぐらいのみならず、あちこち石燈籠や庭石があるので、その一つだと思っていたが、一本のふとい孟宗竹《もうそうちく》の下にだれか坐っている者がある。これも首を垂れているようだが――まさしく柳生十兵衛だ！

と、首を垂れたまま、十兵衛がすうっと立って、

「やあ！」

声を発すると、いきなり抜刀し、稲妻のように数回空中を切った。

「十兵衛どの十兵衛どの」

世阿弥が呼びかけた。

「ここは室町の古御所でござるぞ」

十兵衛は静止し、こちらを見た。晦冥《かいめい》の天地から醒《さ》めたといった表情だ。

彼はそれまで、暴風の空か、無音の外界か、五彩のうちか、雲霧のなかかわからない世界を翔んでいて、そのあいだふしぎな笛と鼓と謡《うたい》の声をきいていたのだが、その音や声がしだいにうすれるとともに、いま彼は覚醒した。――それなのに彼はなお、刀をぬいて切りはらっていたのである。

仙洞御所の大池の小島で、八方からふりそそいだ矢の幻覚はまだつづいていたのだ。

「いまは室町の世なのでござります」
と、世阿弥は声をかさねた。
ふう……と、大息をついて、十兵衛はまたぐたぐたと坐ってしまった。全身綿のような疲労を感じていたのだ。

三

一休はこの前、七重塔が十兵衛をいれたまま焼けおちたあと、自分たちが柳生へいって、そこに死んだはずの十兵衛がいるのを知って仰天したことを思い出した。——あの怪異がまた起こったのだ！

が、実は同じ怪異ではない。前回に見た再生の十兵衛は、実は慶安の十兵衛であり、いま見る再生の十兵衛は、本来の室町の十兵衛であったのだが、そんなことはいかな神童の一休にもわかりようがない。

それにしても、「いまは室町の世なのでござる」とは、いったい何だろう？　まるで別世界からきた人間への言葉のようではないか。……

何とも形容できない表情を見かわしている一休と伊予さまに気がついたらしく、世阿弥は、
「いや、ひどい高熱を病んだあとのようで——」

と、弁解したが、

「いったい私や十兵衛さまに、何事が起こったのでございます？」

と、きいた。一休たちがどんな顔をしようと、こればかりはきかずにはいられない。

たしかに先刻の世阿弥の、この竹林のなかでの狂態は、高熱を発して変になったとしか思えないので、一休はここに至るまでの相国寺七重塔の焼け跡のてんまつを物語った。

「ほう……ほう……」

と、世阿弥は驚きの声をさしはさむ。

その異変を見ていない世阿弥が驚くのはまあいいとして、むこうで、どうやら正気にもどったらしい柳生十兵衛が、さっき七重塔の残骸の山で戦っていた本人のくせに、やはり「ほう……ほう……」と同じような声をたてたのは面妖だ。

が、一休が語りおえて、世阿弥の心をとらえたのは、後南朝党や義円のことよりも――それにつらなる話だが、後南朝党が義円を虜にして要求したという、北山第行幸反対の件であったようだ。

「なに、将軍家ご自作の天覧能は、後醍醐帝が尊氏公に、草薙《くさなぎ》の剣を授けられるものでござると？」

その件は、世阿弥がとっくに知っているはずなので、一休はめんくらいつつ、それも高熱のせいと考え、

「それこそわしを悩ませている最大の悪夢なのだ！」

と、うなずいた。

「行幸は四日後の三月八日、みかどは北山第に二十日間もご滞在に相成《あいな》るとかで、能が演ぜられるのはその間ということになろうが、金春弥三郎なる能楽師がすでに大和より北山第にはいっておるはず。——」

「金春弥三郎。……あれは同じ大和四座ながら、私の弟子筋の者でござるが」

と、世阿弥はいった。高熱は去ったはずなのに、なぜかうわごとのようにきこえる声であった。

一休はその今さらしい言葉にはとりあわず、

「わしの怖れているのは、その天覧能の際義満公が天皇となられることを宣下《せんげ》せられはせぬかということだ！」

「おそらく、さようでありましょう。……」

世阿弥はうなずいた。

と、むこうで、突然、十兵衛が叫び出した。

「それはならぬ！」

一休は、これには変な顔をした。

それは彼自身にとってもまさに大悪夢だが……十兵衛は、先日も同じ言葉を吐いたのではないか。それを、いまはじめてきいたような調子でいうのが妙ちきりんだ。

一休の表情にも気がつかず、十兵衛は顔を朱に染めてくりかえす。

ようだ。

「その天覧能は、万死を冒《おか》しても止めねばならぬ！」

世阿弥は黙って一休を凝視している。いや、日陰《ひかげ》のなかながらその眼は散大しているようだ。

放心状態にも見え、また何やら思いつめているようにも思えた。ややあって、

「それだけは止めねばなりませぬ。……」

と、いった。

「ただ、そのとき義満公が天皇を名乗られるおそれがあるだけではなく、それ以上に――義満公がさようなことをなされてはならぬ宮廷の大秘事があるのでござる。……」

沈痛きわまる声であった。

「なに、宮廷の大秘事？」

一休は、こんどはふしんな眼をむけて、

「それは何じゃ？」

世阿弥はすぐに答えず、

「一休どの、お伊予さま、まずそこにお坐りなされ」

と、すぐそばの孟宗竹《もうそうちく》の下に牛のごとく横たわる大きな庭石を指さした。

二人は茫然として、見えない糸にあやつられるようにそれに腰を下ろした。

陰暗たる空の下の藪のなかは、青いさゆらぎまでが海の底を思わせる。――

「その秘事を物語るには、その前に義満公の天性のご気性、特別のお育ちかた、それか

らくるお若いころの、神をも怖れぬご行状について申しあげねばなりませぬ。……」

世阿弥は語り出した。

四

「ご承知のことと存ずるが、義満公は、おんとし十一で三代将軍におなりあそばした。初代尊氏公、二代義詮《よしあきら》公は、南朝さまに対抗して味方をふやすため諸大名にいたくお気をお使いなされましたが、義満公が公方さまにおなりなされたころは、とみに南朝の勢いも衰え、天下にもはや怖れる者はないころでござりました」

「………」

「しかも、お育て申したのが、いまも近来の名臣と評される管領《かんれい》細川頼之《よりゆき》どのでござる。細川どのは、義満公ご幼年のときから、六人の佞坊《ねいぼう》と称する坊主をおそばに侍《はべ》らせました。佞坊とは、へつらい、ごますりを職とする者でござります。頼之どのはそれによって、へつらい者のいやしさをご幼年の義満公のおん眼にも見えるように計った、と申されておりまするが、頼之どのご自身も群臣の前で大げさなばかりにうやうやしく、ご幼年のご威光に平伏する姿を見せつけたと申しますから、一方で南北朝以来の下克上《げこくじょう》の風《ふう》を断ち、一方で義満公に、われこそは天下第一の人間なりというご自信を吹きこむための遠謀であったかも知れませぬ」

「…………」

「その甲斐あってか、ご存知のような、王に王たる大将軍がご出現に相成りました。あの天空海闊《てんくうかいかつ》、天衣無縫のご気性、まさに人間の太陽ともいうべし。私の若いころ婆娑羅《ばさら》というものがはやりましたが、義満公こそ見ようによっては婆娑羅の大典型、いえ婆娑羅流行の時代にもあれほどの大婆娑羅はなかったでありましょう」

世阿弥の形容は最大級のものだが、かつて将軍御供衆頭人《とうにん》であった十兵衛は、それを大げさとは思わない。

「その一面、お怒りを呼べばこれほど怖ろしいお方はない。ご不審を受ければ重代の大々名にも容赦なく討伐の大軍をむけられる。いわんやなみの家来など、虫のごとくひねりつぶされます。——私など、その虫けらの足のようなもので」

だれも笑う者はない。その通りだろう。

「この天下無敵、傍若無人ぶりが、女人に対してむけられたときどうなるか。——や、ここにはお若い一休どのもおられるので、甚《はなは》だ申しにくうござりますが、これこそ大秘事の核《たね》ともいうべき事件なので、あえて申さねばなりませぬが」

「…………」

「それは……俗に申せば、まったくやりたい放題のご所業でござりました。あれが欲しいとなったら、相手えらばず、この世の人倫、善悪などいうものは、いっさいお眼のなかにない」

「…………」

「この獅子王のごとき義満公のおん前には、天下の何びともおしなべて虫けら同様でございましたが、それでも義満公にしてはお珍しい、と思われる――ひとつのこだわりが見受けられました。それは義満公が、ことさら禁中の官女の方々にご執心なされたことでございます」

「…………」

「義満公はお気のむくままに、ぶらりと内裏《だいり》へ赴《おもむ》かれて、みかどを無視して女官衆と茶の会、歌の会などおもよおしになる。甚だしきは酒盛などもあそばす。そして、そのときお気に召した官女のだれでもおのれのものになさるのでございます。まるでご自分のお庭の花を手折《たお》るように」

「…………」

「ここでことわっておき申すが、そのご狼藉《ろうぜき》を女官衆がおそれおののいたかというと、決してそうではありませぬ。義満公のお情けを受ければ一門の栄えとなる、ということもござりますが、それよりそのころお若い義満公の――いまの義満公もおんおとろえは見えませぬが――その壮気みなぎる美丈夫ぶりは、光源氏どころではなく、あらゆるおんな衆をなびき伏さずにはおかないものがあったのでござります」

「…………」

「二十代の義満公のご所業を私が存じあげておるのは、当時私がそれを見ていたからで

ございます。私は十二のとき今熊野《いまくまの》で父とともに演じた能が義満公のお目にとまり、十七歳のときおそばにお仕えすることになりました。以来、将軍のお成《な》りあそばすところ、たいてい私がお供を仰せつかっておったからでございます」

世阿弥はそのころ鬼夜叉《おにやしゃ》と呼ばれ、その芸と美貌で、将軍のまたとない寵童となったことはだれでも知っている。

五

「さて……あまりに怖ろしい椿事《ちんじ》なので、年も月も忘れずにおぼえておるのでございますが——ちょうど二十五年前——永徳三年二月はじめのことでございます。三条権大納言《ごんのだいなごん》実冬《さねふゆ》と申す方が、顔色を変えてかけこんでおいでなされました。

それによりますと、先帝後円融《ごえんゆう》上皇のご寵愛の上﨟《じょうろう》三条の局《つぼね》が——実冬どのの妹御《いもうとご》にあたられるお方でございますが——暮からご産のためにご実家の三条家にお帰りになり、昨夜仙洞《せんとう》御所にご帰参になったところ、なぜこのように帰参がおくれた、と上皇さまがお責めになったことからおん争いとなり、そのあげく上皇がお刀をぬかれて、みね打ちながら局が血まみれになられ、半死のありさまにおなりになるまで打擲《ちょうちゃく》になされた、という知らせであったのでございます」

「ほう」

十兵衛もこの話には片目をむいた。

「この知らせをきいて義満公は、薙刀《なぎなた》をとってお立ちになり、馬ひけ、三条の局のお見舞いに参る、と仰せられ、三十騎ばかりひきいて仙洞御所におしかけられました。おそばに私も加わっておりました。さすがに将軍家は私だけ供を命じて、御所のなかにはいられました。

そして――血にまみれて横たわっておられる三条の局のおそばにしゃがまれた義満公が発せられたご一語を、私はおぼえております。それは――百代さまのこと、いまごろばれたか？　というお言葉でございました」

「ああ」

と、伊予さまが何ともいえない吐息をもらした。

「百代さまとは、そのとき六歳ながらみかどでおわした後小松《ごこまつ》天皇のことで、ちょうど人皇百代にあたられるので、ふだん義満公が百代さまとお呼びになっておられたのでござります。そのおん父君《ちちぎみ》の後円融上皇は――将軍の軍勢がおしかけてくる、との知らせに持仏堂へ逃げこんで、短刀をのどへむけてふるえておられたそうでござりますが――そのとし、義満公とご同年の二十六歳であらせられました」

「…………」

「百代さまのことがばれたか？　これは何を意味するのだろう？　と、あらためて考えこむまでもござりませぬ。後小松のみかどのお年から逆算いたしますと、発端は義満公

二十歳、三条の局は二十七歳のときにあり、それが何かのきっかけで、そのとき上皇がお気づきになられたものと断ぜざるを得ないのでございます」

「………」

「後小松のみかどがご誕生あそばしたのは、私が義満公のおそばに侍《はべ》る以前のことなので、そのことは存じませぬが、義満公が禁裡《きんり》をわがもの顔でご徘徊あそばすのは、私がお仕えする以前からのことであるとお見受けいたしました。……そのころお若い義満公は宮廷の貴婦人、それもお年上の女人に執心なされたようでございます。また、義満公と上皇さまがご同年であったということも、いささか関係があるかも知れませぬ」

「………」

「おきのどくな上皇さまは、その騒ぎから十年ばかりのち三十六歳の若さで崩御あそばしましたが、それまで鬱病のごときおんありさまで、ただ、将軍が朕《ちん》を島流しにする……とばかり口走っておられたとのことでございます。後小松のみかどのご地位にお変りはありませなんだ」

世阿弥はいった。

「私が大秘事と申した理由は、これでおわかりでございましょう。……」

六

大秘事も大秘事、後世に至っても——この九十九代後円融天皇が寵姫を将軍義満に寝とられた事件は、五八〇年ちかく伏せられて、昭和三十五年、東京大学史料編纂所の臼井信義氏によってはじめて明らかにされたことなのである。(臼井信義「足利義満」)

作家海音寺潮五郎氏はいう。

「臼井氏は真相はつまびらかでないと言っているが、これは想像説など発表してはならないという学者的用心からの言で、無理はないが、作家であるわれわれにおいては、これはもう想像も推理も要することではない。明々白々たる事実として目の前に浮かび上って来るものがある。

三条厳子(三条の局)はなぜ帰参をおくらしたのであろう。単に帰参がおくれたくらいで、人もあろうに上皇という高い身分にある方が、抜刀して棟打《むねうち》されるほどに激怒しての折檻《せっかん》はただごとではない。厳子の兄実冬《さねふゆ》はなぜわざわざ義満のところへ行ってことの次第を説明しなければならなかったのであろう。三条厳子は義満と姦通していたと断ぜざるを得ない」

海音寺氏は、このときのご産のみならず、六年前の後小松天皇の誕生も姦通によるものと断ずる。

——ところで、現代の天皇家は北朝系である。すると天皇家は、姦通によって生まれた天皇のご血統かということになるが、そうはならない。

これについて、海音寺氏はいう。

「念のために言っておく。後小松の系統は次代の称光天皇で切れている。今の天皇家は北朝三代目の崇光《すこう》の孫である伏見宮貞成《さだふさ》親王の末である」(海音寺潮五郎「悪人列伝・足利義満」)

すなわち、同じ北朝圏内ながら、別の血筋によるというのである。

さてまた、うすくらがりの藪のなかで、世阿弥の、かすかにおののきをおびた声はつづく。

「いま、百代さまと申したことで、思い出しました。……〝耶馬台詩《やまたいし》〟という名を耳にされたことがおありかな?」

彼は突然、あらぬことを口にしはじめた。みんな、首を横にふる。

「日本では聖徳太子さまよりずっと前、支那に梁《りょう》という国がございました。その国の僧、宝志和尚という方が作られた日本の未来の予言詩でございます」

「………」

「平安朝のころ日本に伝えられたものと申します。当時から見た日本の未来の興亡を動物や天変地変に託して予言した詩で、実に奇々怪々なものでございますが、この動物を日本の各時代のだれにあてはめるか、謎とき遊びのような面白さがあるのでございます」

「………」

「私も全文は忘れましたが、たしか十二行から成り、その終りのほうに、丹水《たんすい》流れ尽きてのち、天命三公にあり

百王の流れ畢《おわ》り竭《つ》き、猿犬《えんけん》英雄を称す
星流れて野外に飛び、鐘鼓《しょうこ》国中に喧《かまびす》し
という文言《もんごん》がございました。ある事情からその三行を記憶しているのでございます。丹水とは平家の赤旗、三公とは源氏三代、最後の鐘鼓国中に喧しとは、日本に戦国時代がくるだろう、という意味だそうでございますが、まんなかの、百王の流れ畢《おわ》り竭《つ》き、猿犬英雄を称す、という文言はいまを現わしているというのでございます」

「…………」

「すなわち、いまの天皇は百代で尽き、申《さる》年生まれの鎌倉公方《くぼう》の足利氏満《うじみつ》どの、戌《いぬ》年生まれの義満を意味しているのではないか？　と解釈なされたお人がある。その氏満公が十年ほど前に亡くなられた上は、英雄となるのは犬のみではないか、と」

「…………」

「去年の春ごろでございましたか、この耶馬台詩が夜ばなしのたねとなったとき、そう申されたのは義満公でございます。私がこのむずかしい文言をおぼているのは、そのためでございます。いま思い出せば、座興《ざきょう》とはいえ、座興とは決して見えない義満公のおん眼の光でござった。……」

「…………」

「ひょっとしたら義満公は本気でこの詩を信じられ、少なくとも、その耶馬台詩をご自分が天皇とおなりあそばすことを正当化する道具にお使いなさるのではないか。……」

十兵衛が、しゃがれた声を出した。

「そんなことがあったのか。……しかし、後小松のみかどはすでに天皇でおわし、ご自分は征夷大将軍であられる。これ以上英雄である必要はないではないか」

「あのお方は、最後まで影の存在であることには、がまんのできないお方なのでござる」

と、世阿弥は首をふった。

「生きておわすときに、ご自分が天皇の名を得ねば承知できないお方。……いま、これまでの天皇家を、百代で止めるときが到来した、と決断されたのではござらぬか？」

――ふっと十兵衛の頭に、ひとつの記憶がよみがえった。去年の秋、北山第で義円が、「いずれ一休を誅戮《ちゅうりく》せずにはおかぬ」と、ぶっそうなことを口走ったとき、世阿弥が、「一休に理不尽な手を出せば大逆罪となり申すぞ」といった。それは一休が皇子であるゆえの言葉にちがいないが、ついで世阿弥は義満公に眼を向けて、「足利家を大逆のご一族としてよろしうござりましょうか？」といった。

あのときは、その言葉の意味がよくわからなかったが。――

いまにして思えば、あれは、「上様、あなたさまも大逆の罪を犯されているのに、その上、お子の義円さまも同じ罪を犯されるおつもりか」という意味であったのだ。

それは義満公が天皇の寵姫を奪うという前代未聞《みもん》の罪を犯したことを持ち出して、世阿弥が義満公を縛りつけようとしたものにちがいない。

他人には不可解ながら、あきらかに威嚇ときこえる世阿弥の言葉に、ふしぎに義満公

は激怒もせず、何やらあいまいなことをつぶやいてぷいと席を立ったが、たしかに世阿弥の威嚇はききめがあったのである。

そしてそれ以後も、世阿弥の所業に気にさわることは数々あったろうに、義満が黙視しているかに見えるのは、その「大秘事」を世阿弥に知られているというひけめのせいとしか思えない。

が、そのききめもどうやら消えるときがきたようだ。

颪が出たと見えて、竹林がざわめき出した。

「大恩ある上様ではござれど、今回のことばかりはお止めせねばなりませぬ。……」

と、世阿弥が手をもみねじっていった。

「将軍御供衆頭人であったおれだが、皇位簒奪《さんだつ》の大罪だけはふせがねばならぬ。……」

と、十兵衛もうめいて、

「世阿、それをふせぐ方法があるか？」

「ござりませせぬ。……いわば天皇さまと公方さまご共謀の大逆、それをふせぎ止める手だてが、この地上にあるとは思えませせぬ！」

世阿弥は楠木一族に血のつながる出身であるという。しかし、これはそんな問題ではない。十兵衛はやむを得ないなりゆきとはいえ、後南朝党を撃破することを辞せぬ心情的南朝派にすぎない。が、両人にとって、これはそれらを超えて拱手傍観《きょうしゅぼうかん》できぬ大事であった。

「北山第行幸まであと四日」

二人は、苦悶と焦燥にみちた顔を見合わせた。

「一休どの、何か天来の妙案はござらぬか?」

と、世阿弥が、すがりつくように十五歳の神童に眼をむけた。

一休は答えない。帰洛以来、このことにはいちばん懊悩《おうのう》していたかに見える一休が黙っている。彼はさっきから、石に腰かけて、足のあいだに首を垂れて、その頭を両手でかかえこんでいた。

それが、ふらふらと立ちあがり、怖ろしい声で叫んだ。

「この一休は、義満公の孫なのか!」

十兵衛と世阿弥は、はっとして息をのんだ。

この当然な、が、驚倒すべき結論が、ふしぎなことに両人の念頭からはずれていたのだ。

「わしは、公方の大破倫によって生まれた天皇の、その子であったのか!」

日本国王 源道義《みなもとのどうぎ》

一

伊予さまにとって、悪夢のような日々が始まった。

いや、去年の秋から突然始まった受難の日々は悪夢としか思われないが、それとは別に、である。

その迫害の嵐のなかに生きぬいてきたのは、自分の周囲の三人のおかげだと彼女は考えていた。息子の一休は当然として、あとの二人は世阿弥と柳生十兵衛である。何やらウマの合うらしい三人であったが――その雰囲気がふいに黒ずんできたような感じなのだ。

三人が急に口をきかなくなった。

むろん、おたがいの仲がわるくなったわけではない。

ただ、それぞれが何かを思いつめて、口をきく余裕もないらしい。思いつめている何

かとは、あの北山第行幸と天覧能のことにきまっている。三人ともそのことで、苦悶と懊悩《おうのう》の極に達しながら、なぜか相談しない。

おなじ部屋にいても、一休は頭をかかえ、世阿弥は宙に眼をすえ、十兵衛は腕ぐみして坐っている。

この三人三様、ばらばらといった沈黙が、伊予さまにとって悪夢の感をいだかせた。といって、この件に関して、伊予さまもどうしていいかわからない。

しかも三人は、何か情報を得ようとしてか、黙座しているのにたえかねてか、ふらふらと町へ出てゆく。それもばらばらだが、伊予さまは不安げに見送るばかりで、止めることもできない。

それでも二日目に一休が、驚くべき情報を耳にしてきた。

なんと草薙《くさなぎ》の剣《つるぎ》は、天皇の行幸をまたず、すでに御所から北山第へ運ばれたというのだ。

運んだのは、将軍御供衆で、どうやらあの七重塔焼け跡の戦いのあとのことらしい。ときいて、十兵衛と世阿弥は、さすがに唖然茫然たる顔をした。――ややあって、十兵衛が嘆声を発した。

「ああ、いつか後南朝党から神器を奪還したが、あれは要らざる所業であったなあ。神剣はあのとき、向うにわたすべきであったなあ！」

まさにその通りだ。それどころか、後南朝党を退治したのも痛恨事であったような気

もするが、いまとなってはいかんともすべからず。

ついでその翌日、世阿弥が情報を得てきた。

行幸はあした三月八日だが、例の天覧能は月末《つきずえ》ちかい日になる予定だという。しかもそれは薪能《たきぎのう》になるらしい、という。

そういって、世阿弥はしばらく考えこんでいたが、やがて、

「それならば、新しい能でも若干の稽古日が持てることになります」

と、いった。

「しかし何しろ新作ですから、金春弥三郎も大苦しみであろ。……先日伏見で会うたときにも、その件についいて金春からくれぐれも頼まれ申した。で、私はこれから金春のところへいって、あらためて相談にのってやろうと思うのでござりますが」

「えっ、金春のところへ？」

一休が頓狂な声をあげた。

「金春は北山第にいるのだろ？」

「おそらく同朋衆《どうぼうしゅう》の待部屋《まち》に詰めておることと存ずる」

同朋衆とは将軍に仕える芸人たちのことだ。世阿弥もその一人であった。そこにはその芸人たちの稽古場まで設けられていた。

「北山第へいって……お前、大丈夫なのか」

一休が不安げにきく。世阿弥は将軍の勘気《かんき》をこうむっている身の上だからである。

「いえ、このたびの盛儀の騒ぎのなかで、私などご眼中にもはいりますまい。むしろ私が金春の能作りに手をかしてやったとお耳にはいれば、ご勘気がとけるかも知れませぬ」

「世阿……お前、その能作りに手をかすつもりか」

と、十兵衛が憮然《ぶぜん》たる顔をした。

「手をかすか、止めるか……いって、あちらのようすを見とどけねば何とも申せませぬが……とにかく金春のところへいってみようと存ずる」

うわごとのようにつぶやきながら、世阿弥は出ていった。

それをひきとめる言葉がないのか、気がないのか、一休と十兵衛は鉄丸をのんだような表情で見送っただけである。

そして世阿弥は、それっきり帰ってこなかった。

手をかすか、止めるか、と世阿弥はいったようだが、止めることなどできるだろうか、と、伊予さまは考えた。そんなことをすれば、たちまち成敗《せいばい》を受けるだろう。ひょっとしたら、もう成敗を受けたかも知れない、と不安にかられたが、どうすることもできない。

一休と十兵衛は、それでも石のように坐っている。世阿弥のことなど、いまは念頭にもないらしい。

そして、三月八日がきた。

二

応永十五年三月八日は、陽暦では一四〇八年四月十三日にあたる。

花と緑と、京はらんまんたる春のまっさかりだ。

この日の昼前、後小松《ごこまつ》天皇の行列は内裏《だいり》を出て、洛西北山第へ向った。

いまは北朝の世にちがいないが、幕府がこれをまったく傀儡《かいらい》視しているせいで、ふだんの行幸もどこかうらさびしいのがふつうであったが、この日ばかりは別の天皇のように美美《びび》しく、はでやかであった。天皇のみならず、一条関白以下百卿がかり出されてお供をしている。

そして、その前後を警護しているのは、なんと将軍御供衆のつわものたちであった。これではたとえ世に異心ある者があったとしても、一指もさすことはできまい。

管領をはじめとする幕府の重臣、守護大名の綺羅《きら》を飾った屋敷群にとりかこまれた北山第の四足門に行幸の行列ははいった。

このとき、四足門からの地上には五色の砂が鱗形《うろこがた》をえがき、それに金銀の造花をまきちらした通路を作ったという。

そもそも約十年前に造営された北山第そのものが、西は衣笠山、東は紙屋川の間、東西十六町、南北十五町の地に、寝殿、舎利殿《しゃりでん》、泉殿《いずみどの》、釣殿《つりどの》、その他無数の楼閣をつらね

る透渡殿《すきわたどの》、閣道《かくどう》、回廊など、「西方浄土にも換《か》うべからず」と讃えられたようなけんらんたるものであったが、この日のために一年ほど前から、新築、改造、装飾を加えてきたのである。これは義満の権勢、趣味をすべて具象化した象徴であった。

この日から、前代未聞の栄華と歓楽の日々が始まった。

童舞御覧。

蹴鞠《けまり》の儀。

和歌御会。

犬王道阿弥の猿楽。

伎楽《ぎがく》御覧。

白拍子の舞御覧。

天皇と将軍の笛と琵琶合奏。

鏡湖池《きようこち》のお船遊び。

雨の日は管絃をききつつの大酒宴。

このはなやかな遊楽の行事に、義満は奇妙な儀式をさしはさんだ。

後小松天皇から義満の次男義嗣《よしつぐ》に天盃をたまわる儀が行われたのである。義嗣はまだ元服前で童形《どうぎよう》であった。元服前の少年に天盃をたまうことは未曾有のことであった。

これについて、「塵塚物語《ちりづかものがたり》」という書にいう。

「義満公、後小松院ご猶子《ゆうし》のご約束これあるによって」云々。

すなわち、義嗣を後小松天皇のあとつぎとするという約束が、後小松天皇と義満のあいだに交されていたから、というのである。

もっとも、そんなことはまだ外部には知らされていない。後小松天皇が義満の子であることも、まだ「大秘事」であった。

思えば後小松天皇と義嗣は、同じ義満の子で兄弟なのだから、義満も思いきったことをやるものである。

この天盃の儀を、関白以下諸卿はみな庭上に蹲居《そんきょ》して拝観した。——この儀を怪事とみた者はない。すでに義満こそ真の国王だとみな容認していたからである。

義満には、義持《よしもち》という長男があった。義満はその義持を疎《うと》み、いちばんの寵姫春日《かすが》の局《つぼね》の生んだ次男義嗣を愛してこの挙に出たのであった。この間、義持はその座はおろか北山第にいることも叶わず、京一円の警備隊長を命じられている。義満はわが子に対しても傍若無人であった。

——のち義満の急死によって、あやうく足利四代将軍たる地位を保ち得た義持は、たちまち弟の義嗣を殺し、金閣寺だけを残して北山第を大破却することになるが、これはのちの話。

ともあれ、この極楽世界に天は文字通り落花の花をそえて、北山第はみるみる若葉青葉にぬり変えられてゆく。

あくことのない遊楽と饗宴の日々がすぎて、終局の日が近づいた。——それはこの行

幸の終りを意味すると同時に、ある人々にとっても終局の日であった。

三

三月二十七日。いよいよ還幸《かんこう》の前日。

西の衣笠山が残照に浮かびあがったころ、北山第の南面する巨大な四足門の前に、ぶらりと三人の人間が立った。

第の周囲にも見張りの侍はいるはずなのに、どうしてこの三人が現われたのか。

門を出入する人間はおびただしいが、みな晴れの正装ばかりなのに、編笠の浪人《ろうにん》然とした柳生十兵衛と、網代笠《あじろがさ》の一休と、市女笠《いちめがさ》の伊予さまであった。

きらびやかな群のなかに、これは逆に目立ったとみえて、さすがにここで、

「あ、待て」

と、四足門の門番たちが呼びとめた。

十兵衛は笠をあげて、

「おれだ」

と、顔を見せた。

「や、これは柳生さま！」

と、門番はあわてた。

「これはおれの知り合いの安国寺の一休という小坊主どのとその母御《ははご》だ。ちょっと金春弥三郎に縁があって、今夜の薪能《たきぎのう》を拝見に参った」

門番たちのなかには、頓智で評判の一休の名を知っている者もあった。また一休が天皇の落胤《らくいん》であるという風聞を耳にしている者もあった。

柳生十兵衛に至っては、さきごろまでこの北山第の親衛隊長をしていて、しかもみな好意をいだいている人間だ。

いまのところ十兵衛は、べつにお尋《たず》ね者ではない。青蓮院の義円と十兵衛との「秘争」については知らない者のほうが多かった。

「どうぞ、どうぞ、お通りなされ」

と、みな頭を下げる。

三人は門をはいって、歩き出した。

――十兵衛たちは、この将軍の城で行われている華麗な行事のうわさはきいていた。その日々が鉄のごとく進行しているのも知っていた。が、それをどうすることもできなかった。

そして、きょう薪能が行われる、という話をきいて、一休が、

「その能を観にゆこう」

と、いい出したのである。

観て、どうするのか。――十兵衛はきかず、

「拙者も推参つかまつろう」

と、うなずいた。

すると、二人を不安げに見ていた伊予さまも、

「私も参ります」

と、いった。――

一休と十兵衛の心事は知らず、伊予さまが一休の行動を心配していい出したことはあきらかであった。

そして三人は、いったいとがめもなく北山第にはいれるのか、どうか、それさえ思いをめぐらさず、夢遊病のごとくやってきたのだが、意外にやすやすと門を通れた。

しばらく、歩いて、

「世阿弥どのはどうしたのでしょう？」

と、伊予さまがいった。

それはこれまで、なんどか彼女が口にした懸念《けねん》事であった。

二十日ほど前、将軍新作の能について、金春弥三郎を指南にゆくといって、この北山第にはいったはずの世阿弥が、それっきり帰ってこないのである。

「お、そうだ」

一休もそのことに気づいたらしく、

「世阿弥はぶじか、成敗されたか、それをたしかめたいな」

「もし生きておるとすれば、その能はいかなるものか、きいておいたほうがよいかも知れぬ。……同朋衆の待部屋をのぞいて見ましょうか」

十兵衛にとっては勝手知ったる北山第のなかである。三人は北東隅の同朋衆待部屋へ向った。

同朋衆の待部屋とはいうが、稽古場まである一棟である。が、そこへいってみると、なかはがらんとして無人であった。

「ああそうか、みな能舞台のほうへいっているのだ」

と、十兵衛は頭をかいた。

なすすべもなく、ひきかえす。そして、あらためて鏡湖池のそばにある能舞台のほうへいそいだ。

なにしろ東西十六町、南北十五町という宏大な北山第のなかなので、鏡湖池へ近づいたころは、一帯はもうたそがれの時刻であった。そのなかを、まだ人の波がながれてゆく。みな能舞台のほうへ向っている。

夕日はもうないはずなのに、そのむれの顔がみなぼうっとうす赤く染まっている。それは鏡湖池の方角の空からのふしぎな火光のためであった。

鏡湖池のほうをあけて、半月形に二階建ての桟敷《さじき》が組まれていた。これは寺社や河原の勧進興行《かんじんこうぎょう》のように臨時に組まれたものではなく、はじめから大建造物として作られた屋根つきのものだ。すなわち能の見所《けんじょ》である。いわば大将軍邸のなかの円形劇場であっ

た。

その桟敷席へはいるには、三つの通路が作ってあった。

その一つへ近づくと、入口に将軍御供衆の細川杖之介が立っているのが見えた。どうやら警戒のためらしい。先日、行幸阻止を叫ぶ後南朝党とやり合ったのだから当然だ。

十兵衛は苦笑した。

「いや、これはいかん」

三人はこれを遠目《とおめ》に見て、もう一つの通路に向った。

すると、そこの入口には、やはり御供衆の斯波刑部が立っている。

「ここもだめだ」

三人は、三つ目の通路のほうへまわった。

が、ここにも赤松鉄心が仁王立ちになっている。とうていぶじに通れるとは思えない。

そこは鏡湖池にいちばん近い通路であったから、彼らの眼には当然池の異変がうつった。池の北側にあって、水につき出した三層の舎利殿のまわりに――これこそ後世にいう金閣寺だが――十数艘《そう》の小舟がつらなって、その舟に炎々と篝火《かがりび》が燃えているのである。まるで鵜舟《うぶね》のように。

金箔《きんぱく》をおした二層、三層、さらにその上の屋根にとまった金銅《こんどう》の鳳凰《ほうおう》、それが下からの赤い炎に浮かびあがり、ゆらゆらと水に映じて、その荘厳、その妖艶、この世のものとは思えない。

と、桟敷の円形のなかから、笛、小鼓、大鼓《おおつづみ》、太鼓《たいこ》などの音《ね》があがりはじめた。楽器の調子を見るシラベが始まったようだ。

が、松の大木のかげに身をひそめた三人は、その池の眺めに見とれ、シラベに耳をすませている余裕がない。

「始まったようだ」

「〝神剣〟とやらは何番目にやるのでござろうか」

と、一休と十兵衛は焦燥の声を出した。

能は五番。そのあいだに狂言をはさむのが定式となったのは後世のことで、このころはそんなきまりはなく、二番、一番ですませる場合もあった。――むなしく両手をねじり合わせるような数分がすぎて。

「あっ……いなくなった！」

と、一休が叫んだ。

いままで通路の入口に立っていた赤松鉄心の姿が、いつのまにか消えていた。能が始まったと見て、なかへひきあげたらしい。

三人はその通路へかけこんだ。

内への出口で、三人はしゃがんで、能舞台のほうを見る。

四

半円形の桟敷のなかは白洲になっていて、そのまんなかに能舞台があった。さすがにこれは四角だ。まわりはいくつかの大篝火《おおかがりび》がとりかこんでいる。さっきここへ集まる人々の顔を染めていたのは、池の舟の火とこの篝火の火照《ほで》りであったのだ。

このころは、能楽堂などなかった。が、楽屋はあって、そこからまっすぐに橋懸《はしがか》りがかけられて、舞台は今夜だけ鏡板もとり払われて、四方、柱だけの吹き通しであった。

舞台の奥には十人ばかりの裃《かみしも》をつけた影がならんでいる。金春一座の囃子《はやし》方《かた》にちがいない。

舞台の上には、風折烏帽子《かざおりえぼし》、狩衣《かりぎぬ》の人間がむこうむきに立っている。あれがワキの足利尊氏公であろうか。

いま橋懸りから出てきたらしいシテはこちらをむいているが、錆《さ》びた金糸のぬいとりのある長絹《ちょうけん》に大口袴《おおくちばかま》をつけ、怪士《あやかし》の能面に、背を埋めつくす黒頭《くろがしら》のかつらをかぶった凄じいいでたちだ。左手に金襴《きんらん》につつまれた棒状のものを持っている。

「始まっている」

と、一休がささやいた。

やはり今夜の薪能は、いきなり将軍自作の〝神剣〟からはじまったと見えた。

「あれが金春弥三郎演じる後醍醐のみかどでござろうか」
と、十兵衛がいった。
「そして手にしておるのが、草薙の剣。……」
シテは謡《うた》い出した。
「身は十善の甲斐もなき……身は十善の甲斐もなき。……」
謡《うたい》の声は強吟《つよぎん》とか弱吟《よわぎん》とか、発声法が独特なので、十善が天皇位をあらわすというこ
と以外意味もわからなかったが、沈痛きわまる声は魂にくいいるようであった。
能がはじまらないうちは、なんとなくざわめいていた桟敷席が、水を打ったようにし
ずまりかえったのは、そのシテの謡声に縛《しば》られたからに相違ない。
と、その中央にあたる場所で、十兵衛は何か動いた感じがした。そこは桟敷ではない、
書院作りの一座敷であった。
十兵衛はそこに一眼をすえた。
灯影《ほかげ》のない桟敷とちがって、その書院には燭台《しょくだい》が数本立っている。そこは将軍の見所《けんじょ》
になっていて、そのまんなかに坐っているのは後小松のみかどで、それをはさんで将軍
義満と次男義嗣《よしつぐ》がならんでいる。
その両側の一方には将軍の御台《みだい》康子、寵姫春日《かすが》の局《つぼね》以下十人あまりの側室、数人の美
童らが、また一方には関白、大納言《だいなごん》らの公卿、さらに管領四職《かんれいしき》、大々名らがいながれて
いる。

そこにいま何か動いたものがあるように見えたが、十兵衛が眼をこらすと、だれも動いたものはない。

そちらの角度から見ると、篝火《かがりび》にかこまれた能舞台、さらにそれを通して鏡湖池からライト・アップされた金閣が見えるはずだ。そうなるように、今宵のために義満は、じゃまになる桟敷の一部も、舞台の鏡板もとり払わせたのである。

それにしても今夜の能を薪能としたのは、義満はこの前相国寺の薪能がよほど気にいったか、あるいはそれが雷火のために中途でとりやめたのを残念がってか、とにかくその幽玄の美しさをいちど天皇にお見せしたかったものと見える。

いま、鵜舟《うぶね》に似た舟の炎に照らされた金閣を背景とする能〝神剣〟がつづいている。

ワキが名をきく。

「これは十善の位にありし後円融緒仁《つぐひと》の亡霊なり。……」

と、シテは答え、舞いはじめた。

一休はひくい叫びをたてた。

「十兵衛、ち、ちがうぞ。……」

「何がでござる？」

「いま、ワキの直面《ひためん》の顔が見えた。あれは伏見で見た金春弥三郎だ！」

「えっ……おおっ……すると、すると……あの黒頭《くろがしら》のシテは？」

「世阿弥だ！」

十兵衛はかっと一つ目をむいて、しばし。——

「いかにも。——」

と、うめいたが、すぐに、

「きゃつ……この将軍の能の手伝いをしたのでござるか、たわけたやつ」

と愛刀のつかをぐいとにぎった。

息はずませて、一休がいう。

「将軍の能ではない。あれは後醍醐帝ではない。いま、後円融云々《うんぬん》ときこえたが」

舞台では、あの世の地底を這《は》うような声がつづいている。

「……落花枝に帰らず、破鏡ふたたび照らさず……しかれどもなお妄執《もうしゅう》の瞋恚《しんに》とて、鬼神魂魄《こんぱく》の境界《きょうかい》に帰り……」

こちらで、十兵衛が、

「何と申しておるのです?」

「どうやら相手に恨みごとをいっているらしい。ワキは尊氏公ならぬ義満公だ。……」

二人は、ちらっと見所の義満のほうを見た。

一休がいった。

「世阿弥は将軍自作の能を止《と》めた。……あの能は、世阿弥と金春弥三郎の合作だ。弥三郎も承知の上でなければできぬことだが、両人とも決死のかくごと見える。……」

いまにして知る、このことを世阿弥が一休らに告げなかったのは、こちらに迷惑の及

ぶことをおそれたからに相違ない。

陰々と謡はながれてくる。

「われとこの身を苦しめて、修羅の巷《ちまた》に寄りくる波の、浅からざりし業因《ごういん》かな。……」

まだ桟敷に動揺は起こっていない。将軍作るところの夢幻能を、おそれかしこみて拝観しているのだ。夢幻能では亡霊が出現して、ながながと怨言をのべるのが定例《じょうれい》である。

そして、義満もまた石のごとく動かない。

五

義満は、それが自作の能でないことを知っていた。最初に金春弥三郎がワキとして登場したときからめんくらっていたのである。そんなことは、あり得べきはずがない！

〃神剣〃は、後醍醐帝が祖父尊氏公の祈りによってその妄執からさめ、めでたく草薙の剣を授けられるという筋で、後醍醐帝は金春がシテとして演ずるはずであった。

義満は、この能を諸卿諸大名に見せつけ、そのあとで唐土から伝わる〃耶馬台詩〃を読みあげ、名実ともに自分が天皇となることを宣下《せんげ》するつもりであった。

ただし、名実ともに、といっても、ここに招いてある百代さまをおしのけて自分が百一代になろうというのではない。いかに何でも、それは憚《はば》かられる。

自分自身は太上《だじょう》天皇になる。太上天皇は天皇譲位後の尊称で、いわゆる上皇と同じこ

とだが、そのなかでも特別待遇の上皇に捧げる名だ。

そして、次男の義嗣《よしつぐ》を後小松帝の猶子《ゆうし》とする。後小松帝にはげんに八歳の皇太子があるが、これは寺にいれて、義嗣を天皇のあとつぎとする。

これを彼は後小松天皇と約束した。

実はその後小松天皇は彼の子なのだから、義嗣はその弟にあたる。まるで将棋の同じさし手の駒をさしかえるようなものだ。ただし、後小松が彼の子だということだけは大秘事としておかなければならない。

これはあからさまな皇位簒奪《さんだつ》とはならないと、彼は考えた。彼だけの強引なからくり的論理だが、彼自身はこの設計に恍惚としていた。

後小松は義満が二十歳のときに誕生したのだが、大宰相細川頼之からいかな帝王学を受けた義満とはいえ、まさかそのときからこんな大遠謀をもって後円融の寵姫と姦通したわけではない。

その子がやがて天皇となったときは、彼は影の父として何やらうしろめたささえ感じていたのだが、去年五十歳となって心境の変化をきたした。

天皇が自分の子なら、その父たるおれが太上天皇になって何の不審がある？　と。

すでに明《みん》からは日本国王と呼ばれているのだ。彼は自分を人界から超越した存在だと信じている。

海音寺氏はいう。

「果して後小松が義満の子であるなら、義満がおのれを太上皇《だじょうこう》であると考え、公けにも太上皇になろうと意図したのは、最もありそうなことである」

つまり、この破天荒な義満の大野心は、自分を超存在だという信念に加えて、もともと子が天皇であるという、事実上、心理上の踏台があったからだ、というのである。

伝説的な弓削道《ゆげの》鏡は知らず――道鏡はしかし皇族であったという――日本史上、臣下として最も皇位に近づいたのは足利義満であった。いや、彼はいまやむんずとそれに手をかけた。

この〝神剣〟の能は、それを天下に知らせる大儀式であったのだ。

――それなのに、いま、後醍醐天皇に扮するはずの金春弥三郎が、直面《ひためん》のワキで出てきたのを見て、「はてな」とは思ったが、それではシテは一座の別の人間にゆだねたのであろうか、と首をひねっているうち、そのシテが凄じい修羅の姿で登場した。

数秒して、それが世阿弥であることを看破《かんぱ》して、義満ははっとした。

また数秒して義満は、この能が自分の作ったものではなく、まったく別物で、世阿弥が扮しているのは後円融天皇であり、弥三郎が扮しているのは足利義満すなわち自分であることを知った。

――通路で十兵衛が、この見所で何か動いたような気がしたのは、目に見えないこの義満の衝動であったのだ。

こやつ、とんでもないやつらだ！

と、驚きと怒りの炎が燃えあがってきたのに、なお義満が動かなかったのは、一種の恐怖のためであった。恐怖はその能に対してであることはいうまでもないが、それ以上に世阿弥に対してであった。

実に、天下のあらゆる人間に、一毫《ごう》の敬意も畏《おそ》れもおぼえたことのないこの大驕慢児《きょうまんじ》が、ただ一人、だれにももらしたことはないが、畏れと敬意をいだいているのは、かつて自分の寵童であり、壮年にいたって、目には見えないが一個の不屈の魂と化した観のある世阿弥であった。それは世阿弥が自分の大秘事を知っていることとは別次元のことであった。

そしていま、世阿弥の演ずる後円融天皇の亡霊は、笛と鼓の音《ね》のなかに、妖々として、愛する女を奪った男への、かなしみと恨みをのべている。――

おそらく世阿弥にとって決死の能であろう。その能の内容より、義満を呪縛したのは、名状しがたい演技者の気魄であった。

篝火の舟の炎にゆらめく金閣を背景に、それはまさしく亡霊の世界に見えた。

桟敷はしいんとしていた。

将軍自作の能ときいているばかりで、内容は知らない――またあらかじめ内容を耳にしていた者があったとしても、まだ後醍醐帝と尊氏のやりとりだと思っている見物客たちばかりなのに、彼らもまた声も出せず黙っていたのは、その舞台の鬼気に氷結してしまったせいであろう。

ちらっと義満はとなりを見た。

後小松のみかどは満面蒼白になって、ワナワナとふるえている。むろん自分の出生は知っており、それゆえにいま演じられている能が何を意味しているか知ったからにちがいない。

「父上」

と、うしろから義満の耳にささやいた者がある。

四男坊の義円であった。

彼もまた将軍の一族として今宵の盛儀に招かれて、この見所の一隅に坐っていたのだが、いま見物客のうしろを通って近づいてきたのである。

片ひざをついて、

「あの能……あれが父上のお作りになった能ですか。何やら異様なせりふでござるが」

と、さしせまった声できく。

「それにあのシテ、追放中の世阿弥ではござりませぬか」

「そうらしいの。……それに、あれはわしの能ではない。おそらく世阿弥めの作ったものじゃ」

「やはり、そうでござりましたか」

義円は息をひいて、血相になって、

「さしとめましょうか」

義満も蒼ざめて、ふくれあがって、

「ただし、みかどのおん前じゃ。殺傷沙汰は起こすな。ただ捕えよ」

これは義円も同感だ。世阿弥が――従って一休や柳生十兵衛がどこにいたのか、彼も知りたいのだ。

義円は立ちあがり、見所の階段のところへ歩いてきて、

「御供衆」

と、呼んだ。

「世阿弥め、どこからあらわれおったか。あのシテは世阿弥だ。しかもあの能は、将軍家の作ではない。世阿弥の作った将軍を呪詛嘲弄《じゆそちようろう》する能じゃ。あれをさしとめよ」

階段の下に坐っていたのは、愛洲移香斎と例の三人衆、及び配下の御供衆のめんめんであった。

「あの両人、とらえてここにひきずって参れ」

三人衆は数瞬けげんな顔をねじむけていたが、たちまち、

「心得て候《そうろう》」

うなずくと、立ちあがり、ちょっと師の移香斎を見たが、老人がうなだれて例のごとく舟をこいでいるのを見ると、それにはかまわず、白洲の上を能舞台のほうへかけ出した。

大逆いずれぞ

一

ふつう寺や河原などで行われる能の興行では、舞台のすぐ下まで客がつめかけているのだが、この将軍邸では能舞台と桟敷のあいだは、砂利《じゃり》をしきつめた庭になっていた。これを白洲《しらす》という。

この白洲の上を、将軍御供衆が、押《お》っとり刀《がたな》で殺到していった。

「やめよ、その能」

「天覧とあるに、なんたる不敵大胆」

「能面《めん》の下は世阿弥とわかっておるぞっ」

先頭に立った細川杖之介、斯波刑部、赤松鉄心は叫んだ。

と、能舞台のまわりに燃えしきっているいくつかの篝火の炎が、一陣の風に吹かれたように渦をまき、それをかすめて一羽の大鴉《おおがらす》が飛んだように見えた。

それは能舞台の前に仁王立《におうだ》ちになって、人の姿をあらわした。

「世阿弥、能はとめるな。つづけろ」

舞台をふりかえっていう。

「あっ……」

三人衆はたたらをふんで、眼をむき出した。

「柳生どの！」

相国寺の焼け跡で後南朝党の火攻め油攻めに遭った十兵衛が、その窮地から天に消えたか地に消えたか、あとに屍骸も残さなかったことに彼らは唖然《あぜん》としていたのだが、それがいま忽然《こつねん》とこの北山第に姿をあらわしたのには――たとえ以前、炎上する七重塔から生還したことを知っている彼らにしても、やはり驚かざるを得ない。

「よく、まあ、ぶじで――」

と、赤松鉄心が思わず間のぬけたあいさつをしたのに対して、十兵衛はそれにはとりあわず、また舞台を見あげて、

「能をつづけろ」

と、うながした。

十兵衛はその能を理解した。先日、世阿弥からあの「大秘事」をきいていたからだ。

彼ははじめからどんなことがあっても、今夜の能〝神剣〟を阻止《そし》するつもりでいた。

しかるにその能が〝神剣〟ではない世阿弥の決死の新作であることを知って、その能を

最後までつづけさせることに方針を百八十度転換した。

で、いま一休に、

「御坊は母上を守って逃げられい。あとは拙者におまかせあれ」

と、いいおいて、通路からまっすぐにはせつけてきたのだ。

数瞬、さすがに動きをとめていた舞台のシテは、ふたたび舞いはじめた。謡《うた》いはじめた。

何事もないかのように。

「——蜘蛛《くも》の糸に、荒れたる駒をつなぐとも、二道かくる徒人《あだびと》を、たのまじとこそ思いしに、人の為り《いつわ》未だ知らで、ちぎりとめけん悔《く》やしさも、ただわれからの心なり。……」

その舞台を見あげ、十兵衛に眼をもどし、しばし動揺の色を見せていた三人衆は、顔見合わせたのもひと息、いっせいに刀のつかに手をかけた。

「柳生どの、じゃまだてなさるか！」

「あの能をやめよとはご上意でござる！」

「かつてはわれらの頭人《とうにん》であった柳生どのとは申せ、事と次第では刀にかけて排除し申すぞ！」

十兵衛も刀に手をかけて、

「おれも刀にかけて、世阿弥を守る。——そっちも勝手に抜いたらよかろう」

と、あごをしゃくって、抜きはらった。

三人衆は驚愕の顔を見せながら、反射的に抜刀した。

三人にとっては思いがけない突発事であったが、一瞬のうちに、十兵衛と彼に向けられた三本の刀身のあいだには殺気が氷結した。いちどよめきかけた見物人はおろか、その場にあった三十余人の御供衆までが、ことごとく身動きもしなくなったのは、その氷結した殺気のゆえであった。

細川杖之介、斯波刑部、赤松鉄心。

彼らはみな、管領《かんれい》ないしそれにつぐ四職《しき》の家柄だ。十兵衛を頭人として敬意を表しているが、本来は柳生家などより家格は高い。それが将軍御供衆をしているのは、みな九男坊とか十三男坊とかの冷飯《ひやめし》食いに生まれついたせいもあるが、また真に剣に生甲斐をおぼえる男たちであったからだ。

かつて十兵衛が、自分のいなくなったあとこの三人が交替で御供衆の頭人を勤めているときいて、「あの三人は名門ながらみなみごとな腕、おれが頭人であるよりましかも知れんぞ」と世阿弥に述懐したのは、決しておせじではない。

細川は鋭利。

斯波は剽悍《ひょうかん》。

赤松は豪壮。

剣風はちがうが、三人とも、剣を使うことにおいて、兄事《けいじ》する十兵衛と立ち合うことを決して悲しみとしない。

ぱっと三人は半間《げん》ほどの間隔をおいて三方に分れたが、その動きは稲妻のごとく敏速であった。むろん剣は逆放射状に十兵衛にむけられている。

その剣尖《けんせん》が鶺鴒《せきれい》の尾のように、ぴいっとあがろうとして——このとき突如目に見えない乱れを生じた。

彼らは十兵衛の隻眼と一刀が、真《ま》っ向《こう》から自分だけに向けられているのを感じたのだ。つまり、三人の眼前に立っているのは、三人の柳生十兵衛なのであった。

「新陰流、離剣の剣！」

彼らはこんな十兵衛の声をきいた。

三人の十兵衛はほとんど同時に一人ずつ三人を斬っていた。

一対一にしても、そんなにたやすく斬られるはずのない三人衆が、あっというまに血けむりにつつまれてしまったのは、想像もしなかった十兵衛のわざか、迫力か。

新陰流ときこえたが、いまここにいるのは室町の十兵衛なのだ。世にあるのは陰流だけで、新陰流などきいたことがない。

など、三人のなかでだれも考えた者はない。その声をきいたときは三人とも袈裟《けさ》がけになっていたからだ。

奔騰《ほんとう》した血しぶきが、近くの篝火《かがりび》にふりかかって、どす黒い煙が数条、蛇のように星空へ巻きあがったとき、御供衆最精鋭の三人はみな赤大根のように白洲につっ伏していた。

それにちらっと隻眼を投げて、

「あまり手軽に片づけて悪かったな」

と、十兵衛はつぶやいた。

「まだあとにやることがあるので、気がせくのだ」

そして、また舞台をふりかえり、

「世阿、つづけてくれ」

というと、篝火に灼金《やきがね》のごとくひかる血刃をひっさげたまま、むらがる御供衆のなかを歩き出した。

十兵衛は一人である。三人衆以外のめんめんから見れば、最初から十兵衛は一人であった。

彼は自分の分身を作り出し、対決した相手だけにその分身を見せる「離剣の剣」を使ったのだが、これは慶安の十兵衛が独創した剣法だ。

それを彼は慶安の十兵衛に変身しているあいだに体得したのだが、いま二つの分身を見せて三人の十兵衛を生んだのみならず、三人の十兵衛をもって三人の敵を斬るという離れわざをやってのけたのであった。

十兵衛に命じられるまでもなく、舞台で世阿弥は舞いつづけている。謡《うたい》と笛鼓の交響のなかに、いつのまにやら手にした金襴の袋から一本の刀をとり出し、白刃をぬきはらっているが、あれがほんとうに草薙の剣なのか。それをふりかざしてシテは追い、両手

でふせぐ所作《しょさ》でワキは逃げる。──

それにしても何たる不敵な能楽師たちだろう。

背景に、舟の篝火に金閣は浮かんで、ゆらめいている。

いま十兵衛の歩いてゆく周囲には、なお御供衆がひしめいているのだが、これが道さえひらくていたらくになったのは、名だたる三人衆を一瞬に斬りすてた柳生十兵衛の剣技もさることながら、いま円形劇場をみたすこの世のものとは思えない妖気にしびれはてたゆえであった。

桟敷の見物たちも同様だ。それに彼らは大半まだ能の意味もわからず、白洲に何が起こったのかもわからなかった。

まさかみかどと将軍がごらんの前で殺傷沙汰の起こるはずがない。あれは今宵の催しものの一つで何かの見世物だろう、と考える者もあった。だいいちそのみかどと将軍は、あそこに泰然と坐っておわすではないか。……

二

「父上」

義満のうしろにもどっていた義円が、うろたえた声を出した。

「十兵衛めが、また奇怪な出現をしました。きゃつ、何をしようとしておるのでしょ

う」

「あの能をわしに見せようとするのだろう」

「あの能……あれもまた奇怪。——」

と、いいかけて、

「あっ……十兵衛がこちらに参ります」

義満はしかし動こうともせず、

「まさかあれが、こちらに害もすまい。しばしようすを見よう」

じろと横の後小松天皇をかえりみて、

「何事が起ころうと、みかどや将軍が逃げ腰になっては、そもそも今宵の催しの趣旨が立たぬ。義満がおそばにあれば磐石《ばんじゃく》と安心してごらんあそばせ」

と、いった。

百代さまは、浮き腰になっていた尻をまた下ろしたが、いまにも失神せんばかりの顔色であった。

後小松天皇は、自分が義満の子であることを知っている。——従って、いま演じられている能の意味を知っているのだ。

「しかし、いや」

いたたまれず、はねあがろうとする義円を、

「待て」

と、義満はとめた。べつのほうへ眼を投げている。

書院の縁から、五段ばかりの階段《きざはし》が白洲へ下りている。その階段の下から、ふらりと煙のように立った一つの影がある。

それが、ふらふらと向うへ歩き出した。

「あれにまかせろ」

と、義満がささやいた。義円は見て、

「愛洲移香斎……まさか、あんな廃人同然の老いぼれに」

「いや、そうではない」

義満は首をふった。

「柳生十兵衛という荒馬を鎮《しず》めるにはあれしかない」

十兵衛は、無人の境をゆくように、篝火と御供衆のなかを歩いてきた。

ふいにピタリと立ちどまった。前方に彼を迎える影を見たのである。

「十兵衛」

と、その影が、はっきりしない、声でいった。

「御供衆を斬りおったな。こんどは、わしが相手じゃ。ふおっ、ふおっ、ふおっ」

くぐもった笑いを吐いて、

「なに、わしはこの日を待っておったのじゃよ。柳生十兵衛と真剣勝負をする日をな」

十歩ばかりの距離をおいて、十兵衛は立っている。

薪能の篝火を背にしているので、顔はよく見えなかったが、愕然としたのはあきらかであった。彼は先刻三人衆の屍骸に「まだあとにやることがあるので気がせくのだ」と、あやまったが、「まだあとにやること」のなかに、愛洲移香斎先生と立ち合うことはははいっていなかったのだ。

そもそも愛洲移香斎は彼の師である。

「本朝武芸小伝」にいう。

「愛洲移香という者九州鵜戸《うど》の岩屋に参籠《さんろう》し、霊夢をこうむり兵法を自得して、ひそかに愛洲陰流と号す。上泉伊勢守《かみいずみいせのかみ》その伝を得たり。のち新陰流と改むるとなり」

後世に至っても、愛洲移香斎の伝記はこれくらいしかない。

さて、これは前に記したことだが。――

この十兵衛のころは、陰流の移香斎の雷名は天下にきこえていた。まだ剣法諸流などない室町の初期の時代である。

その移香斎は漂泊の途次柳生に立ち寄って、若い十兵衛に陰流を授けた。そのとき移香斎はすでに八十余歳であったから、彼が新剣法を編み出したのはさらに古い南北朝時代であったろう。日本の剣術の始祖の一人として、その名は生きながら伝説的であった。

この縁のみならず、のちに十兵衛を幕府御供衆頭人に推薦してくれたのは、将軍家剣法指南になっていた移香斎であった。十兵衛はそのとき、御供衆頭人になったことより、移香斎が後見を勤めてくれる、ということのほうがうれしかった。それで勇んで柳生か

ら京へ出てきたのである。

そのころ移香斎はすでに百歳を越え、人間外の生物のような存在に変っていたが、十兵衛は尊敬の心を失わなかった。

ただそれまでの恩義のゆえばかりではなく、この四時《しじ》寝てばかりいる老人に、依然なぜか神人的な力を感じたからだ。

果然、その後、その力を見る機会があった。

愛洲移香斎は後南朝の妖人油壺の法眼《ほうげん》とたたかうに際し、どうやら法眼の眼から姿を消したらしい。しかも天日の下、十兵衛の陰流はなお地上の影を伴《ともな》うことはまぬがれないのに、移香斎は影だけ残して本体は移動するという怪技を見せて、法眼を斃《たお》したのである。

それを見て、十兵衛は、

――アア、われ遠く師に及ばず！

と、感嘆した。

しかし、このころまでは、移香斎と十兵衛はなお師弟であった。が、その後移香斎の恍惚ぶりは急進行して――どういうわけか、いちど十兵衛と立ち合いたい、あれと是非勝負したいとのみ念願する大剣怪と化していることを、十兵衛は知らなかった。

さて、いま、この北山第の能舞台の白洲に移香斎と相対して、十兵衛は愕然とした。

彼は移香斎が自分と刃をまじえるのを最後の望みとしていることを知らず、この師を

敵とする日がこようとは大意外事であったのだ。

だいいち、自分が退いたあとの移香斎先生の状態をきけば、例の睡眠病はもとより、常時垂れながしのていたらくというではないか。……

ただ――この人が将軍御供衆の総帥《そうすい》ともいうべき役にあることを知って立ちふさがったとすれば――八幡《はちまん》、たとえ師であろうといまの自分としては、これを撃破するほかに道はない。

この間、笛と鼓は鳴りひびいている。

その方向からくる篝火の遠明りを受けて、移香斎は赤く染まって立っている。ふだん人間のボロキレみたいに折りたたまれている腰がヒョロリとのびて、白髪にふちどられたシャレコーベのような姿は、それだけで異次元の世界の魔像のようだ。

その手はまだ腰にさした短い脇差《わきざし》にかかっていない。眼は恍惚とけぶっている。――にもかかわらず十兵衛は総身粟《あわ》立った。この無敵の剣人が、生まれてはじめて感じる敵への恐怖であった。

これは恍惚に似て、恍惚どころではない！

彼はこの師から伝授された陰流はもとより、慶安へ翔んだとき体得した新陰流も、おそらく通じないことを知った。

「お前を買うておったが……十兵衛、やはりいまだ至らぬな」

まったく別のところから、移香斎の笑う声がきこえた。

「ふおっ、ふおっ、ふおっ」

ふうっと移香斎の姿が、十兵衛の眼にうすれてきた。

戦慄は一瞬のことであった。十兵衛は歩き出した。

いま移香斎の立っていたところへ、まっすぐに、刀をダラリとたれたまま。

そこに移香斎の姿はなく、彼はスタスタと通りぬけて——書院へ近づき、その階段《きざはし》へ足を踏みかけた。

三段ほど上って、突如彼はうしろなぐりに一刀を薙《な》ぎはらった。

一声、怪猫のような苦鳴とともに両断されたのは、手に白刃を持った愛洲移香斎であった。

三

十兵衛はうしろをふりかえりもしない。ふりかえったところで、移香斎の姿は見えなかったろう。

十兵衛は陰流も新陰流もなく、ただ背に異臭をまじえた殺気の風をおぼえただけで三池典太をふるったのである。

剣聖か、剣怪か、その一閃に移香斎はただ枯木のように斬られたのだ。

実は、十兵衛の無造作な歩みぶりに、移香斎ほどの大剣人が意表をつかれた。抜刀し

つつ十兵衛を追って背後から斬りつけたのだが、その斬られ方も彼らしからぬ無造作ぶりであったというしかない。

十兵衛はこのとき、陰流の真髄「無心」の境地にはいっていたのである。

彼は、愛洲移香斎とたたかうために無心となったのではなかった。ほかに重大な目的があるために、この際移香斎にかまってはいられなかったのだ。移香斎に対して、「心ここに無かった」のだ。

十兵衛は書院の縁にのぼると、片ひざついて、

「大和柳生ノ庄の住人、柳生十兵衛満厳《みつよし》なる者でござります」

みかどに一礼した。

「ここに見参《げんざん》つかまつったのは、今宵将軍家は皇位簒奪《さんだつ》のお志ありとみて、おそれながらこれをおとどめ申すためでござりまする」

先刻彼が「まだやることがある」といったのは、この用であった。移香斎にかまっていられなかったのは、このことのためであった。

またこの数日、彼が世阿弥や一休に口もきかなくなったのは、「これからやること」を思いつめていたからであった。それはあまりに身の毛もよだつ破天荒の行為であったから、彼はわざと世阿弥や一休にうち明けなかった。死ぬのはおれひとりでよい。

そして世阿弥が今夜の薪能を「新作」することを秘していたのも、おそらく同じ心からであったろう。

「血迷うたか、柳生十兵衛、推参なり、さがれ」

義満が叫んだ。

その眼はかっと見ひらかれている。さっきから十兵衛が怪剣をふるうのに驚駭《きょうがい》しつつ、それでもまさか十兵衛がここまできて、こんなことをいおうとは思いもよらなかったのである。

血刃を逆手《さかて》ににぎって横にしたまま、十兵衛はいう。

「将軍家が、今宵国王をお名乗りあそばすこと、まことでござりましょうか」

義満は一瞬絶句した。

それはまことだが、それについて一介の国侍《くにざむらい》たる柳生ごときに弁明するつもりはない。

義満は叫んだ。

「ここにおわすはみかどである。なんじごとき田舎武士がそこにあるさえ大逆のふるまいであるぞ、さがらぬか、柳生」

「みかどがおん私意をもって将軍家の大逆をご容認あるとすれば、それもまた大逆。その大逆をふせがんがために、おそれながらおふたかたさま、いま御命《ぎょめい》頂戴つかまつる！」

十兵衛は刀を持ちかえ、ぬうと立ちあがった。

すでに一個の死びとと化したような姿を見つつ、さしもの義満が身動きもできない。

後小松天皇に至っては、腰がぬけたようだ。

それどころか、両人のうしろにいた義円までが、その凄絶の迫力に呪縛されて、声も

ない。

そのとき、どこかで、

「一休！」

と、きぬを裂くような叫びが走った。

四

「一休、お待ちなさい！」

それは女の声であったが、通路の一つから桟敷の前を飛んでゆくのは、大きな網代笠《あじろがさ》をかぶった一人の少年僧の影らしかった。

影は階段をはねて書院にかけのぼり、十兵衛と義満らのあいだに立って両手をひろげ、

「柳生十兵衛！」

と、あらたまった声で叫んだ。

一休であった。

「わしのジジを殺すのはやめてくれ」

「ジジ？」

奇声を発したのは義円であった。

「ジジとはだれじゃ？」

「日本国王源道義と称する大逆の人」

義円は天地晦冥《かいめい》といった表情になった。

一休は義満のほうへあごをしゃくって、

「とはいえ、わしの祖父《じじ》だ。柳生十兵衛、わしはそなたが、世のなかでいちばん好きだ。その好きな男が、わしの祖父や父の殺し手になるのはいやだ」

十兵衛や世阿弥が自分の存念を口にしなかったように、一休もまたいままで黙っていたが、むろん彼も死ぬを覚悟で今夜の能〝神剣〟を阻止し、祖父義満に諫言《かんげん》するつもりでいた。

が、その能がまったく別物であることを知ったときから、能を続行させる方針にきりかえ、そしていま十兵衛の将軍襲撃の光景を見て、突如祖父と父を助ける心理に変化したのだ。これはその刹那までまったく自分でも予想しなかったふしぎな変化であった。

十兵衛は陰々といった。

「柳生十兵衛、大義のため、いまだ日本になき大逆の男たらんと思いさだめてござる。一休どの、そこどかれい！」
二、三歩、あゆみ出したとき、また階段をかけのぼってきた足音があった。
ちらっと見て、はっとした。お伊予さまであった。

これが十兵衛のそばをかけぬけて、後小松天皇の前にまろび伏し、こちらに向きなおった。

「十兵衛どの、みかどに手を出されてはなりませぬ！」

と、彼女は叫んだ。

「もしそうなさるなら……その前に私を斬ってからにして下さい！」

このやさしい女性が、はじめて見せる燃えるような眼であった。

十六年前、十七歳で一休を生んだこの若い母は、十七年ぶりに自分を捨てたその父天皇に再会して、いま十兵衛の剣から天皇をかばおうとしているのであった。

一休が叫んだ。

「わしが相手だ。十兵衛、くるならこい！」

そして一休は、腰からスリコギをぬき出してかまえた。例の「十兵衛用心棒」である。

数瞬、十兵衛は棒立ちになった。

そのとき、白洲をへだてて、謡の声が流れてきた。

「思いに沈む恨みの数々、積もりて妄執《もうしゅう》の鬼となるのもことわりや。……いでいで命をとらん……いでいで命をとらん。」

能舞台では、早笛早鼓のなかに、黒頭《くろがしら》の毛をおどらせ、足拍子《びょうし》踏み鳴らし、凄じい姿のシテは手の白刃《はくじん》をひらめかして、逃げまわるワキを追って舞台を旋回している。

が、それを見ている者があったか、どうか。

いや、少なくともその謡の声をきいている者があった。将軍義満であった。

「言語道断《ごんごどうだん》なり逆賊柳生十兵衛、わしみずからが成敗するぞ」

振り返り、小姓の捧げていた佩刀《はいとう》をひったくり、立ちあがった顔は、どういうわけかまっ白になっていた。

「十兵衛、そこ動くな、天魔にでも魅入られたか、余が手刃《しゅじん》いたしてくれる！」

まっ白な義満の顔に、ひたいに這う血管とわななく唇だけが紫色であった。

さすがの十兵衛も眼がくらむ思いがし、全身金縛りになったような気がした。

義満は白刃をさげたまま、つかつかと歩み出そうとし、そのとたん、左胸部に錐《きり》を刺しこまれたような痛みをおぼえた。思わずそこに左手をあてた瞬間、右手から刀が落ち、ついで彼はどうと崩れ伏した。

みな、そこに落雷でもしたように立ちすくんだ。

一息、二息。――義円が怪声をあげた。

「十兵衛っ。何か術を使ったな？」

――さっき、一休の口から発せられたジジという言葉をきいてから放心状態で棒立ちになっていた義円が、このときやっとわれにかえって、血走った眼でにらみつけて、

「十兵衛がついに魔物になりおったぞ。御供衆、何をしておる？」

と、絶叫した。

それまでこれも、でくのぼうのようにつっ立っていた白洲の御供衆三十余人が、これもいま頭をなぐられたようにいっせいに叫喚をあげ、白刃をぬきつらねて殺到してきた。

ふりかえった十兵衛は、しかし彼らのむこうの能舞台のまんなかに、なぜか能をやめ

能面をとった世阿弥が端座《たんざ》して、夜空のほうを見あげているのを見た。それからさらに、その向うに舟の篝火にゆらめいている金閣を見た。

耳には謡の声をきいていた。いままで世阿弥や金春一座が謡っていた声ではない。

――

「しばらく世間の幻相を観ずるに、飛花落葉の風の前には。……」

そのとき、金閣を照らす篝火群が鬼火のように宙に舞いあがった。宙に、ではない。池の水面そのものがひたひたとあふれてきたのだ。舟はその水に乗って高く浮かびあがった。――と、みるや、その水はみるみる氾濫《はんらん》し、無数の火光の破片きらめく洪水となって、能舞台も白洲も沈めておしよせてきた。……

天地玄黄《げんこう》

一

季節はいつかわからない。

重畳《ちょうじょう》たる南北の山波《やまなみ》のあいだを、黒味をおびた河がながれている。ひくい雲がたれ下がっているのみならず、ときどき銀色の雨がわたってゆく。一帯に動くものもなく、飛ぶ鳥さえも見えないが、雨雲の上で、カア……カア……カア……と、鴉《からす》の鳴き声だけがきこえる。

季節がわからないのは、これがすべて水墨画の風景だからであった。死の世界——というのが大げさなら、少なくとも幽玄の世界の静寂《しじま》が、しいんとみちていた。

——と、その河の岸に沿って、両方から一つずつの人影があらわれた。

あるところは砂洲、あるところはおいしげった芦の岸であったが、その影はそれらを同じ早さで踏んでかけてくる。しかも双方が抜き身をひっさげている。

二人の間隔は近づいた。

それなのに、おたがいの影も眼中にないかのようなひたむきの疾走であったが、三間《げん》ほどの距離になって、さすがに相手の顔を見、停止したかと見えたとたん、ぱっとうしろに飛びずさった。

一方が叫んだ。

「お前は……慶安の柳生十兵衛ではないか！」

もう一方が叫んだ。

「あなたは……室町の柳生十兵衛どのではござらぬか！」

二人は、みるみる親愛感にみちた笑顔になって相寄《あいよ》った。

「おれはお前に変身したことがある」

「私もあなたに変身したことがござる」

二人は、おたがいに、頭のてっぺんから足のつまさきまで見あげ、見下ろした。

高だかともとどりで巻きあげた総髪の髷《まげ》、二蓋笠《にがいがさ》の定紋《じようもん》もうすれた着物、よれよれの袴《はかま》――それでいて、落魄《らくはく》した牢人《ろうにん》の匂いはなく、凄絶無比の名剣士の風格がある。その姿のみならず容貌までそっくり同じで、よくこれほど相似《あいに》た先祖と子孫があったものだ。

ただ、眼が――同じ隻眼《せきがん》ながら、右眼がとじられているのが室町の十兵衛満厳《みつよし》で、左眼がとじられているのが慶安の十兵衛三厳《みつよし》であった。

これが、変身ちゅうは眼は相手通りになっていたのだが、いまの二人は本来のつぶれ

かただ。もっともこの直前、両人が存在していた時代が、それぞれ本来のものであったから、これは当然かも知れない。

つまりほぼ二百五十年をへだてた二人の十兵衛は、元体のままこの幽玄の天地のなかではじめて相まみえたのだ。

が、こんどにかぎりいかなる次第でかかる事態が起こったのか、そのわけは二人にもわからない。

そもそも彼らはどこからきたのか。

室町の十兵衛は、洛西北山第の円形劇場で、天皇と将軍を討とうとして、一休とその母にさえぎられ、背後に将軍御供衆の大群に迫られて、一時立往生した。そのときかなたの鏡湖池から氾濫してくる奔流にのって、流れよってきた篝火の舟に夢中で飛びのったのであった。

慶安の十兵衛は、洛東泉涌寺坂で、悲恋の前女帝の匕首《ひしゅ》と、一族同門の柳生衆の剣林にはさまれて、のっぴきならぬ窮地から、突如浮かびあがった七重塔の屋根に夢中で飛び移ったのであった。

あとは例によって、晦冥《かいめい》の天地を飛んでいたのだ。

そのあいだ、たえず笛と鼓と謡《うたい》の声をきいていた。その音や声がしだいに弱り、苦しげなものに変っていったと思うと、いつのまにか彼らはそれぞれこの河のふちを走っていたのである。

いま、われにかえってこの河のほとりの野に立つと、その音と声がまた耳もとに鳴ってきた。耳もとではない。垂れ下がった雲のあたりから、おどろおどろとひびいてくるのだ。

が、慶安の十兵衛がきいていたのは、あきらかに竹阿弥の声であり、室町の十兵衛がきいていたのは、まさしく世阿弥の声であった。

が、見わたすまでもなく、あたりには竹阿弥、世阿弥はおろか、人影ひとつない。

「……かように候《そうろう》ものは、大和国越智《おち》ノ庄の住人観世元清またの名を世阿弥と申すものにて候。ただいま生国伊賀国服部ノ庄へ立ち帰らんと……」

慶安の十兵衛は、こんな竹阿弥の声をきいた。

「……飛花落葉の風の前には、有為《うい》の転変を悟り、雷光石火の影のうちには、生死《しょうじ》の去来を見ること、はじめて驚くべきにはあらねども。……」

室町の十兵衛は、こんな世阿弥の声をきいた。

——実は室町の世阿弥は、この竹阿弥の声を北山第で、自分の能が終ったときにきいた。自分を呼ぶ声を、またも自分に変身しようとする竹阿弥の声を。

——このとき慶安の竹阿弥は、柳生陣屋にいた。数日前、大河原の能屋敷の近くをうろつく虚無僧《こむそう》をどうやら京都からの密偵らしいと気がついて、十兵衛にすすめられて陣屋に避難したのだが、そのあと京へ旅立った十兵衛への虫の知らせと、かつは病みあがりのくせになおもういちど世阿弥に変身したいという執念やみがたく、この日、幽鬼の

ごとく〝世阿弥〟を謡いはじめたのである。

世阿弥のほうは、それに誘われて竹阿弥に変身することを、もはや好まなかった。それをふせぐには、何とかミサイルのごとく、竹阿弥が室町へ翔んでくる前に迎え討たなければならない。で、世阿弥は能面《めん》をとり舞台に坐り、いまは彼も知っている秘曲〝世阿弥〟を謡いはじめたのであった。

この世のものならぬ芸の魔界の話である。

——かくて稀代の大能楽者同士の、入魂の謡曲のたたかいがくりひろげられたのであった。

同じく変身の能力を持つ二人の柳生十兵衛は、他動的にそれに誘いこまれたのだが——その過程で両者はぶつかってしまったのだ。

二

ここは夜と昼の境、薄明の世界であった。忽然《こつねん》とあらわれて相対した二人の柳生十兵衛は、その謡曲戦の魔界からふり落とされたものといっていい。

いま、なつかしげに、抱きあわんばかりに近づいて、突如二人はぱっとまた飛びはなれた。

室町の十兵衛が叫んだ。

「それでお前は、どこへゆこうとするのだ？」

慶安の十兵衛が叫んだ。

「それであなたは、どこへゆこうとなされておるのでござる？」

そして二人は答えた。

「慶安の世へ」

「室町の世へ」

谺《こだま》のような問答であった。

「何をしに？」

これは同時に発せられた。

このあと、両人は沈黙した。

彼らは、変身する前、自分がどういう状態にあったか思い出していたのだ。

いや、彼らはまだ変身していない。室町の十兵衛は室町の十兵衛のまま、慶安の十兵衛は慶安の十兵衛のまま、いまここにいる。

あの状態のところへ、これから相手は翔んでゆこうとしている。そうすれば。——

室町の十兵衛の頭には、この慶安の十兵衛は足利義満と後小松天皇を討つために一休母子を斬るだろう、という想定がひらめいた。

慶安の十兵衛の頭には、この室町の十兵衛は柳生一門を、ひょっとしたら月ノ輪の宮

まで手にかけるのではないか、という想定がひらめいた。

　両人ともその場にあって、昏迷の立往生をしたのだが――ということは、彼らもその行動をとりかねない、ということでもある。ましてや変身した相手だけに、その危険性は充分ある。

　それだけに――二人の胸に打ちこまれたのは、この相手にそうさせてはならぬ！　という決断であった。

「慶安の世にはゆかせぬぞ！」

「室町の世にはゆかせぬぞ！」

　同時に叫ぶと、二人は手にひっさげていた刀身を青眼にあげた。

　室町の十兵衛の刀は、師・愛洲移香斎を斬った血でまだぬれていた。

　慶安の十兵衛の刀は、弟子・金春七郎を斬った血でまだぬれていた。

　この水墨のような空の下に、赤い灼金《やきがね》のごとくひかっているのは、その二条の刀身だけであった。

　象嵌《ぞうがん》されたように、その二条の刀身は動かなかった。

　この世の常の時間とはまったく符合しない時間を持つ空間で、もし見る人があったとしても、その刀身に動きがあるまでながれたのは、ほんの数瞬の時か、永劫《えいごう》の時か、判別しかねたであろう。

　そのあいだ、銀色の時雨《しぐれ》さえ、さあっとわたっていったようだ。

しかし、見ている人間はだれもいなかった。そこはただ薄墨色の雲と銀の雨だけの幽玄の世界であった。

慶安の十兵衛の耳だけが、鼓、笛の音《ね》とともに、竹阿弥の声をきいていた。

「……屍《しかばね》をあらわす妄執《もうしゅう》は去ってまた残る。……若年のむかしより、剣《つるぎ》使うことの面白さに、殺生《せっしょう》をするはかなさよ。……」

室町の十兵衛の耳だけが、鼓、笛の音とともに、世阿弥の声をきいていた。

「さらば埋《うも》れも果てずして、苦しみに身を焼く火宅の住みか、ご覧《ろう》ぜよ。……」

そのあいだ、二人は、いずれも体得しているはずの陰流を使ったか、新陰流を使ったか――見ている人間はなかったが、両人はただ砂洲に砂もたてないスリ足で進みよって、満身の自信をもって真っ向上段から斬りつけたように思われた。

二条の閃光がきらめいた。

その刹那、二人の脳天から鼻ばしらへかけて血が噴《ふ》いた。

決闘で、同時に相手の脳天を斬りつけるということは不可能に近いのに、まさしく同時にそれぞれの顔面にひとすじの朱色が走って、二人はどうと砂上にあおむけになっていた。

……ああ、天下無敵の剣人柳生十兵衛を斃《たお》したものは、天下無敵の剣人柳生十兵衛なり！

三

世にも神秘的なことがある。

応永十五年三月二十八日のことである。

山城国大河原の木津川のほとりを歩いていた二人の農夫が、白い砂洲の上に倒れている男を発見し、それがだれであるかを知って、近くの柳生陣屋に急報した。陣屋から馬でかけつけた柳生侍たちは、その屍骸が、主人の柳生十兵衛であることに驚愕した。

砂洲の上にはべつに争ったような足跡はなく、屍骸はただ一つであったが、脳天から鼻ばしらへかけて絹糸のような刀のすじが見え、砂洲をとりまくように流れている河のせいか、蒼味をおびた光のなかに、死者の顔はどこかうす笑いを浮かべているように見えた。

それもさることながら、さらに柳生の家来たちを晦冥に落としたのは、その柳生十兵衛の、つぶれているはずの右眼が、かっと見ひらかれていたことであった。

……この室町の世の大河原に残されていたのが、慶安の柳生十兵衛三厳のむくろだとはだれが知ろう?

慶安三年三月二十一日のことである。

山城国大河原の木津川のほとりを歩いていた三人の農夫が、白い砂洲の上に倒れている男を発見して、それがだれであるかを知って、近くの柳生陣屋に急報した。

……以後の経過は、二百五十年前の応永十五年三月二十八日、この大河原にくりひろげられた光景とそっくり同じであった。

そして、柳生の家来たちを晦冥に落としたのは、その柳生十兵衛の、つぶれているはずの左眼が、かっと見ひらいていることであった。

……この慶安の世の大河原に残されていたのが、室町の柳生十兵衛満厳のむくろだとはだれが知ろう？

応永十五年三月二十八日、北山第《きたやまてい》から天皇が還幸《かんこう》したあと、夜にはいって、柳生十兵衛が大河原で屍骸となって発見されたとの急報が北山第に伝えられたが、将軍義満は無反応であった。

彼は前夜の薪能を観能中、突如倒れたあと、人事不省におちいっていたのである。

そのとき十兵衛が見た鏡湖池の大洪水は、むろんほかのだれも見なかった。ただ、御供衆の殺到に煽《あお》られたか、篝火の一つが地に倒れて、そこから一団の黒煙が竜巻のように吹いてきて見所をけぶらせたあと、十兵衛の姿が忽然と消えていたのに啞然とした者もほとんどない。それより、並いる寵姫や諸公卿、諸大名は、将軍の凶変に驚愕して、みなそのほうへかけ集ったからである。

義円もその一人であったが、すぐに彼は一休母子のほうをふりむいた。

一休も、消失した十兵衛のあとに残る一朶《だ》の煙へ、あっけにとられたような眼をむけていたが、やがて顔を義円のほうにもどし、それから後小松天皇を見て、アカンベーをした。

そして母の手をひいてスタスタと見所から出ていったが、義円はそれを追おうともしなかった。父義満と柳生十兵衛の異変に心胆を奪われたのもさることながら、一休が父の孫だという大衝撃に打ちのめされていたのである。

義満はしかし、数刻後に覚醒した。それはおそらく心筋梗塞と呼ばれる病《やまい》に襲われたものであったろう。回復はしたもののあらためて義円が、十兵衛のことを報告し、また世阿弥や金春一座の処置を相談しても「……しばらく、すておけ」といっただけである。

それでもそれ以後、予定されていた行事の二、三はこなしたが、別人どころか幽霊のような姿であった。

そして、五月一日ふたたび倒れ、五日に落命した。足利天皇は出現しなかったのである。

慶安四年四月、徳川家光死す。

同七月、由比正雪の慶安の変破綻《はたん》す。

（完）

編者解説

日下三蔵

本書『柳生十兵衛死す』（92年9月／毎日新聞社）は、山田風太郎の最後の長篇である。山田風太郎は終戦から間もない一九四七（昭和二十二）年に探偵作家としてデビューし、『甲賀忍法帖』（59年11月／光文社）以下の忍法帖シリーズや、『警視庁草紙』（75年3月／文藝春秋）以下の明治もので、奇想天外な作品を生み出し続けた。

そんな著者が平成に入ってから手がけたのが、今回、河出文庫で集成される室町もので、中篇二本、長篇三本が書かれた。『柳生十兵衛死す』については書いておくべきことがあまりにも多いので、室町もの全体の位置づけなどについては、次回配本の『婆沙羅／室町少年倶楽部』の解説に譲って、さっそく本題に入ろう。

柳生十兵衛は実在の剣豪だが、講談や小説に数多く登場し、風太郎忍法帖においても『柳生忍法帖』（64年6～8月／講談社／「山田風太郎忍法全集」11～13）、『魔界転生』（67年3～5月／講談社／「風太郎忍法帖」1～3／初刊時タイトル『おぼろ忍法帖』）の二大長篇で主役を務めている。

山田風太郎は柳生十兵衛を主人公とした忍法帖をもう一作書いて三部作とする構想を

早くから明かしていた。講談社版『山田風太郎全集』の月報に連載されたエッセイ「風眼帖」第十三回には、こう書かれている。

もし出来るなら私は柳生十兵衛を主人公とするもう一つの長篇を書いて、これを以て三部作としたいのだが、この「おぼろ」（引用者注：『魔界転生』）に匹敵するアイデアが容易に浮かばなくて、そのままになっている。あるいは、この望みは永遠に叶えられないかも知れない。

（講談社『山田風太郎全集 第六巻 月報』72年10月）

既に明治ものの時代に突入し、「小説新潮」に『明治波濤歌』を連載していた時期のインタビュー（構成／伊藤昭）にも、十兵衛三部作への言及がある。

山田 （中略）それで、これから忍法帖、書く予定が一つだけあるんです。止《や》めるって言ったんだけど。もう一編、柳生十兵衛を主人公として。ものすごい大長編になってしまうんだけど。それは、十兵衛が死ぬところなんですがね。

――あっ、それやっぱり死ぬんですか、最後には。

山田 うん、十兵衛を片付けたいということなんだけど。その片付け方のアイディアが出てこないんですよ。

（「別冊新評 山田風太郎の世界」79年7月）

このインタビューから、さらに十二年後の一九九一（平成三）年、「毎日新聞」朝刊で連載の始まった『柳生十兵衛死す』を見て、多くの風太郎ファンが驚愕と歓喜に包まれた。それは室町ものでありながら、十兵衛三部作の完結篇でもあるという、奇跡のような作品だったのだ。

連載に先立って、三月二十五日の新聞に掲載された著者コメント「連載にあたって」は、以下のとおり。

柳生十兵衛の死については、二、三の記録がありますが、要約すると「慶安三年三月二十一日、山城國相楽郡大河内村弓ケ淵において死す。奈良奉行出張して検屍す」と、あるだけです。

現代の検屍とは意味がちがうでしょうが、当時十兵衛は小なりとはいえ一万二千石の大名で、これを検屍するとはただごとではありません。

ともあれ、最強の大剣客柳生十兵衛を死に至らしめたものは何か。これは私のSF的解釈による物語です。二百五十年ほどの時空を飛ぶ物語ですが、このタイムマシーンに日本古来の「能」を使うアイデアがミソであります。幽玄の世界におけるチャンバラが書けるといいのですが……乞うご笑読。

この文章は初刊本の上巻の帯にも全文が再録されている。先に書誌的なデータを整理

しておくと、『柳生十兵衛死す』は「毎日新聞」朝刊一九九一年四月一日から九二年三月二十五日まで連載され、九二年九月に毎日新聞社から上・下巻で刊行された。この時、十兵衛三部作の完結を記念して、『柳生忍法帖』上・下巻が十一月、『魔界転生』上・下巻が十二月に毎日新聞社から刊行され、同じカバーデザインで三作六冊が揃っている。

九四年十二月に富士見書房の時代小説文庫、九九年三月に小学館文庫に、それぞれ収められ、今回の河出文庫版が二十一年ぶり三度目の文庫化ということになる。

物語の始まりは慶安二年十一月というから、西暦だと一六五〇年に当たる。柳生ノ庄を訪れた由比正雪《ゆいしょうせつ》一味を、当代随一の剣客・柳生十兵衛三厳《みつよし》はあっさりと追い返す。ちなみに『柳生忍法帖』は一六四二（寛永十九）年、由比正雪も登場する『魔界転生』は一六四六（正保三）年の事件である。

能楽師・金春竹阿弥《こんぱるちくあみ》は先祖の世阿弥を題材とした能を作っているという。竹阿弥の息子の金春七郎は剣の才能があって十兵衛の門弟となっていたが、上皇の月ノ輪の院の警護係として推挙され、現在は京の御所に派遣されている。この七郎が刺客に狙われたことから、柳生十兵衛は巨大な陰謀劇に巻き込まれていくことになる。

やがて十兵衛は、竹阿弥の完成させた能によって、室町時代へとタイムスリップしてしまう。能がタイムマシンとなる原理は、能は過去の一場面を演じるものであるから、演技が完全なものとなったとき、すなわち演者は過去にいるのと同じである、という怪

論理によるものだが、確かにこれは忍法魔界転生にも匹敵する奇想天外のアイデアであった。

約二百五十年前の一四〇七（応永十四）年に移動した十兵衛と竹阿弥は、それぞれの先祖である柳生十兵衛満厳《みつよし》と世阿弥になっていた。こうして二組の剣士と能楽師が、二つの時代を往き来しながら物語は進んでいくことになる。

二つの世界の物語が並行して進行するというスタイルは、既に『八犬伝』（83年10〜11月／朝日新聞社）で用いられていたが、この『柳生十兵衛死す』でも複雑なストーリーを分かりやすく展開する構成力は健在である。『魔界転生』と同じ章タイトル（「故山の剣俠」）を使用するなど、読者へのサービスも抜かりなく、奔放なイマジネーションと瑞々しい文章は、さすが山田風太郎というしかない。

なお、連載終了後のインタビューには、以下の発言がある。

もう、〝十兵衛もの〟も終わりです。当の十兵衛が、これで死んでしまいましたからね。彼は史実としても、不思議な死に方をしているんです。自分の所領の大河原というところで死ぬんですが、死に方があまりにもあっけない。当時、当主が死ねば、その家はなくなるはずなのに、柳生家は続いてゆく。何かあるなと思って、次はそのへんを書こうと決めてはいたのですが、『柳生忍法帖』にせよ『魔界転生』にせよ、かなり大がかりな構成でして、それに見合うだけの仕掛けがなかなか見つからなかっ

たんです。結局三十年もたってしまった。

（中略）

娯楽小説だけど、案外、これは好評で、書評なんかでも随分ほめてくれました。ただ、僕としては、重大な新説を書き込んだつもりなんだけど、どの書評も、面白いというだけで、そのことにはひとことも触れてくれない。こういうことです。一休《いっきゅう》、室町時代のあの一休が、実は（足利）義満の孫である、と。いろいろ考えてみると、それ以外にはありえんのですよ。

（「正論」93年1月号）

ところで、本書の室町パートには、原型となった作品が存在する。それは風太郎忍法帖の最後の長篇『忍法創世記』だ。一九六九（昭和四十四）年から翌年にかけて「週刊文春」に連載されたが、当時は本にならず、二〇〇一（平成十三）年にようやく出版芸術社から『山田風太郎コレクション』の第二巻として初めて単行本化された。

この作品は一三九〇（明徳元）年、つまり南北朝時代末期が舞台であり、忍法帖でありながら室町ものという番外編的な作品であった。両者を読み比べてみると、能の道を極めようとする世阿弥、神器争奪を目論む後南朝党、剣法の使い手である姫君など、共通するモチーフが多いことに気がつくはずだ。

『柳生十兵衛死す』の執筆時点では『忍法創世記』を出すつもりはなかったので、廃棄した長篇から使えるアイデアを再使用したものだろう。鮎川哲也が同人誌に発表した中

篇「呪縛再現」のトリックを『憎悪の化石』と『黒い白鳥』で使用したり、山田正紀が破棄した初期長篇『化石の城』のメイン・アイデアを用いて『第四の敵』を書いたりといった例がわずかに思い浮かぶ程度で、極めて珍しい事例と言っていい。

また、石川賢によるコミカライズが集英社の「ビジネスジャンプ」（00年21号〜02年12号）に連載された。このマンガ版は、石川版『魔界転生』と同様に大幅なアレンジが加えられている。竹阿弥の夢幻能は室町時代ではなく「もうひとつの江戸」、武士ではなく忍者が天下を取った江戸に繋がり、そこから柳生十兵衛を狙ってさまざまな忍者がやってくる、という内容に改変されている。つまりタイムトラベルものではなくパラレルワールド（並行世界）ものになってしまっているのだ。

登場する忍者は『甲賀忍法帖』の薬師寺天膳をはじめ、地虫十兵衛、剣鬼喇嘛《らま》仏《ぶつ》と、風太郎忍法帖でおなじみの面々。由比正雪、佐々木小次郎、宮本武蔵、天草四郎らも登場して、まさに忍法帖オールスター・ゲームの様相を呈している。例によって風呂敷を広げ過ぎて未完に終わってしまったのは残念だが、風太郎ファンには堪《こた》えられない作品であることは間違いない。機会があれば、ご一読をお勧めしておきたい。

（くさか・さんぞう　ミステリ評論家）

この作品は一九九一年四月一日〜一九九二年三月二五日毎日新聞朝刊に連載され、一九九二年毎日新聞社から単行本として刊行。その後、一九九四年富士見時代小説文庫に、一九九九年小学館文庫に収められました。本書中、今日からみれば不適切と思われる表現がありますが、書かれた時代背景と作品価値とを鑑み、そのままとしました。

柳生十兵衛《やぎゅうじゅうべえ》死《し》す　下

山田《やまだ》風太《ふうた》郎《ろう》傑作選《けっさくせん》　室町篇《むろまちへん》

二〇二〇年　八　月一〇日　初版印刷
二〇二〇年　八　月二〇日　初版発行

著　者　山田《やまだ》風太《ふうた》郎《ろう》
発行者　小野寺優
発行所　株式会社河出書房新社
〒一五一－〇〇五一
東京都渋谷区千駄ヶ谷二－三二－二
電話〇三－三四〇四－八六一一（編集）
〇三－三四〇四－一二〇一（営業）
http://www.kawade.co.jp/

ロゴ・表紙デザイン　粟津潔
本文フォーマット　佐々木暁
本文組版　株式会社創都
印刷・製本　凸版印刷株式会社

Printed in Japan　ISBN978-4-309-41763-9

笊ノ目万兵衛門外へ　山田風太郎傑作選　江戸篇

山田風太郎　縄田一男〔編〕　41757-8

「十年に一度の傑作」と縄田一男氏が絶賛する壮絶な表題作をはじめ、「明智太閤」、「姫君何処におらすか」、「南無殺生三万人」など全く古びることがない、名作だけを選んだ驚嘆の大傑作選！

妖櫻記　上

皆川博子　41554-3

時は室町。嘉吉の乱を発端に、南朝皇統の少年、赤松家の姫、活傀儡に異形ら、死者生者が入り乱れ織り成す傑作長篇伝奇小説、復活！

妖櫻記　下

皆川博子　41555-0

阿麻丸と桜姫は京に近江に流転し、玉琴の遺児清玄は桜姫の髑髏を求める中、後南朝の二人の宮と玉璽をめぐって吉野に火の手が上がる……！　応仁の乱前夜を舞台に当代きっての語り手が紡ぐ一大伝奇、完結篇

真田忍者、参上！

嵐山光三郎／池波正太郎／柴田錬三郎／田辺聖子／宮崎惇／山田風太郎　41417-1

ときは戦国、真田幸村旗下で暗躍したるは闇に生きる忍者たち！　猿飛佐助・霧隠才蔵ら十勇士から、名もなき忍びまで……池波正太郎・山田風太郎ら名手による傑作を集成した決定版真田忍者アンソロジー！

井伊の赤備え

細谷正充〔編〕　41510-9

柴田錬三郎、山本周五郎、山田風太郎、滝口康彦、徳永真一郎、浅田次郎、東郷隆の七氏による、井伊家にまつわる傑作歴史・時代小説アンソロジー。

弾左衛門の謎

塩見鮮一郎　40922-1

江戸のエタ頭・浅草弾左衛門は、もと鎌倉稲村ヶ崎の由井家から出た。その故地を探ったり、歌舞伎の意休は弾左衛門をモデルにしていることをつきとめたり、様々な弾左衛門の謎に挑むフィールド調査の書。

◉目次

河出文庫

柳生十兵衛死す 下

山田風太郎傑作選 室町篇

山田風太郎

河出書房新社